时光煮雨，尽染苍穹

陈俊红　著

SHIGUANG ZHUYU

JINRAN CANGQIONG

山西出版传媒集团

北岳文艺出版社

BEIYUE LITERATURE & ART PUBLISHING HOUSE

图书在版编目（CIP）数据

时光煮雨，尽染苍穹／陈俊红著.—太原：北岳文艺出版社，2017.4 （2021.1重印）

ISBN 978 - 7 - 5378 - 5021 - 6

Ⅰ.①时… Ⅱ.①陈… Ⅲ.①言情小说－中国－当代 Ⅳ.①I247.5

中国版本图书馆 CIP 数据核字（2017）第 002993 号

书名：时光煮雨，尽染苍穹	责任编辑：范 戈	内文设计：宗彦辉
著者：陈俊红	封面设计：琦 琦	印装监制：巩 璠

出版发行：山西出版传媒集团·北岳文艺出版社

地址：山西省太原市并州南路 57 号 邮编：030012

电话：0351 - 5628696（发行部） 0351 - 5628688（总编室）

0351 - 5628697（编辑室） 传真：0351 - 5628680

网址：http://www.bywy.com E - mail：bywycbs@163.com

经销商：新华书店

印刷装订：三河市天润建兴印务有限公司

开本：660 毫米 ×960 毫米 1/16

字数：200 千字 印张：18

版次：2017 年 4 月第 1 版

印次：2021 年 1 月河北第 2 次印刷

书号：ISBN 978 - 7 - 5378 - 5021 - 6

定价：49.80 元

前　　言

　　有人说，天上的一颗星就是世上的一个男人，地上的一朵花就是人间的一个女子。这一个天上的，一个地下的，交相辉映之间就有了一个多彩的世界，这是男人和女人的世界。而婚姻就是这个世界最为言简意赅的代名词。走进婚姻，你就收获了整个世界！

　　如何取悦爱情，如何给自己找到一个幸福的出口，如何避免女为牡丹花、男非冥王星的尴尬……这些都将是围城之内的你需要不断去解的盘丝扣。

　　如花女人总有自己的绽放方式，或绚丽多彩，或平淡素雅，或富贵端庄，或妖娆妩媚，但她们无一例外都希望自己能够幸福。于是我把婚姻划分为十五种存在的形态，有的情感似乎并不可以拿出来晒；有的婚姻当事人已如祥林嫂，见人就想拉过来给自己评评理；有的是非对错已经不重要，重要的是日子还要一如既往过下去。

　　她们，有的青春年少，却早已经历世间芳华，痛苦的内心只渴望一种平静；她们，有的年逾古稀，却一直坚守着平淡无奇的幸福，内心满是知足与乐道；她们，有的用了二十年在婚姻里摸爬滚打，伤痕累累，却仍没能给自己、给对方一个安宁……未婚女子得到这本书可以以他山之石攻玉；已婚女子得到它，可以端详出一个婚姻的平衡点。到头来，你会发现——这就是婚姻的真相！

漫漫情感路，曾给我们许多的幸福与快乐。更多时候，我们竟是猛然间就发现自己已处在一片沼泽或者是荆棘丛生的森林中。让我们静静地停下来……深呼吸……给心灵一段给养，给感情一个宣泄的理由，给婚姻找一个出口。

目　录

第一章　窒息婚姻——
　　　　十年围城里的越狱者

长成一棵开花的树

白兰说她喜欢开花的树。是树，总是很强大，是花，总是很漂亮！比如榕树、梧桐、玉兰，花儿开得总是很热烈，一季过去，叶子会变得很繁茂。做一个坚强的女人，就是长成了一棵开花的树，炫美、华丽也要强壮、无畏！两性如果集于一身，这世界也许就不会再有责难、后悔和无助！

谈了六年的恋爱，结婚九年，在这十五年里，白兰在第四年向命运挣扎过，第六年反抗过，第九年开始绝望，第十年谋划逃离，又在接下来的四年里进行坚决抵抗，最后一年被追逃，这就是一个女人的十五年。

十五年！一个人的一生能有几个十五年？而一个女人的十五年又是如此的珍贵。我曾经疑惑地问她："自己的命运，掌握起来真的有那么难吗？也许，你的心里一直都还有奢望！"

白兰无奈地笑了笑，然后回答说："当我一脚门里一脚门外的时候，其实已经觉察到了一丝异样，我犹豫过，纠结过……当时根本就是自认为没有退路而硬着头皮逼着自己往下走，当自己一心幻想着步入的是一个天堂的时候，其实我正一步一步地走进地狱……"

如果你走在街上，刚好碰到白兰，笑弯的双眼和长长的马尾一定会感染你许多活力，让你感到欢喜，许多人也会用一些类似淑女、气质、知性的词语评价她。但是，如果你能有机会和她相对而坐，只稍微碰触到情感和私人的话题，她总是惶惶地，需要咖啡，或者其他的有镇定效果的东西来缓解她内心的焦躁和不安。

人可以选择命运，自由地选择。选择之后你会发现自己因此必须承担后果。

白兰喝了一口咖啡后显得平静了许多，她的目光里满是无奈："我小的时候记事很早，想事儿也多，因此，多了一些别的孩子看不到眼里的事情和想法。我四岁时，那是一个秋天，姨慌慌张张地领着我的小表妹到了我家，那时候都是各家忙各家的，很少有人在金秋时节走亲戚。姨到家以后，妈就把前后门都关上了，我和表妹在炕上用镜子照影子玩儿，她们姐妹俩在一起说话。说着说着两个人就都哭了，我意识到发生了一些事情，没过多久后院就传来了一阵急促的敲门声。当时，我姨被吓得全身发抖，我妈打开了前门让我姨到邻居家躲一躲，然后很从容地把后门打开了，我看到姨父领着一帮人几乎是破门而入。从那时起，我姨的这场婚姻之殇差不多持续了半辈子，最后离婚的事儿也就不了了之。他们闹得久了，家里的老老少少都开始对我姨父持敌对态度。正月初二姨父给我姥姥拜年时，谁都不理他，甚至都不拿正眼瞧他。我进了门，没有犹豫就问他过年好，当时，他很是激动，不自在地红了脸。我一直觉得他没有犯什么不可饶恕的错误。总该给他机会。"

白兰低下头，叹了口气，说："万万没想到的是，三十年后的今天，我竟然重蹈我姨的命运，经历她的那种恐惧。如果说，社会还是进步的，那唯一有一点不同的就是，我姨闹了大半辈子也没弄出个所以然来，而我，十五年后终于离开了那个家，而且坚决地再没回去。现在，我姨和姨父都老了，两个女儿也都出嫁了，给姨留下来的就是一直唠叨她的命不好。而我现在认为，一个人在给另外一个人制造了相当大的恐惧和危机后，他的确是不可饶恕的。"

我和你不止这样又只能这样

有一种美好叫"青梅竹马，两小无猜"。如果你错过了这样一种唯美的感情，能够"一见钟情，两情相悦"也不错，再或者"日久生情，惺惺相惜"都应该算是自由恋爱的典范，是人性解放的里程碑，这样的情感被周围看好，同时被大家祝福。

白兰和周愚是在校园里相识的，那时的周愚和同龄人相比仍然有着一些腼腆和拘谨。白兰和周愚初次见面时，周愚竟然慌乱地将手里的一大摞课本掉翻在地；第一次上课，发现他和另外一个叫子业的男生就坐在白兰的后桌。那是一个充满猎奇和求知的年纪，大家在一起谈得最多的是家乡的风俗和小时候的趣事，来自全国各地的年轻人聚在一起总是有聊不完的天。后来，每到节假日，白兰总能从周愚那里得到几颗山上捡来的核桃、小石子和一些从海边买来的小挂件。这些东西对于女生总是具有一定的吸引力。

后来，有一天晚自习，白兰进了教室，同学们纷纷将目光聚集到她的身上，白兰有点儿莫名其妙，有同学就问白兰，说："你今天就没听到啥高兴的事儿？"

白兰疑惑地说："没有啊？"

又有同学说："比如一首好听的歌曲！"

白兰说："我一直在操场上打球，没有听广播啊！"

教室里顿时一片欢呼声，然后有同学大声说："革命尚未成功，同志还需努力啊！"

那天的晚自习周愚和子业都出奇地安静，两个人一人捧着一本书，谁也没说话。

第二天下午，有同学特意提醒白兰要听校园广播，原来果真有人给白兰点播歌曲，歌名不记得了，但是重点强调："子业祝白兰学习进步，心想事成。"

白兰听了当然很高兴，然后很真诚地谢过了子业，子业笑了笑说："好听吗？"

白兰说："当然好听了！"

子业说："那以后有好听的歌曲，我还可以继续点给你听！"

白兰忙推辞说："不用了，我有录音机，想听什么可以随时听。"

后来，周愚就不跟白兰和子业说话了。

白兰觉得周愚很小气，还愤愤地想：你不理我，我还不理你呢！

就这样，白兰和子业走得很近，她知道子业对自己有好感，而自己也并不讨厌他。但是，有一天晚自习后，白兰回宿舍，子业说一起走吧，白兰也欣然应允，他们边走边聊。走过操场的林荫路时，子业忽然将手试探性地环上了她的腰，白兰当时厌恶极了，甩开他的手，自己跑回宿舍。后来，子业向白兰道歉，并表达了想成为男女朋友的想法。白兰拒绝了他，他就出去喝酒，喝得醉醺醺的，然后在宿舍里大闹。这更加坚定了白兰拒绝他的想法。但是，子业一直要白兰给他一个说法，本来很有好感，为什么会拒绝他。白兰当时很苦恼，急于让子业放弃他的念头，一出门，刚好遇到了周愚，白兰当时觉得很委屈，忍不住哭了起来。周愚一直安慰白兰。最终，白兰跟子业说自己喜欢的是周愚。于是，这场风波平息了。

周愚的性情确实很温和，他们只是相互照顾，不过多地干涉对方的自由。而且，周末总可以做自己想做的事。

就这样平静地度过三年多的时间，人们都说毕业季就是分手季。当时白兰也萌生了这样的想法。

快毕业的时候，白兰已经开始努力地在社会上实习，希望自己能得到留在城市的机会。可是，周愚却拿着家里寄来的生活费，一如既往过着他的悠闲日子。白兰认为他不会为这段感情继续发展而去努力，于是问他毕业后的打算，他回答说，以后的事儿，以后再说。

白兰觉得自己在他的话里找到了答案，于是向着自己设定的目标开始努力，开始渐渐疏远他。与社会接触多了，联系的人也多了起来。宿舍里的电话时常是找白兰的，同宿舍的女生开始谴责白兰，白兰不说，但是心里明白，周愚不为此做努力，分开是早晚的事。

后来又发生了一件事，让白兰更加坚定了自己的想法。

那天，有同学说男生宿舍失窃了。快离校了，大家经济都比较窘迫。后来又说，只有周愚丢了四百元钱，其他同学都还好，虽然宿舍里被翻得乱七八糟的，但是，门锁却是完好的，校保卫科没用几天就查出了是"内鬼"，行窃的人就是宿舍里的同学。白兰当时的想法是，不偷别人专偷周愚，那个人就是看着周愚好欺负，惹不出什么大乱子来。当时，有些同学打抱不平，愤恨那个男生，于是，大家有了群殴他的想法，但是周愚却好像事不关己一般。于是，这件事儿就在一片吵吵声中画上了句号，而同学们把更大的注意力转移到周愚的懦弱上。

自己不能跟这样一个没有血性的男人生活在一起，这更加坚定了白兰分手的想法。于是，白兰就住在了实习地，不回学校。打那以后，周愚好像意识到了白兰的态度，听同学说他也在外面找了实习单位，有一天，白兰下班回到了暂住地，见周愚坐在椅子上，同住的女伴说他带了热乎乎的饺子。天气渐渐冷了的时候，周愚又给白兰送来被子，但是白兰并没有为此回心转意。

直到有一天，他跟白兰说，他现在很努力，然后将右手伸过来，白兰看到了满手的血泡和他眼里转动着的泪花儿……

紧接着，白兰拿到了毕业分配办公室的通知书，白兰分配的单位刚好就在周愚所在的城市，她忽然觉得冥冥之中是老天在有意撮合他们两个人。后来，白兰和周愚的事还是遭到了白兰父母的反对，于是，白兰在电话里说，要不还是算了吧。没想到第二天下午，周愚到了火车站，他要上门拜访白兰的父母，父母被感动了，加之工作的事儿有了着落，于是，就在那年七月，白兰随周愚到了他的家乡。

有光照进爱情的嫌隙

周愚的父母和家人对白兰表现出极大的热情，纷纷表示以后就是一家人，会把她当亲人对待，白兰父母终于放心了。那时，白兰的工作很辛苦，但是她觉得生活有希望。她很努力，没到半年，就以文字上的优势被提拔到总经办当文字秘书。

办公室的工作要格外小心，只接电话这一项就要求不仅要懂得商务礼仪，还要头脑灵活、机敏。因为打总经办电话的大多是政府部门的领导，或者是总部的重要电话，所以，每次电话一响，白兰总是担心自己会说错话。

有一天，白兰接到一个电话，一一回答了对方的问题后，那人说："你叫什么名字？"

白兰说："您好，我叫白兰！"

对方说："白兰？我没见过你吧？你入职多久了？"

白兰笑了笑说："我是今年的毕业生，在车间实习了半年，上个月通过'优秀新人'选拔赛刚刚调到办公室的。"

对方给予白兰很大地肯定，说："不错，办公室就需要你这样的人才，你要努力呀！"

挂了电话，白兰的心情很激动，有同事说，打电话的人很可能是陈总。

陈总？那可是领导这个企业的最高人物！得到了他的褒奖，前途一定是光明的。

没过几个月，分公司成立了。白兰被调到了分公司全面负责办公室工作，新上马的项目得到了政府和公司领导的重视。白兰见到了陈总，是一个头发花白的老头儿，他对白兰的工作表示很大的肯定，这令分公司的领导很满意。

有一天早上，陈总亲自打来电话让白兰将一本宣传材料当天给他送到北京的办公室。他还嘱咐白兰说，把车辆留在厂里公干，让白兰打车送来就行了。白兰丝毫不敢怠慢，拿上材料就出门了。在半路打电话跟周愚说，今天有机会到市里，想让他跟自己一起去，办完事儿，可以玩一玩。周愚放下手里的工作就跟白兰一起去了。

到了市里白兰跟陈总联系，他却说："中午了，我不在办公室，你还是送到我的房间吧！"

白兰又辗转到他的房间门口，过了一会儿，陈总一个人上楼来，他不再像平时那么严肃，而是热情地招呼白兰，并请她到房间里休息。白兰推脱不了就跟他进了门，他很闲散地问过白兰一些工作上的困难和问题之后，说让白兰参观一下他的房间，白兰一边绞尽脑汁地夸赞这里的环境多么优美，一边象征性地看了看。这时，他推开了一扇门，门打开之后里面是一张大大的双人床，白兰的心猛地一缩，感觉事情有点儿不对头。他却乐呵呵地说："没关系，进来看看而已。"白兰不情愿地倚在门口。这时，他凶相毕露，开始对白兰动手动脚，白兰一下子大哭起来，他明显不悦。白兰说："我男朋友跟我一起来的，时间久了，他会来找我的。"那个陈总一听，立马满面笑容地问："他在哪里等你？"白兰说："就在楼下。"陈总听了，说："那好，我就不留你们吃饭了，你们回去吧。"

听了这话，白兰慌乱地夺门而出。一边往楼下跑，一边止不住地流下眼泪来。当白兰跑到花园里，还不时回头看，确定没有人追上来，才停下脚步，却仍然止不住地哭起来。过了一会儿，平息一下自己的情绪，擦干了眼泪，白兰才打电话给周愚。周愚说他在小区门口，那是一个高档小区，到门口有很长的一段路，白兰确信，这样一段时间足以调整好自己，就当什么事儿都没有发生过。

见到周愚的时候，白兰仍然觉得很委屈。虽然努力地克制自己，但是他还是发现白兰哭过的痕迹，白兰终于忍不住再次大哭了起来。周愚好像心知肚明，他愤怒地攥紧了拳头就向小区里走，白兰连忙拉住他说，那个陈总并没有将自己怎么样，还是算了吧！

周愚闷在一边不说话，再加上白兰上去的时间并不长，他才肯罢手。白兰想把这件不愉快的事情忘掉，于是，提议一起去逛街。可是，他一直一言不发，对白兰表现出极大的不满。

白兰以为自己逃过了一劫，事情可以过去了。没想到，事后没几天，一个销售经理进京签合同的时候，打电话来说忘带了公章，白兰说："签合同用合同章，怎么会用公章呢？"销售经理在电话里冲白兰大发雷霆，说："陈总安排的事儿还能有错？"

白兰一听就明白了其中的缘由，于是，偷偷地打了电话给陈总说："你没有必要这样对我。"陈总以极好的语气说："你马上把章送过来吧，到了给我打电话。"这时，分公司领导风风火火到了办公室，把白兰狠批了一顿，命令白兰不管用什么办法，一定要将公章送过去。白兰说："我安排司机马上送过去。"分公司领导却说："陈总很生气，他说了，今天必须让你把公章送到。"

白兰拿了公章出门，没有叫司机，坐上长途大巴去了北京。

汽车进站后白兰给陈总打电话说自己到了，陈总跟白兰说到某某酒店。白兰说："你派司机过来拿一下吧，我已经买了回程的车票，大约一个小时后开车。"

最后，公章被司机拿走了，白兰返回的途中夜色渐浓，下高速时竟然还下起了大雨。她独自站在大雨里痛哭，打电话给周愚，他却厉声质问她到哪里去了。白兰说刚从北京回来，他就又是一顿呵斥，白兰说："我没有出站就返回了。"他才又没了声音。

第二天，一纸调令将白兰调到了质检部，部门是平级的，但是工作内容就是每天在车间了。白兰质问那些领导自己到底犯了什么错，他们说，是工作需要。

白兰打电话给周愚说不想干了，他却说："你这样不干了算怎么回事儿？我父母问起来怎么说？"

白兰只好打掉牙往肚子里咽，继续留下。

这之后，双方家长开始筹备两个人的婚礼。按照风俗，白兰的同伴大多都有一两万的彩礼钱。彩礼是女方的荣耀，白兰父母说因为是自由恋爱彩礼可以不计较，白兰想着不多要，但是至少一万还是要有。

周愚说家里给白兰六千六，白兰说，怎么着也凑到一万吧。白兰父母又不要这些钱，以后还是两个人自己的钱。周愚把信息反馈后说就给六千六，白兰说："行，那就再给我买些首饰。"周愚把白兰的意思和家里沟通后很长时间又没了音讯。白兰说，"要不这样吧，六千六也行，咱们借上一些钱，凑够一万，等我父母来时，让他们高兴一下，等他们走了，咱们就把钱还给人家。"周愚还是没有说话。

第二天，吃过晚饭白兰就找不到周愚了。到楼下时，她发现周愚正藏在楼角打电话，打电话的内容是让白兰父母劝一劝白兰不要再要彩礼了。当时白兰血往上涌，上前去抢他的电话。白兰母亲让白兰接了电话，一直安慰她，让她不要计较这些。白兰越加觉得对不起他们了。挂了电话说："一万块！少一分也不结了。"

这之后三天的时间里，他们一家人都很尴尬地面对白兰。第三天晚上，下了班，白兰不动声色将东西收拾好就去了火车站。北上的列车只有一列，而且在夜里十一点多，白兰觉得非常疲惫，趴在候车室的椅子上睡着了。

天色黑下来的时候，周愚和他的姐姐找到了白兰，他们拉扯着白兰离开了火车站。后来，一个同族的长辈说，这事儿他做主，依白兰，就给一万。那时，婚期迫近，只有一周的时间，双方亲友做好了喝喜酒的准备。白兰终于无奈留了下来。婚礼结束的那天下午，白兰的父母就离开了。看着他们离去，她一个人在楼下哭了许久。

而那天晚上，白兰和周愚背对而眠。

日子薄凉

白兰厌倦了那里，于是开始继续深造，把更多的时间放在了学习上。过了半年多，她怀孕了，七个月时正赶上了"非典"。那时，所有道路都封闭了检查，万事从简。可是周愚的父亲却执意到外地参加一个葬礼，白兰跟周愚说至少应该为了没出生的宝宝着想，还是别去了。可是事情并没有转机，他父亲走了一周后才回来，当时白兰心里总是疙疙瘩瘩的。

就在白兰最后一次产检时竟然查出了意外，连续的 B 超检查都说孩子有先天性重症。白兰不甘心，立马去了省里的大医院，经过一系列的检查确诊说宝宝确实有问题，白兰觉得天都要塌了。却并没有倒下，为了孩子在第一时间得到最好的救治，白兰在省医院住了下来。周愚包括他的家人和医生均对白兰开始了强烈的思想攻势，他们希望白兰引产。并说："还年轻，以后的机会还有很多。"

当时白兰产生了幻觉，她觉得围在自己周围的是一群恶魔。住院手续还没有办完，白兰又给市里妇产科的一个医生打了电话，她安慰白兰说，任何仪器都会有误诊，在没见到孩子之前谁也不能下定论。白兰说："你给我接生，我把孩子交给你。"她答应了，白兰准备回市里的医院去，回去的路上下起瓢泼的大雨，汽车在马路上像是在行船。

女儿出生后生命体征一切正常，根本没有任何病症。白兰觉得是老天眷顾了她们娘俩儿，默默地在心里加紧了离开这个城市的进程。

休完产假，白兰就以带孩子为由辞掉了那个正式的工作。白兰知道，她在那里的职业生涯永远地画上句号了，凭自己再怎么努力都不会有出头之日了。周愚的家人虽有微词，但是，并不能阻止白兰。后来，白兰在一家商场从微机员做起，渐渐地做到了总经理助理的职位。

服务行业的工作时间总是很紧张。白兰每天早上照顾着女儿拉便便，再哄她吃饱奶，就匆匆赶去上班了，每天的上午和下午各有半个小时的喂奶时间。

一天早上，白兰去厕所倒便盆，发现厕所的门关着，想着一定是厕所里面有人，就将便盆放在门前一个显眼的位置，然后急忙喂女儿吃奶。女儿正吃奶时，周愚的母亲遛弯回来了。只听她在外屋生气地说："这便盆就放在这里，也不知道倒掉！"

白兰急忙出来说："刚才厕所有人，我还以为出来能倒掉呢！"

周愚的母亲忽然越说越生起气来，白兰怕跟她起冲突，就把女儿放好上班去了。白兰上午回来给女儿喂奶时，婆婆就一直躺在床上。中午的时候，周愚的姐姐都来了。到了晚上，忽然就看见周愚回来了，白兰奇怪地说："怎么没打个电话就回来了？"他沉着脸不出声，白兰把孩子哄睡着后，他就对白兰说："你去给俺娘道个歉！"

白兰疑惑地说："我为什么要道歉？"

周愚说："因为你对我娘的态度不好！"

白兰说："我也没说什么啊，我只是说明了事情的原委，况且，我着急上班，哪顾得了那么多？"

周愚没有出声，又到了他母亲的屋里，只听见他的姐姐们七嘴八舌地说着什么，继而他的母亲开始号啕大哭，边哭边数落着白兰的不是。周愚又走了进来，气急败坏地说："你听见了没？去给我娘赔不是！"

白兰觉得自己并没有过错，赌气就是不去。周愚的母亲哭闹得更加厉害了，他的几个姐姐指桑骂槐地说，如果她娘有什么三长两短一定要谁不好过。

一会儿，又有人大声叫着："娘！娘！"好像那人要死掉了一样。

一会儿，又有人说："快送医院吧，叫救护车来。"

周愚对白兰开始咬牙切齿了。

白兰怕真的出事，就到了那屋里，大声说："我错了！"

周愚的娘就没事儿了！

从小到大，即使白兰果真做错了事，白兰母亲都不会直言，因为她知道白兰自尊心强，别人不说自己心里都会内疚得不得了。

这次事后，白兰更加小心翼翼地跟周愚家里人相处，除非因为女儿，更多时间她都待在单位里，因为忙碌可以让自己不用过多地去想一些烦心事儿。

女儿开始上幼儿园时，难免有时候哭闹不想去。周愚的父母甚至怂恿孩子可以不去学校，于是，白兰坚持和他们分开住。她自己带孩子，每天接送，单位领导体谅她的难处，在作息时间上宽松了许多。一年以后，商场外聘了一个经理，他说加强管理就是不搞特殊化，于是把白兰的优越条件给取消了。白兰提出辞职，因为孩子的生活是她最需要保证的。但是，单位并没有答应她的辞职请求，于是白兰单方面解除了合同。

当时正值五一节前夕，各大商家都攒足劲儿筹划劳动节的活动。白兰到另外一家商场谈合作，前提是自己只负责活动策划，提高美誉度和客流量，工作时间自由支配。那个劳动节白兰策划的一系列活动非常火爆，这对先前工作的那个商场也有些影响。活动第三天，白兰接到一个恐吓电话说："听说你有一个非常可爱的女儿，要保证她的安全就必须停止现在的一切活动。"当时白兰就颤抖着瘫倒在地。女儿是她的命根子，白兰叫人迅速到幼儿园将女儿接了回来，又打电话叫周愚快点儿回来。然后拨通了原来的就职单位总经理的电话，警告他说："我和我的家人有任何问题，警方第一个要找的人就是你！"

现在想来当时的情况并不一定有多糟，但是，当时的白兰一直将自己放在假想里。她将当时的情况跟合作的商场进行说明，他们迅速地报了案，并且分析说不会出什么问题。当时周愚在外地工作，不常在家，白兰的神经变得高度紧张，不敢把女儿送到幼儿园。带她走在街上也总是左顾右盼，生怕从哪个角落里冲出一个人来。后来，她的精神都要崩溃了，于是和周愚商量说要不先停止新的合作，自己好好带孩子。周愚说："这是十分难得的机会，丢掉太可惜了。"所以她默默忍受了下来，一天夜里，迷迷糊糊地刚睡着她就听到窗外有声音，睁开眼时，窗上似乎群魔乱舞一般。白兰吓得立刻抱紧了女儿，定睛一看，原来是起风了，巨大的树影映到了窗上，她赶紧给周愚打了个电话。大概是连日来他被白兰的神经质搞得心烦，或者是深夜扰到他休息了，周愚在电话里大声质问白兰："你还有完没完？目前合作的商场负责人已经保证对你和孩子的人身安全负责了，你还想怎么样？"

白兰说："他们没有采取任何措施怎么来保证？他们拿什么保证？"挂掉了电话白兰倍感孤独无助，心如死灰。

因为那个恐吓电话，白兰觉得继续待在那个城市太不安全，再者自己和周愚已经过了好几年的两地分居的生活。

白兰开始检讨，目前的婚姻状态是不是因为这个因素引起的。所以她毅然决定搬到周愚目前所在的城市，一家团圆。

断·舍·离

　　白兰很快在新的城市找到了一份行政部经理的工作，和公司签订了正规的劳动合同，缴纳了各种保险，为女儿上学办理了户口。她觉得一切都在向好的方面发展。

　　一开始一家三口租住在一套十分简陋的楼房里，墙壁到处发霉，厕所是蹲便。不但女儿如厕很不方便，而且异味儿也十分严重。白兰开始因为周愚找这样的公寓发牢骚，周愚不爱听，常常摔门而去。

　　忽然有一天，周愚跟白兰说："租房不方便，我们还是买房吧。"

　　白兰迟疑地说："这么高的房价，我们如何负担得起？"

　　周愚却说："朋友介绍有一处很不错的房子在出售，让双方父母凑一些首付款，我们再向银行贷一些，生活慢慢会好的。"

　　白兰为周愚能说出这样的一番话感到很欣慰，于是一起去看了看那房子，房子不仅格局好，价钱也还算优惠。于是，白兰也动了买房的念头。差不多有一周的时间，房产公司的人都在动员白兰签订买房合同，白兰一再跟周愚商量到底是买还是不买时，周愚总是很坚定地说买，白兰当时信心十足，约了房主周六签合同。

　　那天一大早，周愚就出门了。白兰追到门外问他："今天的合同签不签了？"他头也不回地说："签吧！我一会儿就回来。"

　　白兰带着女儿到房产公司等周愚，打了一上午电话他都不接，又跟房产公司说要不就下午吧。下午等到四点多时，房产公司的人说马上要下班了，再不签就来不急了，周愚的电话却仍然打不通。白兰向双方的父母确认了首付款没有问题后，一咬牙在合同上签了字。连续地签字按手印，白兰的心里一直七上八下的，白兰不知道自己的决定是对是错，只感觉自己没了回头路。

女儿缩在白兰的怀里睡着了，外面天色已晚，房产公司的人看了实在不忍，再次试着拨了周愚的电话。电话接通以后，工作人员默默地说："孩子睡着了，接她回家吧。"当白兰再次看到周愚时，白兰觉得那张脸非常陌生，周愚抱孩子打车回家，白兰一个人走在空旷的夜色里，不知道哪里才是港湾……

房子买下来不久，小区就有了安装天然气的机会。装与不装是自愿的，初装费用每户是三千多块钱，为了安全、保险等因素，大家纷纷赞同。在得到了90%以上用户的认可后，燃气公司确定了安装的日期。白兰跟周愚商量时，他满口同意，却一直迟迟没有交费。一天早上，白兰刚下楼，居委会的大妈就说："你们为什么不装天然气管道呢？"

白兰说："装啊！我们没有说不装！"

大妈说："人家工程队的人没有收到你们缴费的条子是不会施工的，你快去找来给他们吧！"

白兰立即给周愚打了电话，他却一改先前的说法，说："装的人很少，还是不装了吧！"

白兰说："居委会的大妈见到我特别催了一下呢！你今天上午一定把条子拿过来！"

白兰上午正忙着，连续接到白兰母亲和周愚父亲的电话，他们都是来劝白兰不要装天然气管道的，白兰问为什么，他们说管道老化，以后维修困难……

白兰听了这如出一辙的回答就知道一定是周愚跟他们说的。于是，只好跟领导请了假，找朋友借了钱，到燃气公司交了费，又连忙将条子交到了工程队长的手里，那人不耐烦地说："你再晚一分钟，我都不给你装了。"白兰冲他笑了笑说："是啊，多么宝贵的一分钟。"

周愚在外打工一直不顺，忽然有一天告诉白兰，说他被提拔当了办事处的主任。

白兰说："办事处里好多能力强的人没有取得这个职位，领导为什么单单看上你了呢？"

他说："公司的两派领导分别支持两个人，最后两败俱伤了，就把我推了出来，这是不是捡了个漏？"

当时公司的运行模式是自筹资金，自负盈亏。白兰说："你先把财务部理一下，账上没钱这个工作是没办法进行的。"周愚嘴里答应着，但是明显不太高兴。最终，周愚把主任的职位接了下来，筹措资金的事也就自然由他来解决。第一笔货款好歹筹到了五万元，周愚想自己买一辆福田车拉货，白兰把手头仅有的一万多块钱拿给了他，他得意地说："这车再卖还值这么多钱！"

终于，在周愚的努力下，办事处盘活了，赚回了刚开始投入的几万块钱。一天，公司一个领导说要到北京考察，让周愚拿些钱给他。周愚没有找任何理由就将刚赚来的辛苦钱交给了那个领导。这之后，公司濒临破产，拿走的钱再也没有还回来。

周愚又先后跟几个人合伙开了公司，都是只有投入没有产出。白兰在巨大的压力下病倒了，生病那天是周六，白兰在急救中心待了三天，周愚没有说过一句让白兰减压的话。房贷的合同上只有白兰一个人的名字，他不松口，白兰就还得一个人扛着。于是，她只能拖着病重的身体挣扎着去工作、带孩子。白天上班，下班后去输液。

就这样，身体好了。两年之后，有一天终于又病倒了。白兰母亲从千里之外赶来照顾白兰，周愚却说工作忙，好几天没有露面。白兰的身体有一周都没有好转，白兰母亲去医生那里咨询。医生说，钱交得不够，所以少用了一种药。白兰的母亲当时就掉下眼泪来了。

离婚的事被提上了日程。白兰还在病榻上时，周愚的家人派代表来跟白兰谈话。内容无非是两样，一个房子，一个孩子。白兰说："房子的贷款我继续还，孩子的抚养权归周愚，只是，十四岁以前，我希望孩子由我来带。"

周愚的家人却说孩子的抚养费是不给的，同样，如果孩子归了周愚，白兰也可以不给抚养费。白兰说："不是费用的问题，孩子还小，她应该跟着母亲。"

他们说买房子时双方都出了钱，他们愿意多出一些钱，让白兰把房子给周愚。

白兰听了这些话泪如雨下，签合同时周愚在哪里？每月还房贷时周愚在哪里？白兰觉得自己快要失控了！

之后周愚又以先前的条件来找白兰，白兰气不过，拖着病快快的身体跟他去见律师，律师表示双方分歧太大，无法达成协议。

无奈，身体没有痊愈，白兰只能从原来的世界里消失。于是，在白兰身上就发生了许多年前印在脑海里的追逃的那一幕。周愚动用了他的家人、白兰的亲朋好友和一切可以动用的力量全力围剿白兰，几个月后，他终于同意离婚了。周愚在拟订离婚协议时，明确说明孩子的教育费、医疗费等任何费用都与他无关，并要求补偿八万元现金。

白兰在那纸离婚协议书上签字时，没有流一滴眼泪。白兰的姑姑质问白兰，说："你现在想起离婚了，当初你怎么愿意呢?"

白兰说："是! 当初我愿意! 现在我不愿意了!"

岁月流年的圣女心经

从单身到已婚，这是一个成长也是一个落差，对于事业心强的女性来讲，这个落差可能会更加明显。三十多岁的知识女性还保持着一颗对理想朝圣般的热爱，应该得到褒奖和称颂，但你的理想只是你的理想而已，千万不要强加到另一半身上，永远不要奢望改变一个人，即使你们是这个世界上最亲近的人!

时间带走了你的高跟鞋，带走了你的蝴蝶结，却带不走只属于你自己的小心性。高傲没有什么不好，一切只因为奉你为女王的殿下还未到来。

1897 年 3 月 26 日，苏雪林出生在浙江瑞安县一个叫岭下的乡村里，相传苏家是眉山苏辙的后裔。

1921 年，苏雪林远赴法国里昂留学，而她的未婚夫张宝龄则在美国麻省理工学院求学，两人隔着千山万水，只能通过书信传情。

1925 年，苏雪林回国探望病重的母亲，慈母苦口婆心地劝说她尽快与未婚夫张宝龄完婚，为了却母亲的心愿，苏雪林只好将张宝龄叫来岭下老家，当着母亲的面举行婚礼。

1926年，苏雪林赴苏州东吴大学任教，张宝龄任职于上海江南造船厂，节假日偶尔来苏州看望她。苏雪林觉得丈夫性情冷酷、偏狭、还抱有大男子主义，张宝龄看不惯妻子的名士气派。

1949年夏，苏雪林远赴香港，而张宝龄选择留在大陆，夫妻俩就此诀别。

1950年春，苏雪林再度赴法，与老友潘玉良重逢。

1953年，苏雪林到台北师范学院任教，1956年又转到台南成功大学任中文系主任。

1961年秋天，苏雪林收到她的六叔从香港辗转递过来的信，信中说她的夫婿张宝龄已经于当年2月在北京病逝。

1999年4月21日，在台湾省成功大学附属医院，苏雪林走完了她一百零三岁的传奇人生，一个无爱的苦命女子，带着遗憾与悲凉远去了。

苏雪林为什么不愿意离婚呢？一方面，她信仰基督教，是位虔诚的天主教徒，天主教不允许离婚；另一方面，她自幼受的教育和某种教条的约束使她不能提出离婚。还有，她认为离婚影响名声，她把名声看得比幸福更重要。所以两个不相爱的人只好勉强维持着表面上名存实亡的夫妻关系。

第二章　编外婚姻——
我以为我是谁，我就是谁

漠然是公主的天性

安卓，一听这个名字就知道是个化名。是的，每个女孩子心里总是住着一个公主或者是天使，遇到青蛙王子的少，真正成为天使或者公主的更是少之又少。但这一切都阻挡不了一个女人希望被宠爱、呵护的一颗心，当我第一眼看到安卓时，她果真就是一个美丽的天使。

我刚到楼下，一辆白色的 TOYOTA 就停到了眼前。车窗拉下来，十分漂亮的脸蛋加一头齐腰的长发，白色的车子加一袭白衣仔裤——一个清新的安卓。

要不是后座上一个咿呀学语的孩子一直喃喃地叫着妈妈，见到安卓的人一定猜她是一个模特儿，或者是其他与时尚有关的人。

虽然生活在同一个城市，但似乎安卓并不经常出门，她对这里的交通并不是十分熟悉。我们要到一家主营海鲜的酒店吃午饭，安卓的女儿在她姐姐的怀里一直不安地哭闹。不是姐姐带得不好，是因为孩子只习惯每日由安卓来带，她并不适应其他女性的面孔、声音和气味。老人常讲，一个没有断奶的孩子对母亲身上特有的气味是极其敏感的。所以，她可能并不一定记住面孔，但是，出于一种本能，她能识别母亲的存在，一旦母亲离开了她的安全距离，就会表现出焦躁和不安。

安卓的姐姐要安卓从前面拿一小块饼干哄孩子，安卓立马拒绝了："马上吃饭了，她不能再吃零食。"

安卓的姐姐又要安卓将她的手机拿过来给孩子玩，安卓仍旧回掉了："她一把鼻涕一把眼泪地怎么能摸我的手机呢？"

安卓的姐姐急了："这也不行，那也不行，这可是你闺女，反正她哭我不心疼！"

安卓说："我的亲姐啊！你就不能好好哄哄她？"

大约五分钟的路程，她们就一直在你一句我一句地说着，我对那个一脸无辜的孩子也是手足无措。

车子由酒店保安指挥找到了停车位。刚熄火，安卓就迫不及待地跑下车，拉开后门，一只手十分熟练地将孩子揽在胯间，一只手胡乱地在孩子的脸上擦拭着。那姿势十分像贝嫂维多利亚的街拍姿势，孩子立即停止了哭闹。

我和安卓的姐姐走在前面，安卓在后面小声安慰着孩子，仍然不停地给孩子擦着脸。我们由侍者引导着上了二楼，准备找一个安静的包间。刚刚走进二楼的大厅，安卓的姐姐忽然慌张地转身就往回走，并小跑着下楼。我和安卓不明缘由，但知道一定是出了什么事儿，也只好跟着往下走，到了一楼大厅，安卓追上姐姐说："怎么了？你跑什么？"

安卓的姐姐说："你大姑，你大姑在上面吃饭呢！"

安卓长出了一口气，责怪到："我以为怎么了呢？你见到她怎么了？见到她我就不能在这儿吃饭了？"

安卓的姐姐也松了口气说："是啊！你都不怕，我还怕什么？我躲个什么劲儿？要不咱们还上去。"

安卓笑了起来，颇显无奈地说："用餐的人并不多，咱们兴师动众地往下跑，她一定看到了，没看到正脸也看到背影了。我再上去讨那个没趣干吗？算了，就在底下吃点儿吧！"

安卓点了两个青菜和一个蛋羹，然后把菜谱递给我说爱吃什么就点什么吧，安卓的姐姐接过菜谱说："没你这样请客的，我们可不像你那样，我们吃肉！来一个西红柿炖牛腩……"

点了一桌子的菜，吃得并不是很顺畅。除了安卓的女儿一直在椅子上上来下去地不安静以外，安卓也在不停地叫侍者，有没有儿童椅啦！换一套儿童餐具啦！蛋羹做得不可口啦！

安卓的姐姐一直在纠结到底还要不要再上楼跟安卓的大姑打个招呼，或者，她离开酒店路过一楼大厅时再假装初遇，打个招呼。安卓对此不置可否，一直专心地喂着孩子。

直到我们离开酒店，安卓的大姑都没有出现。正当我们开车从酒店门前经过时，安卓的姐姐才再一次吃惊地说道："你大姑，看见了吗？你大姑！"

安卓瞟了一眼说："你坐好吧！"

安卓的姐姐之所以一直担心遇到熟人，特别是亲人，是因为大家并不知道安卓有了这个孩子，更不知道孩子的父亲到底是谁。

安卓的女儿午睡之前，安卓准时接到一个电话。看到电话号码的时候安卓就很开心，按了接听键，她就开口说："喂？老张啊？你什么时候回来啊？你闺女都想你了！"

电话那头，一个男声隐约说着什么。安卓就又说："一点儿都不乖！快累死个人了！"然后，她将电话放在女儿耳边说："来！闺女，跟爸爸说话！叫爸爸！"

那孩子果真很安静地听着电话里的声音，而且略显开心起来。

挂掉电话，安卓还是一脸幸福的，她看了看我，笑了笑，然后把脸转向十六层的窗外，天气晴好，天空亮得有点刺眼。安卓眯起眼说："我这属于编外婚姻，既然是编外，那就不算严格意义上的婚姻。但是，我真实地和一个男人生活着，有房、车、完美的性爱，这种状况甚至比一般持证上岗的婚姻都要强很多。是的，这一切都不重要，重要的是——我很幸福！"安卓的表情很复杂，有自嘲，有不屑，有骄傲，还有一种就是幸福吧！

游鱼向大海

我虽然从小在农村里长大，但是因为父母早早脱离了土地以经营布匹为生，因此，一直家境很好，没受过什么苦。十几岁的时候吧，我就已经出落得很标致了，身材高挑，容貌出众。所以，像所有漂亮女孩儿一样，从小，我就一直比较具有优越感。

都说"穷养男孩，富养女"，中国人养儿育女的"金科玉律"在我的身上上演着。但是，命运就是这样捉弄人，我的人生却没能因此变成坦途。

十六岁那年，我辍学了，成了一名北漂。不为另寻数理化之外的出路，不为有朝一日出人头地，完全是好奇心和叛逆在作祟。涌入大都市，我能猎到更多的新奇与刺激，膨胀自己年轻的心。

　　我是跟着大我两岁的一位叫铃子的女孩儿出来的。她没我高，没我漂亮，但是，她只在北京待了一年，再回村里时，她完全像是翻新了一般。那精致的妆容、时髦的衣服，让一个土里土气的农村女孩子脱胎换骨。

　　我不顾老师的劝说坚持退了学，父母对我的成长从来都是只有唠叨的份儿，他们从来没有认真地管过我，生意忙时常常用塞零花钱的方法打发我。所以，很多时候，我脑子里冒出来一个想法就去做了，不管后果，不管对与错。

　　刚到北京的时候，我和铃子她们混居在一起。一个小小的两居室塞得满满的全是床，而且是上下铺的床位，连窄窄的阳台上也放了一组。起先，我并没有感觉到有什么不好，每天就是跟铃子在外面瞎跑、疯玩儿，晚上十二点之前没回过住的地方。渐渐地，我从家里带来的衣服、零食、日用品，不管用没用过都会不翼而飞。我大手大脚惯了，一开始并没有在意。倒是铃子总时不时地跟我抱怨，什么鬼都不会待的地方啦，什么必须赚大钱才能过人上人的日子啦……

　　我说："那咱们就搬走呗。"铃子立刻吃惊地看着我，那张红红的嘴唇夸张地变着形。她反问我："你知道租个一居室要多少钱吗?"我只看她的样子足够让人发笑，并没有在意。

　　但是，后来，居然有人把我那只带锁的皮箱连打都没打开就全部提走了，我开始大发雷霆，居然没有一个人理会我，睡觉的翻了身再睡，涂指甲的边涂边小心地吹着气。

铃子强按着我坐下来说，人在矮檐下怎能不低头。我生气地说："凭什么我低头！我凭什么低头？"

她说："咱们要是有自己的住处就好了。"

我说："走啊，找去！"她扭着身不动，我再追问。她就小声嘀咕说："太贵了，她住不起。"我立马拉着她下楼，到小卖部给我爸打了个电话要钱，然后就让铃子领着我去找房子。

当天晚上再回到住所时，连我们从家里带来的被褥都不见了。我环视了一下四周，周围的人居然大多是新面孔。铃子一边哭一边说那可是她的全部家当了。我冷笑了一下，居然觉得释然了，一个星期的时间，让我真实地认识了北京！

我们没能租上一居室，铃子说找人合租。我已经很疲惫了，只听人说我们有独立的一间屋子，一个大床，我就满足得很了。进门倒头便睡，夜里很冷，听见铃子去敲另外一间的门，然后拿回来一床被子，隐约带着男人的烟味儿和汗味儿。朦胧中，我觉得自己开始有点儿喜欢这个味道了。那个晚上我睡得异常香甜！

第二天，快中午时，我被饿醒了。起床到了洗手间，热水器竟然烧着水，于是又美美地洗了个澡，我什么都没有了，摸到一块儿香皂草草地洗了头。没有浴巾，挂在浴室内的毛巾也不太干净，用香皂反复搓洗过才用来擦了身子。正在这时，洗手间那扇窄窄的门被拉开了。我以为是铃子，跟她打趣说我们是绝处逢生了，浴镜中却露出一张男人的脸，我被吓得大叫了一声。毛巾并不能蔽体，我本能地蹲下身子，那人一闪立刻又关好了门。我拼命叫铃子，铃子光着脚就跑了过来，问我怎么了。我稍微平复了一下说："帮我拿个浴巾来。"铃子又一边抱怨着一边去敲另一间的门，然后给我递过来一条叠得很整齐的床单来，那上面留着淡淡的香皂味儿。

我在屋里擦了好久，齐腰的长发将床单全部浸湿了，把床单晾到阳台上的时候，整个房子里还都是死一样的静。我随手在客厅的桌上拿了本书来看，是计算机类的，很是枯燥无味。又将视线落在角落里的一盆仙人掌上，我探过手去拿那有可爱笑脸的花盆时，另一间屋子的门响了一声，我被吓了一跳，仙人掌扎到手，我又"啊"地叫了一声，深吸了一口气。屋里的男生大约二十岁出头的样子，两只手放在身前示意我不要怕，他尴尬地笑着说："你别误会，我和我同学是跟你们一起合租的，我在这里住了一年多了，早上刚回来，准备洗个澡，不知道昨天晚上换了新房客。"他又支支吾吾地说，"我近视，浴室雾气又大，没什么危险的。"

他这么一说，越加让我感到窘迫。这是让我第一个为之动容的男人，他叫洪亮。

为了缓解尴尬的气氛，洪亮到厨房做午饭时一口气煮了四袋方便面，加了鸡蛋和火腿肠，还特意放了一些菜叶在上面，让人看了很有食欲。

洪亮是刚毕业的大学生，大我九岁。浓重的眉毛加上一副黑框的眼镜越加显得那双眼睛深邃而有光，聊着聊着，居然发现我们还是老乡。

我通过铃子介绍进了她所在的文化公司，说是文化公司其实跟文化一点儿不搭边儿。我常常是做一些开业剪彩的礼仪小姐，各种商家的临时促销员，或者一些演出时走走 T 台。每天被许许多多双眼睛紧盯着，身上的每一个细胞都是紧张的，一天下来很累。但是每次都是活动结束就拿现钱，拿到钱的那一刻我和铃子又都快乐得不得了。

终究抵不过

洪亮一直在跳槽，他的工作总是不稳定，因此待在出租屋的时候总是有很多。我没活动的时候也很少外出，所以和他越走越近。铃子很明确地警告我说，不要跟穷小子谈恋爱。我装傻，她冷笑着说："哪个少女不怀春？但是，你唯一值钱的东西也全在这上面了，你不要犯糊涂。"

那时候，房租都是我一个人交的，铃子差不多只是以做伴儿的名义住这儿。对她我甚至有点儿不屑，我怀疑她是怕我跟洪亮同居，到时候这房子就又没她啥事儿了。从小到大，没有人管我，也没有人能管我。洪亮一米八的大高个儿，我和他站在一起感觉到满足和快乐，是那种感观上的愉悦，我不能接受比我矮的男生。

铃子是"肥活儿""瘦活儿"她都接。我却不是，我依我的性子和心情来，反正没钱了有我爸顶着。所以，我活得比她快乐。有时候，她回来后也会抱怨。但是，有一次，却让她捞着了。她在给一个主营珍珠首饰的厂家做专场秀时，一来二去居然傍上了那个老板，一夜之间她有了自己的分店，坐上了名车，挎上了名包。她只给我打了个电话说不用找她，房间里的东西一样不要都留给我了，我当时就被震惊了，大都市所显现出来的奇妙与精彩是眨眼之间的事儿。

洪亮却变得越来越消极，他在我面前开始不加掩饰地喝酒和抱怨。我把铃子的事儿当作一个传奇讲给他听，没想到他的心里更不是滋味了。他不停地喝酒，我跟他抢酒瓶子却抢不过他，就一起跟他喝。我们一起看篮球比赛的实况转播，一起欢呼，一起看广告，一起快乐地跳起舞来。后来，又一起看了张艺谋的《老井》，当巧英和旺泉被土石封在井下，却终于有机会做一回夫妻时，我和洪亮也深深地感受到一种窒息，借着酒劲儿，我把第一次给了他。

在我和洪亮发生关系后的一段时间里，他好像做什么都变得十分有劲头儿了。他说我给他了一种美好和希望，让他感觉人生有了奔头儿。在铃子走后，我似乎只有短暂的落寞，生命就一下子被洪亮填满了。

有一次，公司说在廊坊有一个会议需要礼仪问我去不去，虽然要出个短差，但是，因为是政府性的会议，活动费相对要高些，另外，我一直没有去过那个地方，也想去看看，所以欣然答应。于是，我遇到了让我此生最为纠结的那个男人，他叫张立仁。

因为晚上没有睡好，早餐也没来得及吃，第二天坐车我晕车了。我们在车上化妆、换衣服，下了车就直奔会场。那个上午对于我来说简直太难熬了，时间像停止了一般，头疼得厉害，恶心干呕，两个眼皮直打架。我站了一个不太显眼的位置，后来干脆偷跑到会场旁边的一个小仓库的椅子上睡着了。

胃里翻江倒海，我眯着眼听着外面的动静。快要睡着的时候，忽然感觉有人给我盖了东西，我猛地睁开眼，一个白白净净理着三七分头的男人就在我面前。我吓得立即站起身来，我略高过他，但是他一身笔挺的西装，格外有男人的高大和威严。我理了一下额前的刘海，说了声对不起。那人笑了，猛吸了一口烟说："你对不起我什么？"我被他的话逗笑了，一时间不知道说些什么好，他盖在我身上的金丝绒的台布滑落到地上。他弯腰一边捡一边说，"是我对不起你，本来想给你盖一下，却又把你吵醒了。"我急忙夺步要出去，他又叫住了我说，"不用急，外面多你一个不多，少你一个不少，我开会的都偷跑出来了，你还用着急吗？"

我只好站在那里，走也不是，不走也不是。他的烟吸得很厉害，我用手掩了口鼻说："我没有什么事儿，只是晕车而已。"他听了立刻掐了烟，我又连忙解释说，"我不是这个意思。"他用手正了正领带，说他叫张立仁，如果坚持不了他可以帮我跟公司说个话，不要太逞强。

从小到大，我从来都是由着自己所想的去做事，从来没有人指引或者干涉。张立仁的这句话，让我忽然有了一种很踏实的安全感。一会儿工夫，他居然又匆忙给我送来两块儿喝咖啡的方糖。

吃过午饭，通常情况下，我们的工作就结束了，但是，公司却说，晚上有领导请客，下午大家自由活动，晚上可以着便装出席。

我的体力恢复了许多，期间洪亮打电话来一直嘘寒问暖，我却没有感到特别的幸福，只跟他说要吃过晚饭才回去。

晚上的领导请客，其实真实的意图是让我们留下来作陪。席间刚好就有上午有一面之缘的张立仁，我就坐在他的对面。在我旁边的那个秃顶的老男人借着喝酒的名义开始对我毛手毛脚，张立仁见了，举着酒杯敬他酒，那老男人应付他了一下注意力就转到我身上来。他就干脆端着酒杯绕过来说："今天我必须跟王主任好好喝几个。"我被他挡在了旁边，他那坚实的臂膀就在我的眼前晃来晃去，结实而有力。

一来二去，张立仁就把那个老男人喝倒了。之后他又回到自己的座位与人推杯换盏。

吃过饭，一群人醉醺醺地又到了练歌房。我试探着坐到他身边说："我敬您一杯吧。"张立仁说："好啊，那你的身体怎么样？"我说："吃过糖以后就好多了。"他听了开心地笑了。然后，跟我讲了许多避免晕车的偏方，音响的声音太大了，他就趴在我的耳边来说，那气息很撩人。也许是灯光太暧昧了吧，我居然一下将头靠在了他的肩上，他并不像其他人那样猥琐，只是很自然的用手拍了拍我的肩膀，随手又递过一张名片来说，以后工作和生活上有任何事都可以让我去找他。

爱得那样不真实

那天，我回到北京的时候已经是凌晨四点了。洪亮见我喝了酒明显不高兴。我喜欢成熟的男人，酒醉的时候，二十五岁的洪亮远不如三十五岁的张立仁有男人味儿。但是，酒醒了之后，我还是觉得，洪亮才是和我最般配的人。

不知道是有意还是无意，洪亮帮我在包里找钥匙的时候翻到了张立仁给我的那张名片。他追问名片上的人是谁，我说是参会的领导，他冷笑了一声说："大领导会给咱们这些小人物递名片？"他的笑开始让我厌恶。

这之后，洪亮开始关注我出的每一个活动。我自己也开始注意，尽量避免参加那些有非议的活动。张立仁的名片被扔在窗台上，日积月累开始覆上了尘土。有时候，我看着它，脑子里一片空白，但是，我仍时不时地盯着它愣神儿。

房地产业开始兴起之后，我在一家比较大的地产公司做了售楼小姐。这样一来，在洪亮的眼里，我总算有了一个比较像样的工作。收入的提高也令我们的生活充满了阳光，渐渐地，我想我快把张立仁这个名字淡忘了，就在"环京圈"一个楼盘开盘的时候，我的生活再一次被打破了。

那天的楼盘非常火爆，天气也十分的好。我正在专心做讲解的时候，一抬头看到了张立仁那陌生又熟悉的面孔，他并没有看到我，而是带着一个女人独自看户型。他一如先前的温文尔雅、滔滔不绝。我的心底顿生一种不快，后来又自我解嘲道，我和他是什么关系？我凭什么因为他的举动而去猜测事情呢？

后来，同事让我帮忙倒水给客人时，签合同的刚好是张立仁。他一抬头，看到了我，我能看到他眼里的惊讶，但是，他并没有表现出来，对我报以微笑，然后又继续说着什么，我发现自己的心情低到了极点。他走的时候在桌上拿了几张名片，然后冲我抖抖，那意思是要电话联系，我板了一张脸给他。

晚上下班的时候，我的手机有一个陌生来电，按下接听键是张立仁的声音，他邀我一起吃饭。我说没时间，他说："这么偏僻的地方你下班后还能有什么业余生活可忙啊？出来吧，我就在大门口。"鬼使神差地我还是去了，他开着车一路向前，我把目光转向车窗外。他笑了笑说："我给了你电话你怎么不打给我？"

我说:"没事儿打什么电话。"他又笑了笑说:"怎么样?我开车你还晕吗?"我说:"当然晕了,你停车,我要下去。"他把车停了下来,却把车门全锁了,我开了两下没有开开,我说我要吐车上了,他却一下把我拉到怀里吻了下去。那是将要融化的感觉,他冒起的胡子茬在我的脖颈间摩挲,让人感觉好冲动。

他轻轻抚摸着我的脸问我,今天见了他为什么不高兴?一听这话,我的情绪又低了下来,淡淡地说:"您带漂亮女士买房,我不便打扰嘛!"他听了爽朗地笑了起来说:"噢!原来是吃醋了!"他一语道破要害,我也猛然间发现自己果真是在吃醋,埋了脸颊在他的臂弯里。他说,刚才是陪同学过来看房,还好来了,不然就没有今天的相遇。

我们在空旷的郊外,看着落日余晖,开心地聊着一些轻松的话题。偶然间,他提到了他女儿,在他提到他女儿的时候那脸上满是幸福与快乐。我再一次幡然醒悟,他根本不可能属于我。

也许那段时间真的是与世隔绝了一样吧,张立仁成了我唯一的慰藉。他计划好带我去某处,来回的路程时间和路线都有很好的计划,每次在一起的时间都掌握得恰到好处。我享受着他的这种安排,被他的强大深深地打动着。

这一年,我二十岁,和他开始亲密接触。

让自己的世界有自己

楼盘差不多售罄之后,我回到了北京。与洪亮日夜相守的时候我才会有一种真实的感觉,我觉得我在过日子,而不是跟张立仁在一起时那般飘飘然的。

后来，我和洪亮的父母都知道了我们的关系。他们都觉得我们可以适时结婚了，而洪亮这几年在北京发展得一直不顺，所以就有了回老家的想法。我一直处在与张立仁的纠结中，他能给我很大的满足感，但是，每当他提到他女儿的时候，他的那种幸福的表情就让我知道我和他没有未来。我比他女儿大十二岁，我觉得这个事实很可怕。

我换了电话号码，搬回了老家，自己在县城开了一家饰品店。洪亮是大学毕业，一家人还是很努力地想给他找个正经的差事。于是，我爸妈花了两万块钱在镇政府托人给他安排了一个临时工的工作。洪亮开始有精神了，他对自己的这份工作很满意，因为他现在能看到希望了，只要他用心培养人脉，总有一天就能转正。

我也开始一心经营自己的生意，他每天上班前和下班后都会跟我一起在店里坐坐。渐渐地，因为我的时间不固定，他也不大耐心坐下去了。他的应酬也开始多了起来，有时候说镇上离家里太远，他嫌辛苦就住在宿舍。他做临时工每月只有几百元的收入，而他每月请客、送礼之类的花销就得一两千。只要他一回来，我看到他的包里没钱了，不用他说，我都会给他塞上，他的电话费也是由我来交的，从一开始一个月的三十几块，到后来差不多每月要达到三百块。

有一次，我很纳闷儿，他都有什么业务需要如此大的电话量呢？于是，我到营业厅打了通话记录，我发现他频繁地给一个号码打电话，短信息更是很密集。而且通常时间大多在晚上，我将电话拨过去，是一个温柔的女声，我觉得我的血都冲到头顶了，我把他叫了回来。

他像是早就预料到了结果一样，很镇定地说那女孩儿是和他同一乡镇的会计。

我说："她有我高吗？"

他说："没有。"

"她有我漂亮吗？"

"没有。"

"她比我年轻吗？"

"没有。"

我说："那她是哪里好呢？"

他说："她爸爸能帮他办转正，并且，那女孩儿也是大学毕业。"

我觉得我要说的话有很多，但是又觉得也不必说什么了。我哭了很久，但是，我哭又是为什么呢？我想哭回什么吗？

我去找了张立仁，我哭湿了他的肩膀。他只默默地拍着我的肩，他希望我哭过之后就一切安好。我说我要和他在一起，他重重地点了点头。他说当初我睡着时那张安静的脸就让他生起了保护欲。我说我要他娶我，他却没有回答。

我说我等你一年的时间，一年以后我要一个结果。我和他在一起快乐地度过了一年，一年之后他仍然给不了我答案，我觉得我没有路可以走了。父母一直在找人让我相亲，后来，我伤心之余见了强一面。他一米八的个子，帅气的脸，自己经营一家酒吧。强对我追求得并不是很热烈，但是送礼物、送花儿之类的却从来不少。我不想再漂着了，必须给自己一个归宿了。于是我和强在见面一个月内结了婚。

新婚之夜，强居然和他的朋友们在酒吧里喝酒喝到天亮才回来。他回来并不上床，倒在沙发上就睡着了。接下来的日子，他经常是天快亮了才回家，而且看上去总是很累的样子。我心里酸酸的，跟他说，赚钱也不能这样卖命啊！他眼也不睁，也不说话。后来，干脆就住在酒吧了，我很少去他的酒吧。那天一早，我忽然发现强没有带钥匙，就步行去了酒吧，散场了，门也关得死死的，我看了看手中的钥匙，心里忽然慌慌的。我试着将钥匙插进去，门开了，店里黑洞洞一片，只一个包间里有隐隐的灯光，我的心跳得厉害，不知道自己究竟会看到什么，但是，一种不祥的预感一直笼罩着我。

　　当我推开房间的门时，我看到强和一个男生紧紧地拥抱在一起……

　　我不知道我这算不算结过婚。但是，这之后，我发现索要婚姻是多么可笑的一件事情。命运再一次将我送回张立仁的身边，这一回我是真的死了心，而他还是那么温柔地对我。我发现我怀孕以后，他很是惊喜，没有别人所说的强制堕胎之类的。他对我关怀有加，他跟他老婆说为了女儿上学方便，要在学校附近购一处新宅，然后就在同一个小区，他为我和孩子也买了一处，这样他来这里就师出有名了。

　　为了我能时常回家看一眼我爸妈，他又给我买了一辆新车。隔了一段时间我就把车开到我爸妈的摊位前，默默地看着他们，或者上前打个招呼就匆匆离开。我只能坐在车里，不能让他们知道我怀孕了，因为没办法回答孩子的父亲是谁。而他们呢，一直都是那样忙着，忙得没有时间让我下车来说说话。常常也只是急急忙忙将大包小包的好吃的塞进车来。他们的头发不知道什么时候已经变得花白了。

我们的孩子出生了，是个女儿。张立仁并没有明显的失望，他说："没关系，来年要再抱个弟弟。"

我笑着说："还要生啊？"

他把女儿亲了又亲，说："当然啊，多子多福！"

豆蔻年华的玉女心经

女人天生喜欢把自己放在一段故事里，拥着一段"寻寻觅觅，冷冷清清，凄凄惨惨戚戚"的愁苦，把自己想象成这个世界上最悲凉的人，然后暗示自己需要保护，需要爱！

生活难免有不如意的时候，难免有站在原地不知该何去何从的困扰。当你迫不及待地想要抓住被爱的感觉的时候，你已陷入自己情感困顿的泥沼之中。

豆蔻年华需要的是一段明媚的爱情，所以永远不要做那个把头埋起来的鸵鸟。一时的庇护不代表一生都能获得想要的那份安全感。时刻提醒自己，女人最重要的永远是内心的坚强和人格的独立。

十七八岁的时候，不要过早地让名和利圈牢自己。只要肯努力，梦想和幸福都可以去追求！

1916 年，十六岁的张学良奉父命和长他三岁的于凤至结婚，生有一女三男。

1927 年春天，在天津蔡公馆舞会时赵一荻初识张学良。相识后，他俩时常到香山饭店的高尔夫球场打球。

1929 年 3 月，张学良时任东北边防司令长官后，给赵一荻长途电话，问她能否到奉天（沈阳）来旅游。几天后，她电话回复，已征得父母同意，准备应邀前往。于是，张学良就派陈副官赶至天津迎接。上路时，赵家全家人都曾赶到火车站送行，到沈阳后便安顿在北陵别墅。

尔后，赵庆华在报上发表声明，照家祠规条第十九条及第二十二条，将赵一荻削除其名。

1936 年 12 月 12 日，张学良被幽禁。

1941 年 5 月，张学良患急性阑尾炎，赵一荻陪他到贵州中央医院做手术。出院后，他们又被幽禁在贵阳黔灵山麒麟洞、开阳刘育等地。

1964 年 3 月，结发妻子于凤至的离婚手续，从美国寄到张学良手中。

1964 年 7 月 4 日，张学良与赵一荻正式结婚，结婚典礼在台北市杭州南路美籍友人吉米·爱尔窦先生的寓所举办。

2000 年 6 月 22 日赵一荻逝世，她就是中国现代史上的一位颇具神秘色彩的女性——赵四小姐，陪伴张学良走过七十二年的风雨人生。

2001 年 10 月 14 日，张学良因病抢救无效在美国夏威夷逝世，享年一百零一岁。

…………

试问，能有几人会像于凤至，又有谁人能像赵四小姐，而她们共同守候的谁又能保证都是张学良呢？

第三章 貌似婚姻——
转身后方知来时风景

爱是片面的东西

　　知画孕味十足地坐在公园的长椅上，一群鸽子在她脚下咕咕地叫着。她兴奋地拿出一些面包屑来喂食，于是，那些鸽子就扑棱着翅膀去抢食。阳光十分耀眼地照着大地，刚刚下过雨的远天也是一片蔚蓝。我看得有点儿羡慕、有点儿嫉妒，甚至是矫情地恨着。我微笑着站在一旁，提醒着她要小心，正在这时，知画的手机响了，是一个十分稚嫩的童谣。知画迅速地拍掉了手中的面包屑，跟我诡异地笑笑说："是我老公！"我冲着她点了点头，十分配合地在那里不作声。或许，更少地让她老公了解我，更少地让他知道我的存在，我觉得对知画来讲才是最舒心的。

　　知画几乎没有简单的语言，只是一味嗯嗯地答应着什么。

　　挂掉电话她跟我转述："他让我远离飞禽，远离有花的园子，远离游人多的地方，呵呵，还有就是少接电话。"我依然冲她笑了笑说："嗯，很幸福！"的确，许多女人需要这样的约束，这样的约束明明就是一种幸福，而且是值得炫耀的幸福。

我和知画的聊天中，她三句话离不开"我老公"这三个字。好多事情超不过三句也总能重新引到"我老公"这三个字上来。我也有过情窦初开的时候，我也知道爱一个人就是满心满脑满脸的都是那个人。

许多有故事的人，常常会把自己的过去和现在比较，患得患失。知画的言语中却只有现在和未来，她很少透露过去。或者，她太需要一段华美的未来覆盖自己的过去吧，以至于对过去闭口。也许，过去，对于知画来讲果真是一片糜烂破败的腐叶，但是，我不愿意那段时光就这样地掩埋在她的心底。因为，有时候，总会在闪念间，她会拿出来晾晒。与其那样，还不如现在就找一个倾倒的出口，这样，她就释然了，以后的日子才有可能真正地快乐起来。因为，六年的时光，对于一个女人来讲，对一个青春的女人来讲，太宝贵了！

我们按着知画老公的要求，找到一处没有飞禽，没有花粉，没有危险，远离人群的僻静凉亭里休息。她将双手叉在腰间，转了一圈，说："这里不仅安全，而且风景很美，对宝宝来讲一定很适合了。"

我说："一个天使降临到人间，大爱莫过于，带来爱，享受爱，创造爱！"

知画会意地点了点头，过不了多久，我们的天使就为爱而来了！

我说："你老公好像很忙的样子，到时候谁来照顾你们呢？"

知画说："我婆婆前一段时间来了，这是她第一次走出大山。到了我家，她不会用煤气，因为她在家里只烧灶火；她不会去超市购物，因为她在家里只去小卖部。将来，她还不会给宝宝用尿不湿，不会给宝宝搭配营养餐。原来在村里最能干的一个勤劳的人，到了这里一直说自己是个废人。我没有一丝一毫的不满，我觉得自己活得很踏实，也很本土。我跟她说，我没想让你来做这些，我就是想让你看着孙子出生，和我们一起享受这种快乐。我有如此心境，不是因为自己多高尚，也不是因为和老公两人有多完美，完全是拜彬彬所赐。有六年的时间，我和他同出一个门，同睡一张床，同吃一锅饭，甚至同饮一杯水。我叫他老公，他叫我老婆。貌似这就是爱情，貌似这就是生活，但这只是一个貌似婚姻的日子。所有的一切都改变不了我们分离的命运！"

知画口中的彬彬就是曾经和她共同生活六载，事实婚姻的缔造者。

一种魔力

我来自冀中很偏僻的一个小乡村。我母亲怀着我时，父亲算定了我是个男孩子，早早地起了个名字叫志华。可是，我出生后，对我父亲的打击很大，他一直都不想承认我是女孩儿的事实。好在，父亲还是一个通情打理之人，他并没有重男轻女，相反，他加倍地培养我。上户口时，还特意将"志华"谐音成"知画"。很淑女的名字。

好在我从小也还算聪明伶俐。而且比其他孩子早两年入学，课业成绩一直都是名列前茅。父亲一直都想让我将学业进行到底，而我一直也遵从他的意愿读了些社会科学。

但是，后来我发现，我读的这些书对于我留在城市毫无益处。于是，瞒着父亲，选修了很热门的计算机课程。

也就是在读计算机课时我认识了彬彬。彬彬的家在上海，父母都是知识分子。他从小不但接受了良好的教育，对于新鲜事物也接触得比较早。有了优越的家庭条件，他早早地就拥有了属于自己的计算机，所以，上课时他的理解能力就很强。在我们眼中，他身上就有了一种光环。

彬彬不但成绩优异，而且长相俊朗，所以，他有很多优秀的追随者。她们向他高调示爱，他把她们当成玩笑，很乐意地接受但也总是很嘻哈地解套儿。于是，大家又觉得他风流倜傥，不可一世。

或许，我和他之间注定要上演一场王子与灰姑娘的爱情故事吧。一直以来，我都是躲在自己的角落里不声不响。从不期待也不觉得我和他之间会发生一些事情，因为，我知道我和他完全是两个世界的人。

有一次，我们班上的 42 个人被分成了七个小组，每组选出一个队长来抽取选题，用大约两周的时间进行编程，完成最终的测试。我被分在第三组，是小组成员，彬彬在第五组任队长。因为是以小组记名次的，所以，被分到第五组的同学就像捡了块金元宝一样惊喜，因为第五组有彬彬的存在，他们可以不劳而获。小组刚被划分完，第五组的几个女同学就欢呼了起来。我很蔑视地笑了笑，扭头的时候刚好与彬彬的目光相撞，我在他的眼中看到了一些异样，但是，心里想，没有什么大不了的，我就是鄙视了也没有什么不可告人的，相反，投机取巧的人才应该真正感觉到羞愧。因此，我更加肆无忌惮地夸大了表情，扭过头去不看他！

我所在的小组对这件事情的积极性显得不强，大家都在抱怨自己的运气不好。讨论一圈下来竟然有些破罐子破摔的想法，甚至有人期待第五组的彬彬能提早完成自己的选题，再转战来帮帮我们。我没有发表意见，但是，心里已经开始暗自较劲了，都是人，凭什么就这样自我贬低呢？

　　讨论会结束后，彬彬站起身来向大家宣布说："我这里有一些参考资料，哪位同学需要？"大家当然是争先恐后地蜂拥而至。我没有动，甚至没有抬一下眼帘，默默地收拾起课本来。彬彬并没有撒开手中的资料，而是说："既然这么多同学想要，我只能看老天的安排了。"我依然没有理他的这一套，拿起课本向外走，彬彬扬起手中的资料向上一抛，资料不偏不倚，刚好落在我的脚下。同学们向我的位置飞奔而来，我只停了两秒钟，头都没有低一下，便径直地朝教室外走去。人，不应该吃嗟来之食！

　　指望和小组成员讨论出一个方案来是很难的了，于是，我独自一个人在图书馆里查阅资料，在电脑上测试程序进展。

　　有一次，可能连日的劳累吧，我趴在图书馆的桌子上睡着了。那一觉睡得很香，等我醒来时，天色已经暗了下来。我睁开眼睛，第一个看到的人就是彬彬，他正定定地盯着我看，丝毫不加掩饰。我愣住了，他也忽然感觉到不妥，迅速地将目光转到手中的课本上，但是，看上去仍然是手足无措的。我的心提到了嗓子眼儿，怦怦地跳个不停。正在这时，图书馆的灯亮了，那亮光像一道利剑警醒了这段有些暧昧的气氛，我定了定神，收拾好东西向馆外走，我一步一步远离，但是那个炯炯的目光竟然印在我的心上了。

　　那是一张自信而帅气的脸庞，让人无论如何都无法拒绝，又让人觉得如此亲切，我觉得有一种特殊的氛围，正慢慢地将彬彬向自己拉近，这简直称得上是一种魔力。这应该就叫作爱情吧！

幸福得像对情侣

彬彬见我起身离座，他也胡乱地收拾好东西，追了出来。我抿紧了嘴唇期待又害怕接下来将要发生的一切，怀着忐忑不安的心情加快了脚步，随即彬彬也跟了上来，他始终跟我保持着一定的安全距离。

当我们走到一处僻静的林荫道时，他用特有的磁性嗓音叫了一声："知画！"

我像被电到了一样，双腿竟然软软地走不动了，我感觉到自己的双手在微微地颤抖着。彬彬慢慢地和我并肩而立，我深深地低着头，不知道自己该如何面对他。我感觉到他的高大和威猛，原来站在他身边时，竟然有如此强烈的安全感。彬彬见我并没有拒绝甚至排斥的意思，试探着站到了我的面前，我们甚至能感受彼此厚重的呼吸。就这样，我们面对面地站在一起有两秒钟的时间，彬彬竟然伸出双臂将我拥入怀中，我感觉到他身体的颤抖。他紧紧地将我抱在他的怀里，几乎要窒息了，我的额头被他硬扎扎的胡子茬来回地摩挲着。一种情感的冲动在两个年轻的身体里激烈地碰撞着，那一夜，我泪流满面，是为自己争取到的，是为老天赐予我这种幸福喜极而泣。彬彬用他那双修长的双手帮我拭去泪水。忽然，他小声地笑了起来："我终于融化了你！"

我不知道他这句话里面包含的意思，只是一下子感觉到了自己的失态。也许，他只为征服我而来，证明他自己的魅力而已。我如梦初醒，用力地挣脱了他的臂弯，理了理头发，转身离去。我听到彬彬着急地小声叫着我的名字，但是，我必须让这一切冷下来。

这之后，有一周的时间，我都避开彬彬。尽量保证不见面，不去教室，不去图书馆，我隐隐地感觉到他在疯狂地寻找我。但是，我不能就这样束手就擒，为这一时的激情！

那日黄昏，我独自一个人站在夕阳里。那些火红的暖阳就像彬彬的怀抱一样让人难以拒绝，我痴痴地一个人发呆，彬彬再一次出现在我的面前。这一次，我看到了他的眼神，那里写着心碎、着急和愠怒。

但是，他的嘴里仍然喃喃地叫着我的名字："知画！知画……"

我撕破了自己所有的伪装和道具，不顾一切地和他再次相拥到了一起。我第一次感觉到他温热的嘴唇，他的舌头疯狂地在我嘴里缠绕，我被他倚在一棵妖娆的柳树下，就这样情意浓浓地缠绵。

终于，我和彬彬在这片晚霞里坦然相对。幸福得像对情侣一样相拥在一起，彼此互诉情愫。

彬彬颇有怨言地说："为什么对我那么冷漠？为什么拒绝我？为什么让我相思得这样苦？"

我笑着说："大众情人，为大众所用，关我何事？"

彬彬很是诧异，却无奈地说："哦，原来，你是这样看我的啊？"然后，他竟然抱起头来，好像百口莫辩的样子。

我拉开他的手忙解释说："本来嘛，那么多漂亮女生对你都有好感，谁能保证你不挑花了眼啊？"

彬彬拉着我的手说："知画，你知道吗？报到之前，我到档案室帮老师整理档案时，我就被你的名字吸引了，知——画，我忽然有一种强烈的愿望想看看你的脸。于是，我看到了你的照片，你知道吗？你的清新一下子让我的心跳迅速地加快，我有一种心灵碰撞的幸福感觉。我看到了别人对你的好评，看到了你一步一步成长……我认为我是了解你的！所以我的心里从来不曾有过别人！"

彬彬的一番话让我彻底地打消了一切顾虑，冥冥之中仿佛有命运的安排一样，老天将我们彼此赐予对方。我开始逐渐树立起自信，我相信，彬彬就是我的真命天子。

为了这段完满的爱情，我和彬彬相互约定：一、不公开我们的恋爱关系；二、经济上 AA 制；三、学习上相互帮助，共同进步；四、毕业之前决不允许有亲密的接触。

我们深深地感觉到拥有了对方，身体和精神上都有了一种极大的满足感。彬彬学习的动力十足，我也在他的帮助下慢慢将选题的难点一一攻克。测试时，老师点到第三组上机测试，老师连问了三声谁上台来演示，大家都没有出声，我和彬彬对视了一眼，他向我自信地点了点头。于是，我鼓足勇气进行上机操作，我熟练地在键盘上输入一串串的命令，当一个个程序完美上演时，我听到了大家的惊叹。最后，老师疑惑地问道："你们组只有你一个人在做吗？"

我略停了一下说："是大家共同努力的结果！"

于是，老师在我的测评分上重重地给了一个"A＋"。

在这一年半的时间里，我和彬彬都被这种无形的向上的力量吸引着，我们觉得彼此的存在就是对自己生命最好的诠释。

当霓虹划过天际

最后一个学期放寒假时，我和彬彬都迟迟没有收拾行李。因为，就在这个冬天，彬彬坚持要带我去见他的父母。我的心里忐忑不安，彬彬说，这是顺理成章，水到渠成的事儿。

我听从了他的安排，想着如何把自己最好的一面展示给他的父母看，让他们祝福我们的这段感情。

临行前的一天夜里，整个女生楼的人都走得差不多了。为了安全起见，彬彬执意将我的行李拿到他的寝室。暖气已经不正常供暖了，我们紧紧地相拥在一起，渐渐地温存了起来，彼此已经不能克制自己的情感了。彬彬解开了我的内衣纽扣，我用仅存的一点理智制止他，跟他说："我们约定好了，毕业之前不能有亲密接触的！"

彬彬显然已经失去了最后的理智，他坚定地说："我就要你，这辈子只要你！见过我父母我们就光明正大地在一起，再不要受这种苦！"

他击败了我的最后一道心理防线，在那一夜我将自己交给了他。屋子里很冷，却更加坚定了我们需要彼此的信念和感觉。

第二天，我和彬彬一起到达上海。坐在计程车上，看着彩色的霓虹划过天际，想着就在这样的一个城市有我最爱的人，有一个属于我们的爱巢，丝丝暖意，无时无刻地浇灌着我的心田。

彬彬的家里非常的整洁，并且也很温馨，家里的角角落落都留着彬彬成长的足迹，有他儿时的照片、摆件和一些可爱的小玩意儿。他的父母看上去慈善而亲近，整个见面的过程显得非常友好、融洽。和他们谈笑风生，我们就像一家人一样，我丝毫没有感觉到生疏。晚上，我就睡在彬彬的房间里，感觉此时的自己更加深入地和这个男人的过去、现在和未来融到了一起。

彬彬睡在客厅的沙发上，脸上都还挂着幸福的微笑。

第二天吃中午饭时，彬彬的妈妈边给我夹菜边说："知画啊，听说你家离北京很近呢！"

我笑了笑说："跟上海比起来，应该是近多了！"大家听了都跟着笑出声来。

彬彬的妈妈又说："不过呢，彬彬还是要回到上海来的！"

我吃了一小口菜说："嗯，那是自然的！"

彬彬忙跟她妈妈说："知画的专业课学得很好，她在我们学校可是一等生呢！"我不好意思地笑了笑，彬彬的妈妈还要讲些什么，被彬彬岔过去了。

本来说好彬彬和我一起回我家看看，但是，彬彬的妈妈说临时有事情，彬彬不能去了，而且还说，正式的登门拜访还要他们老两口亲自去为好。那时，我并不懂得这些礼节，所以一切皆听从长辈们的安排。

我和彬彬就这样依依不舍地分别了。我回到老家过年，忽然觉得没有彬彬在身边，什么喜庆的气氛都感染不了我。我急切地盼望着收到彬彬的电话、短信和留言，但是他却时常不接电话，不回短信，然后又会解释说，去待客和走亲访友了。

回到学校以后，彬彬并没有什么异常。他对我仍然表现出了极大的热情，但是，对于双方家长见面和婚事却只字不提了。

我曾试探着问过他，他父母见过我之后的评价，他说百分之一百二的好评，只是觉得我们还年轻，应该以事业为重，两个人好是不争的事实。

我的心暂时放到了肚子里，因为彬彬希望能在北京做出一番事业来，于是，我们在外面租了房子，就这样住到了一起。

我在一个只有十几个人的小公司谋到了一份工作，我们进行的规划是：我尽快从创业者那里了解整个创业的过程，全面掌握独立运营的知识。而彬彬则在较大较知名的企业了解行业的领先技术，一旦我们羽翼丰满，我们就要靠自己的力量，在中关村立足。

有差不多一年的时间，我一直在忙碌于处理公司的各种琐事上，而彬彬则总是在项目的外围持续加班。我们每天朝九晚五地工作，却总是在天不亮的时候就要去挤地铁，很晚了才能回到住处。但是，我们总还能在睡前互道一声晚安，醒来时，道一声加油。

在外人看来，我们俩俨然就是一对新婚宴尔的小夫妻，我们像所有的家庭一样过日子。早上出门上班时，手中提着垃圾袋；下班时回来时，手中拎着水果蔬菜。打电话时总是一口一个"老公"、一口一个"老婆"地叫着，除了一纸结婚证，我们什么都有了！

最亲近的陌生人

那年国庆和中秋赶到了一起，我提前和彬彬商量是不是要回上海陪他父母一起过，彬彬一直推辞说，不着急，到时候再说。

9月30日晚上，彬彬吃饭时忽然说，他国庆节期间要出差。说这话时，他低头吃饭，没有看我。我疑惑地说："什么事情这么急？过节哪个单位不放假？……"

彬彬打断了我的话，说："哪来的那么多问题，刚参加工作，当然还是努力些好！"

我为此很不愉快，好不容易熬到了一个小长假，两个人终于可以轻松一下了，但是，现在却不得不以工作为重。

"去哪里呢？几天回来？"说这话时，我感觉自己好像真成了一个家庭妇女，不知道自己什么时候也变得这样婆婆妈妈的了。

"去坝上，那边的电站操作系统出了问题。时间不确定，看工作进展吧！"彬彬不紧不慢地说。

我忽然冒出一个想法来："那边是草原吧？要不我陪你一起去吧！就当是旅游了！"

我这话刚一出口，彬彬忽然就紧张了起来，他第一次表现出不悦来："我是去处理问题，怎么能拖家带口的，让别人看了像什么样子！"

我叹了口气，忙着转变气氛说："好了，不去就不去吧，不过我一个人实在有些没意思。"

彬彬又赔着笑脸说："要不，要不你自己回家陪陪你爸爸妈妈也好啊！"

我试探着说："我回去了，他们也总是半句话不离你和我的事儿……"

我的话还没有说完，彬彬却真急了，他起身离开餐桌，冲我嚷道："我爸爸和我妈妈三十五岁结婚，三十八岁才生下我。你能不能让你的父母少操点儿心？你什么时候变成这个样子了？"

一连串的反问句让我错愕。

整个晚上，我都在思考，我和彬彬两个人到底是谁变了。

第二天一大早，彬彬就简单地收拾行李就出门了，连一句惜别的话都没有讲。

我也随着一张张幸福归家的笑脸回去探望父母，也许是彬彬的话在我的心里起了作用吧。只要父亲母亲稍稍有要提起彬彬的意思时，我就不耐烦地岔开话题，或者干脆回避他们。七天的假期，我过得昏昏沉沉的，实在受不了父母不安的眼神和猜测，假期还没有结束就以返程客流量太大为由提前踏上了归途。

就像当初我和彬彬被一种无形的力量慢慢拉近一样，从那个中秋节开始，又有一种无形的力量将我们拉开了。

出差回来后彬彬的心情好了很多。我在他的行李箱里意外发现了他新添置的两件衬衣，平时，彬彬是不穿颜色鲜艳的衣服的，那两件衬衣甚是扎眼。我们一起去必胜客吃东西时，结账时，他依然习惯性的 AA 制。若放在先前，我仍然认为这是一种平等和尊重，这是我们当初在相识时的约定，在今天的我看来却显得彼此生分了许多。那么喧闹的公共场合，有那么多小孩子的地方，我们却能面对面地默默吃东西，吃完了，他留下一半的餐费就去洗手间整理仪表，或者打电话。彬彬接他父母的电话越来越多，聊的时间越来越长，而且，避讳我的地方也越来越多。

有一次，我和彬彬一起参加他们公司的周末聚会，忽然我有一个强烈的念头要揭开自己心中的疑问，于是，我和彬彬的同事李东闲聊，我问他：“你们中秋节去哪里玩了？”

李东不无遗憾地说：“别提了，我们哪有休假啊，加班加得昏天黑地的！”

我的心忽然跳得非常厉害，甚至羞愧自己问出这样的问题来，于是，冲着他不自然地笑了笑说："是啊，彬彬也为这事儿心情不好呢！"

没想到李东却说："你们家彬彬心情不好？他可是踏踏实实休了七天啊，一天班都没有加！"

我愣在那里，半天没有缓过神来，还好包间里的重金属音乐让我有麻醉自己的时间。随后，我拿起啤酒和李东拼酒，彬彬见了非常不高兴，我根本不去理睬他，大声地欢笑着。我说："李东同志，国庆加班辛苦了，我代表党和人民感谢你！"

我知道这样的自己很失态，但是，一种报复后的快感让我不能停止自己的行为。我和彬彬的矛盾在日益加深，但是，我们谁都没有坐下来静静面对彼此的勇气。我们之间的空气仿佛就要凝结了一般。终于有一天，我们去超市购物，但是，只是转了一圈，因为没有心情，购物车里空空的。结账时，彬彬随手拿了两桶冰激凌，但是，他只从钱包里掏出了一桶的钱，我没有像往常那样跟着付款，而是扬长而去。

彬彬看着我的身影，将吃了一口的冰激凌重重地扔进垃圾桶，然后快步超过我，两个人背向而去。

那晚，彬彬一夜未归。前半夜我自己呆呆地坐在窗前，后半夜开始整理自己的衣物，两个人相爱不需要理由，分开也同样不需要吧！

我搬去一个女友那里借宿。有一周的时间，彬彬都没有找我，也没有任何信息。

那天晚上，我又回到了原来的住处。犹豫了好久我才把那把温热的钥匙插进了锁眼里，打开了门，一股冷风穿堂而过，彬彬穿着拖鞋从洗手间走了出来。

我说："我把我的电脑搬走，其他的你看着处理好了。"

彬彬的脸上滴着水，但是，毫无表情。

那个台式机很重，我一个人笨拙地整理着，下楼时，我淡淡地说："你帮我把机器搬下去吧！"

彬彬冷冷地说："分手了，就不要再有什么瓜葛吧！"

他彻底激怒了我，我冲他歇斯底里地喊道："什么叫瓜葛？就算是大马路上的行人，我需要帮助，他们也会搭一把手的！我怎么会跟你这种人在一起?!"

彬彬也一肚子的怨气："当初约定 AA 制你是同意的，既然同意过的事情，那现在又是谁在拿这说事儿？"

我简直要气疯了："AA 制！你跟你父母亲 AA 制去吧！最好跟你儿子也 AA 制！"

我触碰了彬彬最柔软的地方，他大嚷着："我父母怎么了？他们教导的儿子非常优秀！"

我笑了笑，嘲讽地说："那我要问问你这个优秀的儿子，你父母亲是怎么教导你撒谎的？怎么教导你撒谎之后还可以理直气壮的？"

"谁撒谎了？"

"你没撒谎，李东亲口跟我说的，中秋节你根本没有加班，不加班，你也没有待在北京，你说说你去哪里了？"

彬彬颤抖着双手从桌上摸出一支烟来，我看到他的眼里挂着泪花，深吸了几口烟之后，彬彬终于决定摊牌了。

"我父母一直认为你的家庭条件不好，不同意我和你在一起，我夹在你们中间六年，现在真的感觉到疲惫了。"彬彬的话一出口，我突然觉得血往上涌。他继续说，"我在北京坚持这么久，全都是为了你，舍不下你，你竟然这样不理解我……"

我泪流满面地说："什么时候的事儿？"

彬彬说："第一次见面时他们就提出来了！"

我痛苦地说："当初你为什么不说清楚？"

彬彬强忍了情绪说："因为……我不想失去你！"

我觉得自己被人扔在一片荒野里，毫无安全感可言："你口口声声说不想失去我，这六年的时间都做了些什么？我们坚持的这六年又有什么意义呢？"

一场激烈的争吵终于撕开了一个事实的真相。彬彬中秋节没有加班，他回上海去了，去进行一场他父母为他安排的相亲。那两件衬衣就是女方相中了他的有力说明，彬彬接受了。那么，我和他的一切就应该尽快结束。

至此，我才明白，当初我去彬彬家时，他母亲本来就是话里有话。只是，那时的甜蜜蒙蔽了我的双眼，我沉浸在那种幸福里，最终累垮了的这段感情才告终。

彬彬回上海去了，去过他父母认为他该拥有的生活。我的朋友们希望我尽快从这段感情的阴影里走出来，他们接二连三地要给我介绍朋友，我第一句话就是问："先说他们的家庭情况吧。"

家庭条件好的，但是对方只不过是从小县城里出来的，我都会坚决地拒绝，连面都不见。最后，我遇到了立强，他成了我现在的老公，而原因是，他从偏远的山区走出来，一个人不断地深造取得了经济师资格证。

初见立强时，他白白净净，文质彬彬，山里人的呆板与拘束在他的身上一点儿也看不见。我和他很自然地相处，很多时候我仍然会 AA 制，立强说："以后就免了吧！有我吃的就饿不着你！"

我问他："你不想知道我的过去吗？"

立强看着远方说："过去？过去能代表什么呢？我先前接触的女孩子大都会问我的过去，她们至少要追问到我的父辈，知道了我的过去她们就开始质疑我的未来，所以，最终她们选择了离开。"他又看看我说，"从现在开始，我们只关注我们的未来！"

如果说我当初和彬彬的一切都是年轻人冲动，那么，接下来，我做了一件更加冲动的事情。那就是，我和立强认识不到一百天就领证结婚了。看着他父母苍老的容颜，我感觉到只有这样的人才是我最亲最近的人。

彬彬在网络上表达了他的苦闷，回到上海后，他仍然不能给自己定位，我将他从网络上彻底地删除了；他找到我的手机号码，我就换掉了号码。我不想报复他什么，我只是想过让我自己觉得踏实舒心的日子。

知性女子的释然心经

无论相爱的结果如何，相爱的过程曾经都有过甜蜜。有爱的时候尽管去爱，爱走了，也要静静地向对方道一声珍重。

每个人都会找到属于自己的幸福，也许早一些，也许晚一些，但是，早早晚晚都会到来吧；每个人都会有冲动的时候，激情可能短暂一些，也可能长久一些，但是，终归会有警醒的时候；每一段青春都会有一段回忆，也许酸楚一些，也许甜蜜一些，但是，酸酸甜甜才可谓是爱情吧！

1916 年，盛爱颐只有十六岁，她见多识广，不仅能诗会绣，还写得一手好字。那时宋子文刚从美国留学回来。担任了汉冶萍公司总经理盛恩颐（盛爱颐的四哥）的英文秘书。常常出入盛府，认识了盛爱颐。宋子文为了追求盛爱颐，主动担任其英文教师，经常向她讲述大洋彼岸的风光和风土人情。很快这位博学的英语教师便赢得了盛爱颐的倾心。可是事情并非像宋子文想的那么罗曼蒂克，盛爱颐的母亲庄夫人硬是不同意这门婚事。

1923 年 2 月，广州陈炯明兵变被平定后，孙中山从上海前往广州重建革命政权，他一封电报催促宋子文南下广州，参与革命政权的工作。宋子文欣喜万分，但他放不下盛爱颐，就劝其跟他同赴广州。但盛爱颐拿不出勇气，临别时，她送给他一把金叶，并表示会等他回来。

1930 年，宋子文再次返沪，已经娶了大家闺秀张乐怡。盛爱颐为此伤心至极，大病了一场。直到三十二岁时才嫁给了庄夫人的内侄庄铸九。

在后来的日子里，宋子文一直没有忘记盛爱颐。盛爱颐晚年患病期间，宋庆龄曾叫她办公室的工作人员专程从北京来探望她，大概也与宋子文有关。

第四章　丁克婚姻——
不想延续的生命

无法逾越的是产床

繁衍后代，从而使自己的种族能够世世代代延续下去。凡是有生命的个体这都是本能的事情。但是，就在这个世界上，有一个叫"丁克一族"的人们不愿意履行这个义务。他们有许多的理由，因为理想，因为生活的压力，或者是因为老天根本就对他们关闭了这扇窗。像要美这样因为一种职业而选择一种生活的，我还是头一次听说。

都说"好了伤疤忘了痛"，女人大概就是这个样子，不管在生头一胎时有多痛苦，再生第二胎的大有人在。那么，就是说，生孩子这件事儿不管有多难，孩子带给我们的快乐却还是比苦痛多。像要美这样看尽满眼繁华却仍然想不明白的，却是我头一次遇到。

要美是个助产士，也许在手术室里待久了吧，看上去，她白白净净地惹人爱。淡淡的妆容下是一张充满童真的脸，眼睛清澈而无邪。

"刚结婚时，我在别人面前谈到我的'丁克'思想时，总是有人说我新潮、前卫。但是，我知道背后他们还是会对我指指点点，说三道四，甚至会怀疑我的生育能力是不是有问题，怀疑我爱人的性功能是不是障碍。都说，'不孝有三，无后为大'。我不是异类，但我是一个助产士，我不愿意把自己送上产床。"

　　我从要美的眼睛里看到一种哀伤。从参加工作的第一天开始，老天就给这个还是满脑子梦想和美好的姑娘上了生动的一课。这之后的林林总总，让她对人类的这种繁衍行为感到一种恐慌和厌恶。有时候，在她的眼里，人甚至不如动物。动物尚有选择交配的权利，有"优胜劣汰"的法则。而人类呢？有时候婚姻是捆绑的，生产是用来交换的，性别是带来歧视的。所以，看似完全自然的一件事情，却带来许多有色的眼光和功利性。

　　要美的坚持有过动摇，可是这个念头闪过之后却带来了更固执的坚定。我想，也许只要她转身，一切稀松平常的幸福都会跟她撞个满怀。但是，要美就是要美，她坚持了，我能做的就只剩下——祝福！

麦芒的刺痛

　　北京之于我，就像上天早已安排好的一段姻缘，无论我素衣前行还是华丽转身，终究都会与它有交汇、缠绵……

　　十二年前，我从一个小乡村跋涉千里去求学，无论来去都会在北京有短暂的奔波与停留。那时的北京南站就像雨前的蚁巢一样，显得杂乱无章又有太强的目的性，那里的破败和肮脏让我对北京这座城市充满了抵触。我想，我这一生都不会在这样一个总是让我精神高度紧张，让我惶恐，让我没有归属的城市里生活下去。可是，在这之后的人生又如此充满了戏剧性的变化。

毕业之后，我父母费了九牛二虎之力在县医院给我谋了个实习生的岗位。他们只知道这样的一个工作机会是多么难得，却没想到会因此左右了我的人生。我曾经想，一个小生命来到这个世界上会让人多么惊喜与欣慰。然而，妇产科里的世界却如噩梦一般让我质疑与迷茫。

在学校里学习新生儿的护理时，我们手里摆弄的总是一个白白净净的玩具娃娃。它让我有信心，让我心情愉悦，因此，我每一门功课都是优秀的。可是，第一天上班，我看到的第一个新生命却是一个只有850克的小女孩儿，她黑黑的皮肤，紧闭的双眼，像一只猴子，或者是一只老鼠。怎么看都不会把她跟一个小姑娘联系在一起。她被放进保温箱里，全身插满了管子，生殖器官肿肿的，偶尔的哭声像一只小猫在哼哼。看着小小的她，我的泪水怎么都控制不住，一个人跑到卫生间哭了起来。

大约过了一个小时，那孩子安安静静地睡着了。虽然并没有脱离生命危险，但是，看上去，她适应了保温箱里的环境。医院的楼道里传来了一阵的争吵声，我走过去时只见我们主任和几个医护人员在跟一个灰头土脸的男人理论着。原来，这个男人就是小女孩的父亲，他在得知小女孩的情况后，执意要办理出院手续。这就意味着他要放弃对孩子的治疗，这个结果对那个小生命来讲又是多么的残酷。主任一直在强调婴儿还有生命体征，而且以目前的医疗条件，孩子并不是没有存活的可能，全体医护人员一定会全力以赴的。话还没有说完，那男人就扬着手里的一摞单据说："你们盘算什么我还不知道吗？她在那个小盒子里待一天要花掉多少钱？你们不就是想让我掏钱吗？"

主任已近乞求地说："同志，你怎么能这么说呢？好歹这是一条命，救死扶伤是我们的职责呀！"那男人一脸的不懈，冷笑了一声，终于道出了他的真实想法："这要是个儿子，我砸锅卖铁也得治。可是，为这么一个丫头片子，值得吗？"

主任听了他的话，无奈地摇了摇头，淡淡地对身边的人说："一切按程序办理……"

也许，这个孩子都不能睁开眼睛看一眼这个多彩或者残酷的世界。但是，我只希望活着的人能够活得坦荡，只要尽力，不管结果怎样，我们的心底都会升腾一种安然。是的，是天使总会再回到天堂，哪怕她在保温箱里安安静静地走，哪怕因为我们曾经的努力，她离开时也能暖和一点儿……

当我再次站在那个保温箱前时，那里已经空无一物了。我的大脑瞬间空白了，急急地追问还在忙着消毒的小郑问："孩子呢？"

她轻轻地说："转院了！"

我松了一口气，再次确认到："是转到市里医院吗？谁护送的？"

一个年龄稍长的护士听了我的话，冷笑了一声，小声嘀咕道："像拎小鸡子一样，用一个棉花包拎走了，还谁护送……"

我的心像被针扎一样痛了一下，说不出那究竟是什么滋味儿。我甚至不知道，我在这里，是的，我在这里到底能做什么？见证生，还是死？

夜里两三点的时候，有一个体态臃肿的女人，头上包着头巾，在那个治疗室门前呆呆地站了许久。病房里隐约有人说起这件事，说是和这对夫妻是同村的，因为第一胎是个女儿，怀上第二个的时候，男人就一直想方设法想提前知道这第二胎是不是男孩儿。在黑诊所确定是女孩儿后，他就一直要把这个孩子做掉，女人不同意，他就三天一大吵，两天一小吵，最后动起手来，导致孩子早产。我的心里一直像有麦芒一样，刺深深地扎着，不舒服。

第一天上班，我就上了这生动的一课。从此以后，我对工作兢兢业业，我希望自己能给每一个生命带去哪怕一丁点儿的努力呢。

秋天的时候，在我们科通过剖腹产接生了一个巨大的新生儿。那个男孩儿足足有十斤重，和其他孩子排队洗澡时，明显大了好几圈儿。我们抱在手里都觉得好开心。可是，当我看到这个孩子的母亲时，心里又是一惊。

这是一个高龄产妇，把孩子生下来之后，她好像就是一个被掏空了的袋子。不足一米六的个儿头，满脸黄褐斑，她有高血压和糖尿病，因为一开始执意顺产，侧切后不成又转的手术，上下两处伤口，导致她一直在发烧。来探望的人络绎不绝，人们纷纷围着那个大胖小子夸个不停，而且总有人会掀开被子确认一下是不是男婴。看过之后，大家称赞着哈哈大笑。转而问候那个母亲的时候，她微微地睁开双眼，咧了咧嘴角。看到这，我心里又是一阵五味杂陈的感觉。

渐渐地，我身边的玩伴们都开始谈婚论嫁了。看到她们幸福的脸庞，我却没有一丝丝的喜悦。未来对她们来说意味着什么？她们又将面对什么？都是一个未知数。我一直以工作忙和进修为由拒绝找男朋友。开始，父母也总沉浸在亲友们夸奖我上进的满足里，他们说迟一些谈恋爱也是有好处的。

只有我自己心里清楚，我到底在躲避什么。

生命缺少一种颜色

接近三十岁的时候，父母终于沉不住气了。他们开始降低姿态，托人给我说媒，然后强行让我去相亲。在小县城里，到了这个年龄还没有成婚的，都是让父母操碎了心的。所以，他们的目的性更强，传宗接代的任务就更重。面对这种目的性越来越强、话越讲越直接、越来越露骨的相亲对象，我更如见了催命鬼一般，无比恐惧。我母亲开始每天像吃三顿饭一样在我面前唠叨嫁人的问题，似乎我嫁不出去，她就没脸了。我每天除了上班就是闷在宿舍里，根本不想回家。有一天，母亲打电话说，她给我炖了鱼，让我无论如何，下班后都要回家一趟，我知道吃鱼是假，相亲是真。就推托说工作忙，到时候再看吧，母亲急了，在电话里怒气冲冲地说："今天你要是不回来，你看我不找医院去才怪！"找吧，她找来无非又是一顿"紧箍咒"，念过就算了，我才不理会呢！

那天交班的时间有点儿长，打的午饭也没来得及吃，我拿着冷饭盒往宿舍走。没想到，母亲居然和村里的那个媒婆就等在宿舍门前，我没有好脸色地对母亲说："哎呀！还有完没完啊？你领着我赵家婶子来这里干吗？"

母亲心急火燎地拽住我说："你这个孩子到底想干什么？你

心气儿再高也得先看看人家男方再说啊？你连见都不见，怎么知道人家好不好啊？"

我心烦得很，说："我这不是没有时间吗？"

没想到那个媒婆微微一笑说："丫儿，你没时间不要紧，我把人给你带来了！"

啊？我的天啊！真是没有活路了，这媒婆儿果然是"道高一尺，魔高一丈"啊！我气得不知道如何是好，那媒婆又说："人就在楼下的广场上等着呢，要不让别的小姑娘回避一下，我叫他上来跟你见一面，你看好不好？"

这话一出口，我顿时缴械投降了。把白大褂一扔就下了楼，母亲在后面追着喊："哎，我说你好歹梳洗打扮一下啊！"

我心想，是应该好好梳洗打扮一番，弄丑一些或许更容易了结这件事。想着想着，不由得抿着嘴笑了起来。媒婆见了说："这人要是长得漂亮了，不用打扮，笑一笑就怪好看的。"

我听了顿时哈哈大笑起来，我母亲连忙劝到："你这孩子，上学上傻了？人家一夸你，你就上炕！记住，笑不露齿啊！"

就这样，我被带到了街心广场。第一眼见到小远，我的心里忽然生出一种羞涩来。他身材笔直，握手时，感觉他一双大手非常有安全感。母亲和媒婆看了我们俩的表情都不由得喜出望外。

小远说："天气不错，我们随便走走吧。"我没有出声，母亲和媒婆满脸堆笑地告了别，但是，我知道，她们一定会在不远处鬼鬼祟祟地偷窥。

小远慢慢悠悠地在前面走，转过一座假山，他突然看了看表，对我说："我还有事，先走了！"嘿！头一次见到这么旗帜鲜明的"两面派"。这太会演戏了，当着我母亲和媒婆的面儿"话"

"礼""面"俱佳，转过头来就放人鸽子。我想，我真得跟他学习一下了，不然在母亲和媒婆面前，虽然我在气势上压倒了她们，可实际上，总会有小辫子抓在她们手里。表面上顺从一些，转过头就拿定主意不放松，真可谓是上策。就这样，我没费吹灰之力就摆脱了一次捆绑式相亲。

没想到被蒙在鼓里的母亲和媒婆一口咬定问题肯定出在我这里，她们又开始了"狂轰滥炸式"的口水战。凭她们的三寸不烂之舌，硬是将小远的电话塞给了我，无奈之下，我又被"押"着给他打电话，电话通了。小远好像很匆忙的样子说："你好！"

我说："我是林护士，上次的游戏很好玩儿，不如我们再玩一次。"小远听了，哈哈一笑，爽快地答应了。

这一次，我们在一个咖啡厅见面了，因为想到总会有人看守在门口等隐蔽处，索性就像朋友一样开始海阔天空起来。

小远说他当过兵，复员以后在北京做过许多工作，后来，和朋友合伙经营一个观赏鱼的店铺。日子过得就像他的鱼一样悠闲又自得。

我很好奇地问起他第一次见面时的举动。他笑说："噢……那天见你一脸的不耐烦，我就知道你一定也是被逼无奈。其实，那天我真有事儿！"

瞬间，我们又开怀大笑起来。小远又反问我说："怎么？你对相亲这事儿，情绪真的挺大吗？"

我抿了口咖啡说："职业病！呵呵！"

小远愣了一下，也笑着说："哦？是吗？没听懂！"

我们的谈话仍然在一种愉快的氛围中进行着。我开始觉得，我的生命中或许真的缺少一种颜色，我想自己需要这种来自异性的默契和交流。但是，我仍然坚定地认为，跟小远保持这样的交流，成为朋友或许比在一起生个孩子要好得多。

谈到相亲，小远说，也就是在这种小县城吧，父母还是觉得只有儿女们成家了才算完成自己的使命一样，他一直漂泊在外，还没有急着想安定下来的准备。

听了他的话，我也随之诉起苦来。他安慰我说："可怜天下父母心，也许真的只有等到我们有了儿女的那一天才知道他们的心意吧。"我信口就说了一句："我永远也不会有那么一天！"小远愣了一下，我自知这话说得有点儿欠妥，连忙冲他笑了笑然后岔开了话题。

就这样，我和小远成为朋友了。一连几天的时间，他总是约我和他一起参加同学和朋友的聚会。我想，我的人生开始和这个男人有所交集，只要他不碰触我的底线，我和他会很快乐。

每一个孩子都不是哪吒

小远和我谈起北京，我说："我对那个熙熙攘攘的城市就像我无数相亲一样，从未萌生过一丝好感。"小远听了笑得很开心的样子，他说："我好像都麻木了，不知道为什么要留在那里，也找不到离开的理由。"

我和小远的状态不由得让媒婆加紧了步伐，她认为可以成婚的必要条件都具备了。有一天，小远在电话里若无其事地说："那媒婆跑断了腿，我爸妈也急得火烧房了。我看你也不十分讨厌我，要不然咱们俩干脆把事儿办了得了。"

我说："你答应我一个条件。"

小远说："哦？你说来听听！"

我犹豫了一下说："见面聊吧！"

对于小远，我真的说不清自己心里到底是一种什么感觉。但是，面对压力，我跟小远吐露了心声。

"结婚可以，但是我想做……'丁克一族'。"

小远很惊诧，他说："什么？"

我笑了笑说："结婚可以，但是，我不想生孩子。"

这样说，小远倒是很平静，他也笑了笑说："噢！知道了，但是……我能知道为什么吗？是……"

我坦诚地说："凭我的职业，我知道我生理上不存在缺陷，心理上有没有问题，不得而知，还是和我的职业有关吧！"

小远打趣道："你好有爱啊！为了把别人的孩子带到人间，把自己都牺牲了？"

他很无意的一句话，我的心底却蔓延一股苦涩来，眼泪在眼眶里打转。小远见了，立即从对面坐了过来，搂着我的肩膀安慰说："我就是想幽你一默，我没说错什么吧？"

我抽泣着说："你答应不答应吧？"有生以来，这好像是自己第一次跟男生撒娇。

小远望着窗外，想了想说："嗯……成交！"说完，他好像仍然心存疑虑，"哎，这样一来会不会让你们家人觉得我那方面有问题啊？我怎么跟列祖列宗交代？……"小远说这话时，我忽然一下羞红了脸，我从来没有跟男生聊过这样的话题，更何况被小远这样搂在胸前，全身都僵住了。我们如此近的距离，让我感到十分的局促。我看到小远冒起的胡须，看到他眼里的动容。第一次在大庭广众之下被他吻，我却软绵绵地倒在他怀里，没有反抗的力气。

我和小远从认识到确立恋爱关系，不到一个月的时间，直到举办婚礼，也不足一百天。新婚那天，我就像参加了一个大型的聚会。晚上，等客人都走光之后，我站在阳台的窗前，忽然像做了一个梦一样，这样短暂的时间，我并不十分地了解这个人，稀里糊涂地就走到了一起，有一种很不真实的感觉。

过了一会儿，我发现小远就倚在门口静静地看着我。我说："不好意思，我很紧张！"他说："其实，我也有一点儿。"我们又开心地笑了起来。

然后，我们就坐在阳台上开始聊着各自的过去。不知道什么时候，我躺在小远的怀里睡着了。睡到半夜，我被冻醒了，却发现小远眼神明亮，他用自己的衣服一直轻轻地往我身上盖。见我醒了，他轻柔地说："要不……要不……还是躺到床上去吧！"

我脱衣服的动作明显慢吞吞的，可能是阳台上的一觉，让小远感觉太累了吧。他三下两下就脱去了上衣，然后伸了个大大的懒腰。他随手递给我一杯水，那强健的身体就近距离地挡在我眼前，我感觉全身的血都涌到了脸上，一时间，身体都在微微地发抖。

小远看着我，荷尔蒙开始起作用。我喜欢被他抱在怀里的感觉，心里同时又有一种难以言表的惧怕。在我落红的刹那，一种疼痛感瞬间点燃了我内心所有的恐惧。我满脑子都是各种各样新生儿的样子，满脑子都是手术、缝合……我忽然开始恨自己，为什么要把自己送上结婚这条路。我奋力地推开了小远，全身开始瑟瑟发抖。小远吓坏了，他一直在急切地问我怎么了。我抖作一团，哆哆嗦嗦地说："抱紧我……抱紧我……"小远紧紧地把我拥在怀里。

第二天醒来都快中午了，我睁开眼的第一时间就是到我的包里找药吃。小远盯住落红看了好久，然后关切地说："你没事儿吧？"我羞涩地说："哎呀，没事儿！"其实我吃的是紧急避孕药。小远说："哎呀，你别这个样子，你一这样我就受不了！"我说："讨厌，我做什么了？我什么都没做啊！"小远说："打住，是我什么都没做！吓都被你吓出毛病来了！"

我笑着去收拾床单，小远却接过来说："这个送给我吧！……我发誓一辈子会对你好！"看着他深情的样子，我觉得我真的遇到了幸福。

婚后，小远一直奔波在家和北京之间。偶尔的小别让我们的感情如胶似漆，我开始服用长期避孕药。没想到，刚刚结婚一个多月的时候，我发现，婆婆竟然在我上班的时候偷偷去我家里进行全面检查，而我母亲对我的生理期也了如指掌，她还旁敲侧击地说："你是结了婚的人了，以后要以家庭为重，把心思多用在自己的生活上。"

有一次下班，我甚至听到婆婆跟小区里的一群妇女们聊天时说："她在妇产科工作，那事儿还用别人教？她啥不知道啊？"后来，我的一个表姐笑嘻嘻地跟我说："小美啊，听说现在在医院里有个能测女人排卵期的仪器，呵呵，你看小远总是来来回回地跑，聚少离多的……"

我当然知道她想说什么，我也知道是谁指使她来说的。于是，我很正式地跟她说："我和小远根本不打算要孩子的。"她听了愣在那里好一会儿，然后劝说道："呵呵，姐知道你有文化，思想前卫。这话可不敢随便跟你婆婆说啊，这话要是到她耳朵里，非炸锅不可。"一句话点醒梦中人。我开始深刻地意识到我的想法会给双方的家庭带来多大的困扰。我把自己的担忧说给小远听，小远说："我答应过你的事情，你放心好了，在你没想通之前，我会一直站在你这边的。我爱你，什么时候都不会强迫你做你不愿意做的事。"

我很感激小远，感谢命运把我安排在他的生命里。但是，我无论如何都没有办法扭转自己。

有一天，在超市里，忽然发现一群人围在一个通道里，里面传来女人的责骂声和孩子撕心裂肺的哭闹声。我一听到这哭声就不由得心软，心里像长了草一样慌张。分开人群一看，是我一个表妹，她对躺在地上的一个小男孩儿怒目而视，我连忙上前抱起孩子，哄好他。又劝解表妹说："公共场合应该讲究一些礼貌，怎么能这样打骂孩子呢？"没想到，她一把鼻涕一把眼泪地说："我都快被他给烦死了。小时候一把屎一把尿地把他拉扯大，连口热乎饭都吃不上。可熬到会走了，会说话了，一点儿话都不听，见什么要什么，不给就死了命地哭……"表妹怨声载道。有谁会知道，就是这样一个母亲，在生这个孩子的时候难产，所有的剧痛都化作一句话——一定要救救我的孩子！这句话，她每阵痛一下就说一遍，直到昏迷过去，最后说的依然是这句话。

可是，现在呢？孩子活蹦乱跳地每天在她眼前，可是她却再也爱不起来，看上去总有一种"掐死他"的冲动。把这对母子送走的时候，他们的背影还是一个责骂一个调皮的。要知道，其实，每一个新的生命都不是为你而来的，他们只借了你的体，来实现在世上走一遭的愿望。而每一个孩子都不是哪吒，他们不会一气之下还了你的肉身，但是，他们都不会因为你的意愿就不扬长而去。

所有的渲染都无用

结婚快一年的时候，我婆婆见到我时的表情越来越难看，她把所有的猜测都用到了我的身上，我开始感觉到压力。我觉得很累，就有了休息一段时间的想法，跟小远商量这件事儿时，他很爽快地说："好啊！你这白班、夜班倒来倒去的，还真是太辛苦。"

我婆婆一听这话也来了精神："嗯，嗯，对，美儿啊，你赶紧请假，请了假跟小远去北京散散心。"婆婆的话还没落地，小远就一阵紧张起来："妈，你这是说啥呢？北京哪儿都是人，有什么好玩儿的。再者说了，我是在那边做生意，又不是闲逛。"婆婆听了有点儿不乐意，我连忙打着圆场说："我哪儿也不想去，在家里晒晒太阳就很好！"小远连忙说："不，咱们去海南玩儿，为了你的工作，咱们蜜月都没度成，刚好趁这个机会补个周年庆。"我觉得这就叫"幸福到要死"吧！

海南之行让我体会了一次真正的"二人世界"，跟爱人出行，世界在你眼里一定是美不胜收的。小远还费了好大的劲儿给我带回来一对鹦鹉，它们色彩艳丽得就如我的心情一样。

小远说："得了，干脆把他们当作我们的一双儿女来养吧，你可要好好照顾啊！"

我大笑着说："人家有养猫当儿子的，也有养狗当儿子的，你养两只鸟当儿子、女儿，不就是'鸟人'吗？而且……而且还是只'菜鸟'！"

小远听了也哈哈大笑，说："什么'菜鸟'！会跳骑马舞的鸟，人们都叫——鸟叔！"说完，他还装模作样地跳起了骑马舞，笑得我眼泪都出来了。

我觉得我和小远在一起真是老天太厚爱我了。他是那么善解人意，又是那么风趣幽默。心里甚至开始动摇，要不要放下心中的那份纠葛，给他生个一男半女的。因为，我相信，小远永远不会像那些男人一样，把我抛在人生的荒凉里。

我捧着小远的脸，温柔地对他说："你是不是特别想要一个孩子？"小远的目光游离了我的眼神，吐了一气说："其实，我更在乎你！"我把这一切都当作幸福，完全没有考虑小远背后的惆怅。

过了一段时间，那对鹦鹉竟然生出一枚蛋来，而且，它们开始轮流躲在笼子里孵化。母鹦鹉显得用心些，公鹦鹉却经常按捺不住地跳出来。

有一天，我下班回家，发现那枚小小的蛋从大约一米半高的笼子里掉了出来，蛋破了壳儿，一只已经成形的小鹦鹉凄惨地死了。这对我来说，又是一个不小的触动，我像接生那些先天不全的婴儿一样难过。所有有生命的东西都会有翻版一样的命运。

又过了一段时间，母鹦鹉又生出一枚蛋来，没有经过孵化，母鹦鹉径直就把蛋推出了笼外，那枚小小的蛋四分五裂地迸开，那个小小的蛋黄还完好地、圆滚滚地躺在那里。这让我有点儿不知所措。接下来的几天时间里，两只鹦鹉像展开了一场殊死搏斗一样，一直在掐架，母鹦鹉头上的毛都被公鹦鹉啄下来好多。我只好让它们分笼而居，心里的复杂情绪难以言表。

这期间，我给小远打电话，他经常无法接通。有一次，他用公用电话急急忙忙给我回过一个电话来，说手机掉在水里了，需要维修，要我没事儿就少打电话。没有小远的消息，加上鹦鹉的表现，我的心总是慌慌张张的。后来终于忍不住买了一部新手机就踏上了北去的列车。这是我第一次专程去北京，因为，那里有我的爱人。没想到也是我唯一一次去，因为，一次就伤得我足够深。

下了火车，进了地铁站，我在一号线上来来回回坐了好几次，都搞不清楚列车前进的方向，和我要去的地方。最后，只好出了地铁，打车去了小远的店面。

车子像只蜗牛一样在公路上蠕动，我下车吐了两三次，终于到了目的地。北京的夜色真美，一片灯火辉煌！

进门，只见一个年轻的小伙子正在忙碌着，我说："你好，我找一下冯远。"小伙子瞅了我一眼说："老板不在，有事儿你跟老板娘说吧。"只见一个又瘦又高、打扮入时的女孩儿站在里面，正在给一个蹒跚学步的孩子喂饭。小远说过这个店是他跟别人合伙儿开的，我想这个人一定是另外一个合伙人的老婆。就上前说："你好，我是冯远的爱人，请问，他去哪儿了？"

那个女孩儿猛然间抬起头来，盯着我看了足足有十几秒，然后，冷笑了一声说："呵呵，爱人？"

正在这时，小远带着一身夜色，从外面进来了，我和他都僵在那里。还是那个女孩儿先开了口说："宝宝，叫爸爸！"

一句话出口，我竟然如五雷轰顶一般，站立不稳。好像是小远过来扶了我一把，我却感觉自己轻飘飘的，像灵魂脱离了躯壳一般。我还看到一男一女在争吵，看到孩子哭泣的无辜的脸。这一切都像极了我的那对鹦鹉……

我觉得，我的大脑再也输入不了小远的任何信息，我和他的一切就像是一场梦。梦醒之后，空无一物。我在我们相识的那个咖啡厅递给小远离婚协议书。小远说："我当兵那年就认识了那个女孩儿，当时很相爱，可是我的父母因为她是个'北漂儿'，没有固定工作，所以，坚决不同意这门婚事。他们就希望我能找一个老师、护士，或者其他传统职业的女孩儿。"我面无表情，把离婚协议书向他的面前推了推。小远着急地说，"从我见你的时候起，我就感觉喜欢上了你。我们新婚的初夜，我就下定决心爱你一辈子。"

我冷笑着说："既然挡不住离婚的后果，还一再渲染这些有什么用呢？"

小远眼里带着泪光说："我不想离，你给我一次机会，我会处理好的。"

"处理好？你能把那孩子处理掉吗？"

"那孩子是我们结婚后，她又找上门来的，说是都三个多月了。我真是没办法，我不能不管这个孩子，她是一个生命啊！"

"既然你们相爱，一切都是我的不对。"

"从你落红的那一刻起，我就认定了你是我的女人。她虽然给我生了孩子，但是，她的第一夜不是我的，我从心里……"

我发现，我还是掉进了男人的怪圈儿：一个女人的初夜比一个孩子要重要得多！

我决定起诉，追究冯远的过错。我不知道，因为我的坚持会给那母子俩带来什么样的命运。她当初限制了冯远的手机，不知道是否能够真的拥有一段幸福。

我想，我走在"丁克"的这条路上，也不会有什么遗憾！

超越自我的自信心经

漫漫人生路，总会在我们的心底留下这样、那样的阴影，以至于影响自己对事物的判断和看法。我们要试着说服自己，就好像在战胜一种魔力。如果我们一直在顺着自己形成的思维模式走，难免会掉进无力挣扎的池沼中。

有时候，战胜自己比战胜对手更困难。

1919 年，五四运动的疾风暴雨中，邓颖超与周恩来相识。热情活泼的邓颖超在话剧《木兰从军》中的优美形象，吸引了台下一名男青年的注意，他就是天津学生运动领袖周恩来。

1920 年 11 月，周恩来赴法勤工俭学后，开始了与邓颖超的书信往来。从共谈理想追求到互诉爱慕之意，经过近五年的感情碰撞。

1925 年 8 月，他们终于在广州喜结连理。从此，邓颖超和周恩来相濡以沫、互敬互谅、同甘共苦，携手走过了五十年的风雨人生。

1925 年 10 月，邓颖超第一次怀孕，因为工作的原因，她放弃了这次做妈妈的机会。

1927 年的 3 月 21 日，他们的第二个孩子出世，但因为难产，刚出生就夭折了。战争年代使她永远失去了做母亲的机会。

1931 年，顾顺章、向忠发相继叛变，正是邓颖超的谨慎细心，才协助周恩来和中央机关度过了危险。周恩来和邓颖超没有生育，却收养了不少烈士遗孤，被孩子们亲切地称为"周爸爸""邓妈妈"。因为有个孩子爱笑，周恩来说他是个乐天派，就叫他"小乐天"。

　　1948 年，"小乐天"和弟弟辗转到河北读小学，邓颖超来到当地，还专门骑马几十里路去看孩子们。

第五章　无性婚姻——
我是你手中那朵待授粉的花

蝴蝶就懂花儿的心事

艳阳，人如其名，小麦的肤色，不加任何修饰的笑容。接近她，方知什么是淳朴。她的儿子犇犇，像一头转磨的小毛驴儿，一直在以我们为中心，半径两米范围内来回跑着，转得我有点儿头晕。艳阳虎着脸一直在叫他停下来，孩子非但没停，反而变本加厉。

我并没有像往常那样容易恼火和烦躁，面前是重叠的山峦，眼界开阔了，心自然也跟着宽广起来。

我和艳阳的谈话进展得并不是很富有节奏，大多时候我和她就坐在那里，背后是阳光，面前是青山，身边微风习习。如果这就是人生的全部那该多好啊！可是，我又为什么要打破此时的安宁呢？

山顶有大片的空地，长出来的草都是齐刷刷的，像一片绿色的海洋。人走进去，齐腰深。一位放羊的老人赶着大大小小一群羊在山顶逗留了片刻就又匆匆下山去了。羊群的到来惊到了草丛里的几只采粉蝶。它们翩翩起飞，却久久不肯离去。或许，它们是在恋着隐在草丛里的几朵小野花，一会儿飞过去，一会儿飞起来，空气中都觉得有甜丝丝的暧昧在里面。

"蝴蝶只懂花儿的心事……"艳阳冷不丁冒出来一句话，噎得我半天不知道如何作答，居然口无遮拦地反问了一句："什么？"

艳阳抿了抿嘴唇并没有岔开话题，她继续重复到："连蝴蝶都懂花儿的心事呢！"我却仍然没有勇气将话题深入下去，只轻轻地"哦"了一声。

每个人心底都会有一片天地，或快乐，或痛苦，或绚丽多彩，艳阳的心里却一直是迷惑的，而我并不知道她应该这样固守还是需要去打破什么……

"如果你和一个男人一起生活，一年都没有房事，你会怎么想？"

"即使是自己左手拉右手吧，你也不会觉得那是一件让人厌烦的事情。但是，你和他同睡一张床，就从来都没有想拉拉手的念头，那是什么心情？"

"男人和女人生活，除了吃、喝应该还有别的吧？要不，为什么还要男人和女人在一起组成家庭？和任何一个人都好了！"

……………

自古以来，中国人谈性色变，认为性总是和骄淫有关，和羞耻、脸面、门庭……有直接冲突。物极必反，现在的性已经变得很畸形，成为"上位"的筹码，"交易"的资本。

艳阳拥有34D的傲人上围，很难想象有哪个男人在她的极致诱惑下不血脉贲张。可是，就是她，在经历着一场无性的婚姻。

为此，她讨厌自己的身型，永远穿比自己年龄大十岁的衣服，发无名火，总是抱怨根本没有人在意她的好坏。

然后，她会以自己的方式安慰自己："没有什么大不了！没了性应该还有情，没了情还有义，没了义我们之间还有财产，甚至没了财产我和他都还有一张面子，即使面子也不要了，我们的孩子还是在慢慢成长！他昭示着我们曾经有过的东西！所以，这些都可以成为我们的婚姻无性却不能解体的理由。"

湿漉漉

我的母亲是一个普通得不能再普通的农村妇女，她有着传统女性应该具有的全部特点：勤劳、善良、朴实、简单、隐忍……说是特点而不是优点，是因为，她这样的性格和我父亲在一起注定了一个家庭的不和谐。

父亲外表光鲜，性格外向，让外人一说就是"场面上的人"。他喜欢漂亮的女人，我母亲却从来不打扮自己；他喜欢有情调，我母亲对父亲比对其他人还沉默，大多时候，她只在低头做事；他喜欢沟通和交流，我母亲从来都是天不亮就起床，天一黑就睡下。睡下是为了第二天能准时起床，继续劳作。

看上去，母亲一直活在她自己的世界里，其实，她是把自己全部身心和精力投在这个家上。一开始父亲还是在扮演他在这个家的角色，渐渐地，当离婚在人们看来已经算不上什么问题的时候，他提了出来，母亲拒绝了。

父亲问她何时是尽头。母亲说："等我死了以后。"

我知道母亲是爱父亲的，而且很深厚。只是这种爱的方式根本不被对方所接受，于是爱成了两个人的一种负累。我从小在这样的家庭环境中长大，所以，我希望自己有一个舒适、温暖的家，有一个能够相对同步的爱人。因此，读完大学后我并没有贪恋城市的霓虹，没有准备去迎接一段仰望的爱情。从哪里来，回哪里去，过我想要的生活，讲求一个门当户对，惺惺相惜。

我父亲一心想让我多读书，读好书，走出去，做一个性格开朗、外向的女孩子。其实，他不知道，正是因为他对待这个家的态度和期望，被我不折不扣地活脱脱地又塑造成一个母亲的模样来。我常常会有自卑感，不愿意跟其他人交流，甚至是同龄人，在这个家里我感觉到压抑。尤其是当我拎着几年前提走的行李又站在他面前时，他重重地叹了口气。这次，他的话很少，最后一拍大腿说："也罢，反正你们都大了，儿大不由爷，以后的路你自己走吧，我想我的任务也完成了！"

这之后，他便更少地回家了。我无力回天，不知道该如何挽回父母的一切，所以，我只想从这种破败中快快地走出去，让我的人生重新开始。于是，我开始了一场紧锣密鼓的相亲。

也许是社会导向的原因吧，先前媒人们给我介绍的男孩子大都是标着"高富帅"的标签的。而实际上，他们有的只不过是打着政府工作人员旗号的临时工，打着"富二代"旗号的小商贩，打着"才俊"旗号的小混混。我不需要这些让我活得拘谨的人，我早就觉得自己累了，需要的只不过是一个可以让我能靠在他肩上舒心喘气的人。

后来，一个邻居把我介绍给邻村的一个远亲。那个男孩子没有像其他相亲对象那样夸夸其谈，看样子刚刚他还在劳作。大多时候他都是在搓着手上的泥巴，抬头看了两次，想说什么，没说出来，又羞涩地低下头去。我忽然就对他有了好感，主动缓和气氛说："你平时很忙吗？"

他笑了笑，点了一下头又开始摇头，想了想才说："我这两天想再搭两个牛棚，就……有点儿忙！"我觉得屋里的空气有点儿要凝结的意思，索性说："在哪儿呢？我想去看看！"他一听立刻来了精神说："好啊！就在新院里，我领你去！"

他三步并作两步带我从后门出去，穿过一条街，来到一处刚刚建起的毛坯房里。院子很深，拉了很密实的铁丝网，在院子的一侧有两头牛正在悠闲地吃着草料，看见我们居然还"哞哞"地叫了两声，好像打招呼一样。他高兴地笑了起来，打趣到："我的牛很喜欢你啊！"

我不知道哪里来的勇气反问他："那你呢？"

他立刻满脸通红，挠了挠头支支吾吾地小声回答说："那……当然。"

我捡起一根玉米秸秆喂牛，他就又开始将一些杂七杂八的木头钉起来，建着他的牛棚。我们就这样相识了，以我们都认为很快乐和舒服的方式，他就是我的丈夫——张玉刚。

我们相识没多长时间就确立了恋爱关系。他们家马上开始装修新房，准备当年年底就结婚。我的亲戚朋友们对我的这门亲事很不解，他们想不通一个上了大学的女孩子为什么要嫁给一个只有初中文化、农业户口的农民。我自己知道这是为什么，我母亲也知道。她也认为张玉刚是我托付终身的最佳人选。

我们结婚的日子定在农历的腊月初八。已经记不清我的初夜是怎么样的情形了，但是我清楚地记得那天天刚蒙蒙亮他就不在床上了，我扒着窗台听见牛棚里有牛在低低地哼叫着，一会儿工夫，玉刚就用麻袋片儿包裹着一头小牛进屋来。他边跟我问候，一边找来了电暖气给小牛取暖。那条小牛脑门上的"梅花"状的"旋儿"很是可爱，就像初夜里，那抹落红一般，宛若一朵花儿！

玉刚拿起毛巾就给小牛擦湿漉漉的身体。我叫了他一下，想说：那可是结婚的新毛巾啊！他只应了一声，那目光却一下都没有停在我的身上。我把想说的话又咽了回去，但是心里仍然别别扭扭的，一对毛巾，很快就这样成了一只。

那年冬天很冷，但是阳光一直很充足，我迷迷糊糊地又睡了一个回笼觉。那头小牛已经在我们新装修的婚房里来回地跳跃着撒欢了。雪白的地砖上划满了带着黏液和血迹的蹄印，玉刚照顾了半宿小牛，此时，他靠在被子上睡着了，我起身碰到了他，他又突然坐起来。于是，在那个阳光明媚的早上，我和那头小牛一起在院子里晒太阳，那头小牛在我们的新婚之夜出生，似乎也带给我们一些好运气。这头小牛玉刚就一直喂养着，怎么都没舍得卖。

在婚后的第二个月，我就发现自己怀孕了。玉刚每天更忙了起来，饲养的牛也多了起来。除了肉牛，他还开始养奶牛，他说等儿子出生了一定喂得白白胖胖的。我挺了挺胸脯说："我这样的，你还怕孩子没奶吃吗？"不知是因为我的话有点儿露骨，还是他仍然那样羞涩、腼腆，对此，他没有夫妻之间的情调和反应。

我把我们的生活交给了玉刚，看着他每天操劳，我的心里有一种极为踏实的安全感。我相信只要他努力，我们的日子就可以在平静中默默地度过。这是我想要的，真实的生活。我每天不用去关心任何事情，多数情况下只是独自发着呆，没有什么事情值得我思考。

符 号

我怀孕的时候，妊娠反应非常厉害，喝口水都要吐半天。我开始变得心情烦躁，玉刚虽然对我百般呵护，但他身上一直有一股牛的味道，这让我极其受不了，仿佛他刚一进家门那股味道就由远而近地扑面而来。

后来，玉刚多雇了两个工人照看牛场，自己每天总是在外面上上下下清洗干净才回来。于是，他身上就又多了一股肥皂味儿。我虽然仍然觉得受不了，但是，为了我们之间的和谐，我强忍着不言语。那时，新婚不久，玉刚对我还饱含着极大的热情，他把憔悴的我抱在怀里，表现出十分的心疼。虽然那时身体发生了巨大的变化，但是，我的心里是幸福的，因为宝宝来得太突然，我们都还显得有点儿措手不及，一开始看着玉刚忍着强烈的欲望自己解决，我心里面很是愧疚。

新婚的我们，不仅仅是多了一个孩子夹在中间，后来又多了玉刚的母亲。为了能够好好地照顾我，他母亲迅速地搬过来和我们同住。更让人哑口的是，她母亲怕我们强行行房事，竟然叫玉刚搬到了另外一间屋里，而让我和她同住。

我很需要玉刚的怀抱，但是，反抗婆婆的话又说不出口，向玉刚求救，他也只是笑了笑说："我妈也是为了咱们好，咱们的日子还长着呢！"

儿子出生了，我们一家人感到无比的幸福，他白白胖胖的样子总是能给我们带来许多的欢乐。我却果真没有下奶，找了好多偏方和方法后，虽然有了奶却也不够吃。婆婆干脆就让儿子断了奶，这次是她带着我儿子搬到了另外一间，我和玉刚终于结束了牛郎织女的生活。可是，婆婆就在隔壁，我们和她只隔着一道门帘，我们能听到她咳嗽、打鼾甚至是翻身的声音，那么，我们有任何动静，也都会暴露无遗。

大多数夜里，我都静静地躺在玉刚怀里，然后竖起耳朵倾听四周的声音，确信一切都妥当了，才会允许我们夫妻之间的生活继续延续。也就是从那时起，我们之间变成了一种例行公事的行为，他是一个老实且孝心极强的人，生怕他母亲对他有所不满。尽管我们很小心，但许多时候，我们还未曾结束，隔壁就已经传出儿子的啼哭声，或者是他母亲起夜的声音。再后来，他有时候竟会变得无能。

就这样，从我怀孕到生下儿子，一年多的时间，我们几乎没有过一次完美的夫妻生活。这之后的两年里，我和玉刚之间的房事也是屈指可数的。那几年，我一直认为是因为孩子，所以对这方面很少关注，也因为我在认识他之前没有谈过恋爱，所以，这样的情况在我的思想里好像就是顺理成章的。

玉刚的牛场越来越红火，他开始自己繁育种牛。在我们屋里的挂历上他用圆珠笔标注了许多字迹和符号，那是安排牛的交配记录。

有了一定的经济基础，我以让儿子接受良好的教育为由，跟玉刚商量着在县城买一套房子，他欣然同意了。一直以来，只要我有要求，他从来都是毫不犹豫地答应下来。

新房交了钥匙，我就开始了紧张地装修，儿子上幼儿园的事情也定了下来。我好像忽然间找到了自己的目标，有了一些忙碌的事情，人就不觉得有多么的空虚了。

我开始每天一大早就到县城的装饰材料城参观样板间，看材料也总是货比三家。刚开始，我一个人瞎转悠，即使上前询价店主都好像不那么热情。后来，来的次数多了，就开始有人跟我搭讪，各种小广告也如雪片一样飞来。

有一个做装修的人递给我名片以后，就一直跟在我身边，问想装成什么样的？房子是多大面积的？开工了没？我一开始警惕性很高，根本没有理睬他。那人却一直在安全的距离内不紧不慢地跟着我，从一家装饰材料店里出来后，他跟我讲看上去差不多的材料要如何区分好坏。渐渐地，我听了他的话，拿了两种材料来进行比较，结果真如他所说，差别很大。

我开始信任他了，就给他交了底，说："房子刚交钥匙，整体的装修风格什么的我还拿不定主意。"

那人说："我搞装修这么多年了，经验比较丰富，你如果信得过我，可以去看看房子，然后，给出一个想法和建议，至于做不做都无所谓。"

我听了他的话，仔细打量了一下那人，他面膛黝黑，四方大脸，一身正派的样子。于是，点头答应了。名片上印着一个名字——赵峰，于是我叫他"赵师傅"。他一下子笑了出来，笑过之后说："好吧，赵师傅就赵师傅了！"我并没有觉得有什么不妥，也笑了问他："怎么？要不我叫你什么？"他说："随你，不过这称呼你是第一个！"

来到我所在的小区，赵峰只在房子里转了一圈就说："噢，这种结构的啊！你们这边应该是三期了！"

我答应着："是啊！你可得好好帮我看看，我可不想天天拆来改去的。"

赵峰冲我笑了笑，说："好啊，我领你看一看装修完的效果如何？"我疑惑地看着他，他笑了笑说，"相信我，没错的！"

出了楼门，他才说："我这儿有一伙儿兄弟正在二期干活儿，你房子的格局刚好一样，设计比较合理，你看后绝对不后悔！"

我跟着赵峰来到一家门前，果然听到里面正在叮叮当当地干着活儿。进了门，我的眼前就忽然一亮，我惊讶地叫道："哇！真漂亮！"

赵峰也点点头说："是啊！这家综合了好多好的经验，所以布局基本达到经典了！"

我的眼睛一直盯在房子的角角落落："如果我能住在这样的房子里，真是太幸福了！"

赵峰恰好问了我一句："怎么样？照着这样装一套不错吧？"

我点了点头说："嗯，不错！只是……"

赵峰没等我挑明就又补充道："他们这家总共下来是几万块，你们如果考虑到孩子可以使用一些环保材料，那样的话，十万出头的预算也应该差不多！"

我听了赵峰的话感觉自己一个人主持装修不再是难题了，就说："好的，我回家和我老公商量一下再给您打电话吧！"

赵峰和我一起下楼，边走边说："相见就是缘分，天不早了，我请您吃个饭吧！"

我有些惊讶又紧张地说："不，不，不，那怎么行呢？"

赵峰回过头来说："呵，又不是吃海参鲍鱼的，一碗面而已。"

我竟然没有太多推辞就跟他到了一个小餐馆，边吃边跟他讨教了许多装修的知识。他侃侃而谈，我觉得我和赵峰那一天的对话足有我跟玉刚一年说话的总和那么多。

无法言语

从那天起，我的心情开始变好，看什么都是阳光的。玉刚看我对新家燃起的极大的热情，他也默默地开心，对我提出的装修费用也没有意见。他说，你看着办就好。

赵峰实际上就是一个包工头儿，他一般只揽生意，安排工人干活儿以后，他就开始联系其他业务。对我他却是个例外，我有问题他总是会亲自到场，每天一有时间还亲自过来监工。而装饰城里零零碎碎地退换，他也总是捎带着去办。

有一天，我从城里回家时路边有一个流动的卖扎啤的摊点，我买了一大袋回去，又做了几个菜，打电话叫玉刚早早地回家。玉刚一进屋就看到丰盛的晚餐和我的笑脸，竟然也豪放了一回。本来都不会喝酒的我，那天一下子感觉有点儿喝多了，晕晕的感觉却异常美好。玉刚话也多了起来，他说："我赚钱，你只管花就行，花完了，我还赚，把我们的日子过得红红火火的。"

我听了很高兴，那一晚，我们在一起非常幸福，没有人打扰，没有平日里的压力。那天也是我们仅有的一次难忘的快乐时光。

让人意想不到的是，不到一个月的时间，我发现，我居然又怀孕了！我沮丧到了极点，儿子犇犇的到来就给了我一个措手不及，甚至扰乱了我原本设想的生活。现在，他刚刚蹒跚学步，我竟然又要掉进自己给自己挖的坑里。

于是，我偷偷地到药店里买了堕胎药，瞒着玉刚吃下。我一个人在床上承受了巨大的痛苦，令人意想不到的是，药物流产失败了，我又去医院做了一个刮宫。身体已经极度的虚弱，玉刚见我突然就倒下了，他担心得不得了，我如实地跟他说明了原委，倦怠地睁着眼跟他解释："我没有别的意思，犇犇刚刚会走，又是个男孩儿，再来一个男孩儿怎么办？"

我第一次从玉刚的脸上看到了失望，许久，他说："不就是点儿罚款吗？我交！"

这件事以后，玉刚越加一门心思地扑在他的牛场里，越加沉默寡言了。其实，我曾经看到过他跟工人们有说有笑地一起干活儿，他的沉默单单对我！

我再次走进新房时，赵峰把一切都安排得差不多了。看到我一脸的憔悴，他说："这次看来是病得不轻啊，是累的吧？我都说了，你相信我，我办事儿，你放心！"

我冲他无奈地笑了笑说："这我就挺满意的！真的是太感谢你了！"

搬新家的时候，玉刚就像来参观别人家一样，转了一圈就要回牛场。我满脸赔笑，还借口说要让犇犇尽快适应环境，让他也积极些。

那天晚上，玉刚在浴室洗过澡却仍然表现得很拘谨。我给他买了一件浴袍，自己也穿着真丝的睡衣，他却有点儿坐立不安，感觉待在哪里手脚都没地方搁一样。最后，好事未成，他还懊恼地说："怎么整得跟宾馆一样，感觉不像在干正经事儿！我还得回牛场看看，离这么远，我不放心！"

玉刚这一走，真正的拉开了我们分居的序幕，而且看上去也是一个合理的理由。

后来，我一个人带着犇犇在城里，每天接他上学、放学。每到周末再带着犇犇回到村里，后来，竟然以牛场里的环境会影响孩子健康为由只是转了一圈就走。我和玉刚没有吵过一次嘴，没有真正的红过一次脸，我们的相处总是很平静的。

自那次堕胎以后，我的经期缩短成二十天左右，而且得了很严重的痛经。几乎每月的月经还没有干净几天，就又来了。每次月经来潮，我总是脸色蜡黄，疼痛难忍，玉刚总是让我好好看病，但是，那话里总感觉就是说说而已，事情跟他并没有多大关系。

我不知道应该如何改善我和玉刚之间的关系。曾经在网上看到过这样一段文字：

> 中国人民大学性社会学研究所潘绥铭教授带领 36 名研究员，历时一年，进行了一次全国范围的随机抽样调查。在全国城乡 60 个地方对 3824 位 20 岁到 64 岁男女的性生活状况进行了了解，得到的结果是：在已婚或同居的男女中，每个月连一次性生活都不到的人超过 1/4（28.7%）；在最近的一年里，连一次性生活都没有的则占 6.2%。

我用这样的数字安慰自己，说服自己，但是，我又有所不甘。虽然因为生育和堕胎的恐惧、曾经恩爱时的阴影、生活的压力等因素让我对两性生活产生障碍，但是，性和谐绝对是幸福婚姻的黏合剂，没了性，我和玉刚的距离就会越拉越长，再往后的发展我已不敢想象。

就在我迷茫的时候，有一天，家里的太阳能忽然怎么也不上水了，我拿出手机翻了翻，突然看到了赵峰的名字，于是，我迅速地将电话拨了过去。赵峰在电话里指导我说，太阳能和热宝是串联在一起的，水在热宝里循环太阳能就会不上水，一定是因为我动过哪个阀门。可是，在他的电话指导下我仍然没能弄好，索性对着电话耍开了脾气，说："我不管，今天你必须给我弄好。"

赵峰仍然笑了，他说："好的，我一会儿刚好要到你们那一片儿，我上去看看，你暂时别出门就行。"

并没有让我等很久，赵峰就按响了我家的门铃，我同他一起到浴室查看。他低头扭动阀门，我也凑上前去看，忽然一下，从花洒里喷出一股冷水来，实实在在地从我的头上浇了下来，也溅了赵峰一身。我尖叫了一声，他又慌忙弯下腰来关阀门，也许是水落在阀门上太滑了，也许是飞溅的水花迷了他的眼，阀门关闭得不是很及时。等到水停，我差不多已成了落汤鸡。水珠顺着头发往下流，更为尴尬的是我的前胸湿了一大片，衣服贴在身上，可以清晰地看到胸部的起伏。

赵峰愣了几秒钟，马上将毛巾递了过来。对于这个家，对于这个家里所有的陈设，赵峰都非常的熟悉，他有些紧张地说："我把阀门调好了，下次你记得只调底下这个，别的不要动就行，我……先走了，真不好意思，弄了你一身水！"

我一下叫住了他说："哎，你稍等一下再走吧，不然让别人看了会怎么说？"赵峰没有出声，我继续说，"你把外套脱了，我用吹风机给你吹一下。"

他不自然地笑了笑，我连忙到卧室换了件衣服。出来时，他又变得落落大方了，闲聊着问我的近况。

"孩子谁带呢?"

"送幼儿园了，晚上才接!"

"噢，是个男孩儿吧?"

"嗯，叫犇犇!"

"呵，这是好名字，是他爸爸给起的吧?"

"嗯，他在老家自己养牛……"

"噢，这样啊!那以后你有什么重活儿、累活儿，尽管叫我，反正我常往这边跑。"

我只笑了笑，继续默默地吹着衣服。

"你老公也挺不容易，养牛一定很辛苦，而且承担风险的压力也重。"

"嗯，他对我们很好，家里的花销他从来不少我们的。"

"这就是亲人啊!"

赵峰说亲人，我就感觉话里有话。但是，我们都没有再继续话题。

我非常享受这一段时光，男人和女人之间可以没有性，但是不能没有温暖，我需要的是一个怀抱，一个可以温暖我的怀抱。

我把衣服递过去，赵峰把右手里的包换到左手，我干脆上前帮他穿上了外套，他抖了抖肩膀，看上去舒服许多，然后轻轻地拍了拍我的肩膀说:"好了，我走了!"

看着他宽厚的背影向门口走去，我的目光一直跟着他，他伸手并没有打开房门，而是转回头来礼节性地给了我一个拥抱，然后说:"要好好地啊!"

我心情忐忑地点了点头，忍不住问他："你的家庭一定很幸福吧！"

赵峰把目光移向窗外，意味深长地说："我和她结婚十几年，兄弟姐妹们在一起生活也不过十几年，所以，她是我最亲的亲人！"

我当时并不能充分理解赵峰话里的意思，我只感觉我和他之间有了一种暧昧。

距离一定会产生美吧！我和玉刚分居的一段时间里，他的情绪渐渐有所改善。他来城里的时间渐渐多了，儿子犇犇开始对外面的事物产生极大的好奇和兴趣，玉刚就常带他到动物园、植物园，看见什么就教他什么，我的心里慢慢变得不那么纠结，好多过去的时光都被这淡淡的新生活冲走了。

没有了隔阂，没有了不快，没有了各方面的打扰和压力，我却仍然没能摆脱。因为，在我的心里隐隐地住进了一个人。

这个微妙的情况发生以后，玉刚曾经也对我主动过，但是，我总是以这样和那样的借口推脱着，比如说累，比如说妇科的疾病，比如说孩子的烦恼。

玉刚仍然是以沉默对待，我们的日子仍然继续。一起上床，但是连手都不拉一下；我们吃一口锅里的饭，彼此却没有再多的联系。

有一天夜里，我忽然醒了，发现玉刚并没有在我身边睡着。于是起身到客厅，发现书房里有忽明忽暗的灯光，我把门推开一个小缝，鬼使神差地想发现些什么。真的看到那个场景后，我的内心又开始百感交集，五味杂陈，玉刚坐在电脑前，电脑的画面呈现的是一个性感尤物，她在屏幕上搔首弄姿，他在屏幕下动作频繁，而且带着急促的喘息。

我对玉刚而言已经失去了作为女人的价值，我需要扮的角色是孩子的妈妈，是他不可或缺的一个亲人！

妙龄女郎的娇羞心经

悄然间，岁月将女人带入一段向往又胆怯的时光。她们渴望两性生活，喜欢被宽阔的臂膀袒护的欢心和宠爱，同时又步入繁衍生息的关键时刻。在这段时光里，女性承载的比得到的沉重。

即使男人和女人之间缺少了激情和默契，但这并不打紧，因为两个人在一起不但需要相互磨合，还要尽可能地创造属于两个人共有的生活。逐渐增加生活的色彩之后，也许那一小撮恼人的咖喱或者芥末也能呛出久违的笑容。

二十五六岁的妙龄女郎，不要因为一时的单调和乏味就对未来的生活失去信心。试着去爱你所爱的人，更要试着接受你之前认为无法理解和承受的另一半的生活习惯，你的未来一定能够豁然开朗、别有洞天！

1906 年 7 月 26 日，远在日本留学的鲁迅在母亲的反复催促下启程回国，与母亲送的"礼物"朱安结婚。

1909 年 8 月，鲁迅从日本回国，在杭州一所师范院校任教。鲁迅独居，度过了三十一岁到三十八岁之间的岁月；朱安在绍兴，伴随着周老太太度过三十多岁到四十出头的这段生命。

1919 年，朱安已是四十多岁的人了，结婚也有整整十三个年头了。对她来说，这十三年的婚姻等于一片荒漠。

1923 年夏，鲁迅同二弟周作人因家庭纠纷反目割席，同胞兄弟一下子成了仇人，两人从此再无往来。在这种情况下，鲁迅决定搬家。鲁迅征求朱安的意思：是想回娘家还是跟着搬家？朱安明确地表示，愿意跟着鲁迅。

1924 年 5 月 25 日，在砖塔胡同住了约十个月后，鲁迅和朱安搬进了阜成门内西三条胡同二十一号。

1936 年 10 月，鲁迅在上海逝世。消息传到北京，朱安很想南下参加鲁迅的葬礼，终因周老太太已年过八旬，身体不好，无人照顾而未成行。西三条胡同 21 号鲁迅离京前的书房辟为灵堂，朱安为鲁迅守灵。

1943 年，鲁迅的母亲病逝，只剩朱安一个人了。

1947 年 6 月 29 日，在凌晨这段时间里，朱安孤独地去世了，身边没有一个人。墓地在西直门外保福寺处，没有墓碑，她像未曾存在过一样消失了。

第六章　危机婚姻——
一直在加重的死亡筹码

越存在越痛苦

在昆虫界，我们常常发现，还在交配的过程中，母螳螂就去咬公螳螂的头，但是公螳螂没有躲闪，就这样活活地被母螳螂给吃掉，而且吃得津津有味，就像在享受一盘开胃菜。

在螳螂的世界没有自私的价值衡量，没有面子问题，没有别人的评价与关注，它们的行为都是最原始的。所以，对于它们的这一现象，我们可以简单地归结为只是为了后代的延续。

现如今，仍然认同"女人如衣服"的女人恐怕只有"后60后"和"前70后"了，这之前的婚姻大多已经尘埃落定，只追求个老有所依了；这之后的婚姻双方能想开得很多，合则聚，离则散。也只有这一年龄段的女人坚信：保卫婚姻就是保住了所有，失去婚姻自己已然活不成了！

她们愤恨男人的不忠，但是除了谴责，还是会在最后一道防线上败下阵来。无论如何，有婚姻包裹的家庭即使不再同枕而眠，即使老死不相往来，她们都会认为，她们赢了！所以，相恋的时候女人会一直追问到底谁更爱谁，一旦步入婚姻，女人更在乎的则是到底谁赢了谁！

　　遇到如此女人的男人，妥协的多，心力交瘁的更多。就好比一只公螳螂，他们更愿意快快地在这场婚姻中死去，无力挣扎，更不反抗。

　　在贞莎面前，我完全失去了对访谈目的的整体把握、营造轻松的交流氛围、较强的个人综合素质与修养，以及与访谈对象的互动等作用。我甚至插不上话，所性任由着她，让她按照自己的思路说下去，我想，即使面前是一块石头，她也能将其倾诉到心软。

　　与贞莎相邻而坐，时不时地还要有肢体接触，她会习以为常地碰碰你的手或者是胳膊，希望提高你的专注度。还有可能似乎跟你说一个天大的秘密一样，偷偷地讲一些事情。更多的时候，是她反问句居多，当然是在强调：天下的事哪有这样的道理哟！

　　贞莎暴粗口的时候也有很多。只有在谈到今后的生活的时候，她才开始显得茫然，因为茫然却也显得温柔了许多："在我发现他第一次出轨的时候，我们刚好经历着七年之痒，我认为咬咬牙这段艰难的人生是能挺过去的，于是，我用一瓶安眠药换回了一切。再一个七年之后，我发现他又一次出轨了。我觉得我比第一个七年失去得更多，我不再是我，我是一个将刀架在一双儿女的脖子上的丧心病狂的恶人，他再一次向我低头了。但是，我不知道下一个七年还会不会到来，如果它真的来了，我还可以拿什么作为拯救死亡婚姻的筹码。"

　　其实，在这个世界上，能够手牵手相伴一生的爱人，相处起来一定是如空气一般没有压力的存在，彼此宽容，相互体谅。没有两情相悦的爱情，就像迷了眼的沙子，越存在越痛苦。如果相爱，请给爱情一个出口，给婚姻一个彼此相爱的理由。

一场混战

总结我的前半生其实就是"抢和被抢"的一场混战，到最后不管拿到手里的是不是个宝，我在乎的只是：在没在自己手里。

认识老唐时我还不到二十岁，那时的他看上去瘦瘦的，个子也不高，但是，全身上下总好像有什么地方吸引着我。20世纪80年代，正是追求思想解放的时候，人们常说幸福是要靠自己争取的，万万没想到的是，我为自己争取到的却是一个又一个地挣扎和三番五次地自投鬼门关。

我简单地读了几年书，后来到镇上的一个工厂做工。期间跟一个叫小鲁的女孩子很要好，她是一个内向、腼腆的姑娘，做活儿细致，而且没什么脾气，和这样的人相处很容易，面对我的所有言论，从来都是乐呵呵的。工厂里大多是吃"商品粮"的大姑娘、小媳妇，比起她们的尖酸刻薄、得理不饶人、小心眼儿来，小鲁是一个十分不错的朋友。

小鲁比我大三岁，已经到了适婚的年龄，给她介绍对象的人很多。也许是性格原因吧，每次相亲之后她都不置可否，不说行，也不说不行，总是不温不火的样子。我曾经偷偷地问过她到底想要找个啥样儿的，但她总是害羞地笑笑回答说："不知道。"我开始怀疑是她的优越感太强了，好像天下的男人都能被她吸引，成与不成也是她有主动权一样。

有一天下班，我和小鲁说说笑笑地推着自行车刚一出厂，门口就有一个二十岁左右的小伙子叫了小鲁一声，我们俩一齐扭过头去，那个人的目光直直地盯在小鲁的身上，扫都没有扫我一眼，他就是唐明。

唐明并没有像其他相亲的人一样刻意收拾过，这样一来，倒给了别人一种亲切感。小鲁依旧是一脸的娇羞，嗯都没嗯一声骑上车就走，我和唐明一齐跟着向前追。不知道是因为累了，还是小鲁的确对唐明有好感，转过一个路口后，小鲁的速度就降了下来。听唐明谈话的内容，他们之前已经是见过面了。小鲁没有跟我提起过，但是两个人既然继续有来往就是表明双方都有意思。

唐明很风趣，聊的全是镇上的新鲜事儿。我冷不丁地插了一句："这些事儿你是怎么知道的？不会全瞎编的吧？"

小鲁立刻小声地谴责了我一句："你才不要乱说，小唐是镇上的宣传干事！"

唐明呵呵地笑了，像是得到了上司的褒奖一样。

我心里立马对小鲁的责怪很记恨，但是，仍然挡不住好奇心的驱使，不管唐明说了什么，小鲁要么笑，要么就点点头。我却东一榔头西一杠子地问这问那。山间的小路不好走，小鲁压着我们前半个轮子走在前面，一路都捡最平坦的路面保持着她的淑女风度，唐明紧跟着她，而我则努力地在唐明和小鲁的左右一路追逐。

终于进村了，唐明却没有继续送小鲁到家的意思。他说他要到邻村采访，目送我们进村后，他就径直向前走了。

我问小鲁对唐明印象如何，小鲁回了我一句："讨厌！我先走了！"

我一个人惮惮地往家走，越琢磨越觉得心里面不舒服。到了家门口犹豫了一下，脚下一使劲儿，鬼使神差地向大路上骑去，远远地截住了要往临村去的唐明。

他看上去一脸的心思，皱着眉头，慢悠悠地走着。

"唐干事，我们顺路！"

唐明见了我还是有些欢喜的，他笑了笑说："噢？你也到赵村去？"

"嗯！到亲戚家串个门儿！"

接下来的一路上，唐明的讲述因为有了我的附和及好多不着边际的问题而显得十分的精彩。

到了赵村，唐明只是简单地找了个人问了问，我则胡乱地指着一家上了锁的门说："真不巧，没在家！"

唐明拐弯走上大路回家，我则原路返回，不知道为什么，心里无比舒畅！

这之后，唐明还是来找小鲁很多次，但是小鲁的态度还是那样的不明了。再之后，唐明就显得对小鲁不太上心了，我和他之间的谈话渐渐多了起来。

有一次，我问唐明喜欢小鲁什么？唐明坦诚地说："我爷爷有一屋子的古书，我从小读四大名著，《红楼梦》里的林黛玉最让人心疼！"

我哈哈大笑着说："那现在呢？"

唐明苦笑了一下摇摇头，说："现在？要不就是我没遇到真正的林黛玉，要不就是林黛玉不适合生活在现代这个社会。"

我说："既然没找到林黛玉，干脆你找人上我们家提亲吧！"

唐明愣了一下，然后说："这可是你说的？我明天就叫我爹托人上门——提亲！"

唐明家果真来人了，把我父母弄了个措手不及。他们说我年龄还小，这事儿不急，我却急着跟来人说："先处处看吧！"

我、唐明还有小鲁还是一直走在一起，但是，这其中的关系早已发生了绝对的变化。

在我的一再坚持下，说服了父母，要和唐明结婚。

婚期公布以后，最为失落的是小鲁，我不知道她和唐明是怎么表述的，但是，我知道最后小鲁还是放下了一切到了唐明家，跟唐明的父亲哭诉了一个下午。

唐明没有任何转变，事情就已然成了定局。

我和唐明举办了一个简单的婚礼，婚后就跟他到镇上住。不久随着唐明升迁我们又到了市里，日子一天比一天过得好，我也因为我自己的选择而沾沾自喜。

一天中午，唐明回来说晚上不回家吃饭了。我追问他，他说小鲁的文章在市里获了奖，晚上一帮文友要一起聚一聚。我一听到这话，心里咯噔一下，拿起电话查了市里招待所的电话，又转到小鲁的房间，小鲁的声音还是那样弱弱的、柔柔的，我说："小鲁，当年我们是最好的朋友，到市里来你应该先找我啊！庆贺的事儿也应该由我和唐明一起嘛！"

小鲁在电话里支支吾吾地说："没什么好庆贺的……我现在到县上的文化馆了，事儿……比较多，领完奖……下午就走！"

小鲁的话语里仍然带着她特有的骄傲，但是，不管怎么样，我和唐明都结婚了。谅她也掀不起什么浪花儿来。

唐明为此明显不悦，说"你这是干什么？"然后，撂下筷子就要出门。

我说："不干什么！事情没有结果之前谁都有争取的权利，但是，事儿既然定了下来，再想更改就显得不那么道德了！"

没有为什么

后来，我们有了女儿文文，她乖巧、可爱。唐明的事业也一路顺风顺水，唯一让我不顺心的是我的工作。送女儿去幼儿园时，别的孩子的妈妈大都是公务员或者国企里的干部，只有我总是在一些私企里打零工，总是觉得面子上有些挂不住。

我一直希望唐明利用自己的关系给我也找一份儿好工作，可他就是低不下那个头。事情一直一拖再拖，我就两三个月换一份工作，要么就闲在家里天天催他早回家。最后唐明终于招架不住，在他兼管的一个杂志社给我找了个拉广告的活儿。

工作虽然还是不怎么样，但是一提起来至少面子上显得很风光。

平时根本不怎么光顾杂志社的唐明一天下午突然风风火火地来办公室了，我以为他来找我有什么事儿，可他根本没正眼瞧我一眼，生怕别人看出我们的关系一样。其实，社里都知道我的后台是唐明，平时大家都是夫人夫人地叫我。

唐明是过来拿一封信，传达室说，是有一封给唐明的信，送报纸时一同放到办公室了。在众多的信件中，我看到了一个封皮上写得歪歪扭扭的一行字，中间醒目地写着"唐明（收）"。唐明拿了信又风风火火地走了。我心里一直七上八下的，隐隐感觉到不好。事实证明，就是这封信翻开了"美好生活"新的篇章。

那封信的事儿在我心里憋了好几天，终于在一天早饭时我假装不经意地提起来说："你猴儿急的拿那封信干什么？"

唐明愣了一下说："什么？"

我强调说："那天，你去杂志社拿信，谁写的？"

唐明终于明白过来说："哦！美术学院的同学，他给我介绍过来一个学生做杂志美编……对了，你以后说话要注意措辞，什么叫'猴儿急'啊？"

我冷笑着说："哟！你现在是越来越讲究了！还不许我用白话文说话了！"

唐明说："就是白话文也明显带有贬义了！"

我仍然不想饶他，于是说："当初我也是这样说话的，你不是也每天美滋滋的？"

唐明气得哑口无言。

我追问说："美编？男的女的？你怎么一直没跟我说过？"

唐明气得把碗一撂，说："我啥时候有义务向你汇报了？"

我辗转从办公室打听到确实要来一个新美编，而且一两天就上岗了。不得不说，因为我的犹豫不决给新美编的到岗留下了充足的时间，如果我早一点问明原委，早一点把这件事在敲定之前给搅黄了，就不会有接下来的一大堆事儿了。

唐明亲自去火车站接的新美编，她叫黄沽。黄沽走到哪里都是一道独特的风景线，回头率百分之一百二，好多人要连连回头。原因就是那几年时兴染发，顶着一头黑发都不能出门一样。可是黄沽却焗了一头红头发，烫着卷卷的头发，画了黑黑的眼影，涂了红红的嘴唇。不愧是大城市里来的女孩子，果真够时尚！黄沽的回头率虽高，我的心里却踏实了，这样的女孩子绝对不是唐明喜欢的类型！这个想法一出，我自己心里都慌乱了好一阵，我什么时候开始担心起唐明来？担心唐明会出轨？

黄沾对文字的领悟能力很强，而且那时的杂志插图都是黑白的，经过她配上去的素描都十分的精彩，让唐明包括社里的领导都有一种耳目一新的感觉，因此，黄沾没出试用期就提前正式上岗了。

一天开会，最后社里领导随口问了一下大家还有什么困难要解决时，黄沾立即说她的住宿问题一直没有得到解决，现在还住在招待所里。大家就商量着在给她找到房子之前先由社里的同事帮忙解决一下，黄沾大概早就从别人对我“夫人”的称谓里看出了门道，爽朗地说：“我和贞莎姐最有眼缘，我想和她住一起，姐，您方便吗？”

一下子，大家的眼光齐刷刷聚集到我身上，我忙连连答应道：“好啊！好啊！那真是蓬荜生辉……”

黄沾和我们住到一起后我才发现，外表时髦的她其实话并不多。大多时间就是蜷在沙发的一角看书，不过她看的大多是国外的一些漫画书，因此，平时和我女儿文文相处得也十分融洽。

唐明是一个十分爱面子的人，家里住进外人来，好多事情他也十分注意，比如按时回家，回来时常带些水果和零食之类的，也开始注意搞搞家里的卫生什么的。我因此就放松了许多，孩子也有人带了，唐明也顾家了，我就腾出好多时间可以和楼下的邻居一起搓麻将了。找房子的事儿黄沾不着急，我也不着急了。闲谈时，那些麻友开玩笑说：“你把个孤男寡女放家里，自己跑出来搓麻将，小心占了你的窝儿啊！”

我听了总是笑得比她们还开心：“就我们家老唐和那个‘梦露’？啧……啧……啧，我们老唐好的不是那一口儿，他们俩呀，不对路！谁信我都不信！就那头发像着了火一样，那嘴唇跟吃了'血孩子'似的，老唐是个多传统的人啊！你们放心，绝对不能！"

有一天晚上，我打麻将打了一个通宵。天都亮了，我才回家，唐明还在睡着，手里还捏着一叠文文画画的纸片。我拿过来一看，只见上面是一个个女孩子的表情，有调皮的，有娇羞的，有可爱的……这些图片都只是半身像，但是无一例外地都有一条深深的乳沟。

我正翻看着，唐明醒了，他下意识地来抢我手上的画儿。我生气地问他："这是干什么？"

唐明说："黄沾哄文文开心时画的！"

我举着那些画说："哄文文开心？画这种无耻下流的画来毒害我的女儿吗？"

唐明忽然懒得跟我抢夺了，穿好西装，井然有序地收拾着。

我对他不依不饶，他就视而不见。我在他面前将画撕得粉碎，他一脸的漠然。后来，司机来了，在楼下等他，黄沾居然也早早收拾好了，还是那团火红的头发，依然红艳的嘴唇，唐明下楼去，黄沾也紧跟其后。我满嘴的污言秽语骂出去，只有重重的关门声和文文惊慌的哭泣声。

生　剥

我在家里昏昏沉沉地待了一整天，哭一会儿，睡一会儿。晚上，唐明和黄沾一前一后地又回来了，我甚至想象得到是他们这对狗男女就是在楼下才分的手，然后前后脚踏进我的家门。我不能容忍他们在我的眼皮子底下这样来来往往，我要显示出我女主人的威严来。我推开黄沾的门，倚在门框上说："黄沾，明天你去找房子，三天之内从这里搬出去。"

黄沾眨了眨那对"熊猫眼"说："我想您是误会了，我只是画着玩儿的，国外的漫画儿就是这个样子的！成人也可以爱漫画！"

我冷笑着说："这里是中国，这里是我的家！"

黄沾接了我的最后通牒，草草地找了一个住处就搬了出去。但是，唐明和黄沾的工作来往却明显地多了起来，她时常有事情要请示他，需要他来定夺一些方案。而唐明呢，来杂志社的时间也明显多了起来，有的时候就只是坐在办公室里闲聊，但是，他还是愿意来。

一天，我突发奇想地检查了唐明的公文包，在里面竟然又发现了一张用稿纸画的漫画。画上面是一间简陋破败的屋子，一个小女孩儿孤独无依地蜷在床上，图片解释框里写着："我好怕怕……救我……呜呜！"

我又偷偷地找来唐明的电话详单打出来，其中有一个固定电话的通话频率最高，时长达到一个小时，而且都是下班后的时间段，有时甚至是夜里十一二点了。

我找到了那个固定电话，是一个小卖部里的公共电话。店主说，经常来接电话的是一个红头发女孩儿。

我开始了无休止的声讨和谩骂，与唐明开始了撕扯和追打。他越是解释我就越是肯定，越是奚落和嘲讽他如此低下的眼光，竟然能看上那样一个人不人、鬼不鬼的烂货。

唐明很生气，常常摔门而去，然后在深夜里醉醺醺地回来。我再想和他争吵他已然呼呼大睡起来，什么都听不见了，我打也打不出去，骂也骂得没劲了。

　　忽然有一天晚上，唐明一夜未归，我打他手机一直处于关机状态，打办公室电话也无人接听，我如坐针毡般等了一夜。天快亮时，唐明偷偷地打开房门溜进屋里来，他刚一放下手里的钥匙，我就打开了客厅的灯，把他吓了一大跳。我问他这一夜去了哪里？他说他陪领导喝酒，喝多了就睡在酒店里了，酒醒了就往家里赶。我说这些话你骗鬼去吧！就又开始了新一轮的争吵。

　　这之后，唐明就开始了光明正大地夜不归家了。我找到了那个固定电话的所在地，那里的环境确实不尽人意，但是，就在那里我终于看到了我想看到的那一幕。唐明和黄沾被我堵在那扇破败的门里，我在楼道里大声叫喊，让大家都出来看一看这对狗男女做出的苟且之事。后来我骂累了，邻居们看热闹看够了，那门才打开了一个小缝，唐明疾步下楼时，我冲进门内，跟黄沾扭打在一起，我疯狂地、不顾一切地打她，黄沾尖声叫着救命。这时，唐明又跑回来拉开我。我说："你跟我回家，什么事儿都可以过去！"

　　唐明答应了，我出了门，唐明紧跟着也出来了。这时，黄沾却又从后面抱住了唐明的腰，哭着不让他走。我又返回去和黄沾抢起了唐明，唐明就这样被我俩拉拉扯扯、踉踉跄跄地抢来夺去，最后还是被我拉到了楼下，我用力地掰开她的手指，唐明回家了！

　　我写了辞退通知，让唐明签了字，又买了一张北上的车票，帮黄沾结清了工资，额外给她加了一千块钱，让她早早地离开。

我是亲眼看着黄沾上了火车的。把她送走以后，我觉得安全了。唐明再晚回家我也觉得无所谓了。反正感情上算是有了一个很大的创伤，我需要一段时间，他也应该需要吧。

　　我上班一直很随意，想去就去，不想去就不去，没人管，大家看了也都睁一只眼闭一只眼。尽管在单位的时间不多，但是，我似乎也听到大家在议论，唐明受黄沾的事儿的影响，上面的领导已经有些想法了。我想大概为了消除影响顶多不再兼管社里的事儿，本来就没有多拿这里的工资，不管就不管，多一事，不如少一事。

　　有一天，我因为有事离不开，文文的老师说要开家长会，我就打电话给唐明。手机接不通，以为是在开会，就打给唐明的司机，让他散会之后立即去学校，那司机却支支吾吾不敢说话。我知道这个司机是老实人，一定是有什么事情，再三追问之下，司机才说唐明已经好些天不去上班了，他可能找不到人。我一听脑袋就大了，在保证司机不会受到影响之后，司机才说这些天一直就只是把唐明放在一条巷口就离开了，黄沾的事情并没有像我想象得那么简单，送走黄沾之后，唐明就被停了所有职务，从来没有受过打击的他一下子一蹶不振，但是，我对他每天照常按上班时间去巷口的事产生了很大的疑惑。

　　第二天一早索性打车偷偷地跟着唐明到了巷口，因为怕他发现，动作一慢就在一栋楼门口跟丢了。我仰天望着高高的楼房，每一扇窗户都是紧闭的，顿时觉得一阵凄凉。于是我就站在楼下大声地叫着唐明的名字，寂静的小区里一遍又一遍地回荡着我的哭喊声："唐明，回家！唐明，回家吧！"

　　过了许久，唐明再次从一个楼门里一溜烟儿地跑出来。原来，我把黄沽送上车之后，她没走两站地就下来了，再次回到了这里。她跟唐明哭诉，自己没脸回去见老师，没办法回答同学和家长的质疑。唐明安排黄沽在这里暂住，然后再次通过自己的关系给黄沽联系工作，没想到这中间，上面的领导就做出让唐明停职的决定。于是，唐明和黄沽就成了"同是天涯沦落人"。

失重的筹码

为了彻底将黄沽从我的生活里赶走，我辗转找到了黄沽家里的电话，将黄沽这几个月来的一言一行全部和盘托出。这次，黄沽没用我安排就立马消失了。令我没有想到的是，唐明跟着她一起消失了，他在公布对他的处理决定之前，先一步提出了辞职，他是个爱面子又性格极强的人，从来不会向人低一下头或者弯一弯腰，所以他选择离开。

我不能接受这样的结局，于是买了一瓶安眠药，然后将家里的一些贵重物品放在一个包里打电话给唐明的弟弟。告诉他，如果我两天没有打电话给他，让他来家里把这些东西收好，留给文文。

他们当然知道我话里的意思，但是，因为路途遥远，把房门撞开的时候，我已经不省人事了。我被送到了医院里，脱离了生命危险，没有用上一天，唐明就乖乖地回来了。

这之后，唐明开始自己创业，为了巩固家庭我又怀孕了，生下了儿子小武。唐明对儿子疼爱有加，似乎也忘了那些年做出的不羁事。但是，只要唐明对这个家稍有不妥，我就拿他当年对不起我的事跟他讲理。心情不好时，也会对孩子说，你们的妈多么多么的不容易，将来要好好孝敬之类的话。唐明大多时候是喝闷酒，他不会与我争吵，我们之间的关系稳固又冷漠。

自己创业以后，唐明的时间更加不规律起来，而且要时常出差。他的命根子就是儿子小武，只要小武一打电话，他不管多忙也要回来。

有一天唐明带儿子出去玩儿，家里忽然响起一阵奇怪的音乐，我顺着声音找去，在唐明的包里发现了一部新买的手机。我心里忐忑不安地打开那个电话，一条消息说："你什么时候来接我？"

那个春末，儿子小武刚刚过完他的七岁生日。而我，又开始了新一轮的混战与争吵。但是，这次的敌对者不像黄沾那样实实在在地就在我的面前，我看不见，也摸不到。我第一个想到了小鲁，我千方百计地找到了小鲁，当我用仇恨的眼光敌视她时，她被岁月淘洗得越加地高傲而有气势。我虽显得理直气壮，但内心却是无比的唏嘘。我都不知道自己十四年前是中了什么邪，现在一直要品尝这样的后果。

小鲁说："一个是豪夺的女人，一个是寡情的男人，让我有什么值得为之付出青春和时间呢？"

我在小鲁的眼里读到了答案，于是通过网络，通过信息，我开始慢慢将这个形象搞具体。我再次将对付黄沾的手段用来对付这个无形的对手。我在网络上能找到有她轨迹的地方进行肆意地谩骂，把一切可能与她有联系的电话全部打爆，骂她个狗血喷头。

在一切于事无补之后，我向唐明摊了牌："离婚！"没想到唐明立刻就答应了，并强调说两个孩子他会尽他所能去补偿，一个人净身出户！我不知道是什么样的女人有这样大的魔力，让唐明放弃一切。于是，我再次哭着问他："这次，是不是真的找到了你的林黛玉？"

唐明坚定地说："林黛玉只能活在《红楼梦》里，她和贾宝玉才能上演真正的爱情。而我遇到的对的人就只是一个适合我的人！"

听到这话以后，我反悔了，我凭什么放走唐明？他凭什么就这样折磨我十几年？于是，我下定决心，跟他死磕到底。

我找来了唐明的父亲、姐姐和弟弟，找来了我的父亲、母亲和兄弟，我要让他们帮我理论理论，到底谁对谁错，到底我哪里对不起唐明，他硬要这样一次次地伤害我。

唐明的父亲被气得直跺脚，他弟弟对他拳脚相加，姐姐也是苦口婆心。但是，到最后都表示无能为力，没几日就离开了。

我父母来了，母亲一开始一直数落我当年不听话，非要嫁给这样一个狼心狗肺的东西。我哭着说："您就别提当年了，关键是我现在怎么办？"

母亲说："早离早省心！"

我说："两个孩子怎么办？我都四十岁的人了，以后还能怎么样？"

母亲左右掂量之后也不知道如何是好，唐明刚好走出来喝茶。母亲夺过茶杯将茶水泼在唐明的身上。唐明气得全身发抖，换了一件衣服就要出门。我对我父亲说："爸，不能让他走，他一出去又要去找那个小贱人。"

我父亲听了，一屁股坐在门口挡住了他的去路，说："你不能出这个门，你要是非出这个门就从我这把老骨头上踩过去！"

就这样，唐明老老实实地在家里待了一个月。他常常躲在厕所里偷偷打电话，我只要听见他窃窃私语就会不顾一切地踹门扭打。我的父亲母亲身体健康受到了影响，不得不离开了，唐明像出了笼的小鸟一般又消失了。

我又吞了一瓶安眠药，这一次唐明又回来了，但是，他给出的意见仍然是：尽快办理离婚手续，他净身出户，而且仍然会给孩子们抚养费。

事情僵持了大半年，我的生命对他来讲已经不足以造成任何威胁。家里人对我的婚姻也是心力交瘁，他们对我一次一次的自杀行为感到无奈。

春节将近的时候，我一直希望唐明能像一家人一样回来过年。唐明没有明确的答复，直到腊月二十七了，别人家都张灯结彩，欢欢喜喜过团圆年，而我的家里却根本提不起过年的气氛来。

于是，那天夜里，我用极其冷静的语气通知唐明说："明天晚上之前你如果不回家，就再也见不到我们娘仨个了！"

第二天下午，在新年的鞭炮声中，唐明回来了，他给孩子们带来了手提电脑，给我带回来一对耳坠。

于是，我们一家人也像所有家庭一样，欢欢喜喜过新年。正月初二，我带着两个孩子和唐明一起回娘家，父母看了既是欢喜又是忧，他们说："看着你们能一起回来真高兴，但是，唐明他果真回心转意了吗？"

我眼里含着泪花儿说："他舍下谁也舍不下这两个孩子，不是吗？"

就在这时，儿子一个人进屋来，我说："你爸呢？"

儿子说："在街上打电话！"

我一听就全身的血都往头上涌，扔下还没有包好的饺子就冲到街上，看他的眼里，脸上，满是温柔与幸福。我扑上前去抢夺电话，唐明迅速地将电话挂掉，然后若无其事地领着儿子到院子里。父母出来了，也聚在院子里，我只好又强颜欢笑起来。

过年了，女儿渐渐独立，再过两年，儿子也会长成一个大小伙子了，而我和唐明呢？还能因为他们的存在而捆绑在一起吗？如果，真的有一天，我的手中不再有筹码，我是否能真的放手呢？

不惑之年的静悟心经

女人逃不脱的不是别人的掌心，而是自己的怪圈。殊不知，那指缝间流走的光阴终将是一去不复返的，挡不得别人，却拦下了自己。原来给他人自由，就是给自己一个出口。

女人四十，母性的光辉开始大过这个世界上的一切力量。与此同时，岁月流逝的失落与挫败感交织在心头，她们开始懊恼这样的境地，于是常常会将自己的不如意迁怒于他人。

要知道"平心静气"才是不惑之年的静美。你微笑着面对这个世界的时候，这个世界也会微笑着面对你。即使是眼角的皱纹，即使是不再纤细的手指……岁月烙上去的不只有年轮，更有与人为善的宽厚与豁达。

1901 年 9 月，胡适作为庚子赔款留学生，进入美国康奈尔大学学习农科。母亲在信中反复叮嘱他"男女交际尤须留心"。

1914 年 6 月 18 日，胡适应邀参加一个婚礼派对时，邂逅了教授的小女儿——从纽约归家探望父母的韦莲司。

1915 年的 1 月，胡适到纽约看望韦莲司，他们在韦莲司的寓所畅谈到深夜。事后，韦莲司的母亲得知他们单独在屋里相聚的事，很是反感。

1917 年 12 月，胡适回故里与江冬秀完婚，无情人终成眷属。

1918 年，江冬秀离开乡村，到胡适身边。自此以后，天涯海角，江冬秀总是伴随着他。以至于唐德刚戏言："胡适大名重宇宙，小脚太太亦随之。"

1921 年，在杭州女师读书的安徽籍学生拟编辑《安徽旅杭学会报》，曹诚英自告奋勇，请著名教授胡适为她们写发刊词。就这样，胡适结识了一生中最为真爱而又无法与之携手的女人——曹诚英。

1924 年，胡适和曹诚英的关系日趋明朗。在这年春天，胡适开始向江冬秀提出离婚，江冬秀不听则已，一听勃然大怒。她从厨房中拿把菜刀，说："离婚可以，我先把两个孩子杀掉。我同你生的孩子不要了。"当时吓得胡适面如土色。

1933 年，胡适作为文化使者应邀访美时，与韦莲司有机会相聚，在绮色佳共度了几天美好时光。

1939 年 6 月 10 日，胡适出于对韦莲司的思念，在给她的信里，将几首诗词寄给韦莲司，告诉她，这是为她写的。

1958 年夏天，韦莲司为祝贺胡适出任"中华民国中央研究院"院长，特意定做了一套银质餐具作为赠礼。

1937 年，曹诚英取得硕士回国，在安徽大学任教授。而恰在此时，胡适被任命为驻美国大使。曹诚英感到她与胡适的恋情无以为继，也就不再抱有幻想。后经朋友介绍认识了一位大学讲授，曹诚英还算满意。不料江冬秀从中作梗，拆散了这桩婚姻。

第七章　差距婚姻——
　　　　隔岸相望的枕边人

卑微无望

小寒是那种"未见其人，先闻其声"的爽快女子。尽管她不知道自己到底出自这座古城里的哪门哪姓，或者她"根儿"里就根本不是古城人，但是，她愿意用古城人"实在、热情"的态度处事，讲一口地道"高调门儿"的古城话，吃古城才特有的地道小吃——驴肉火烧！

我不愿意看到这样的女子悲伤，但是，她的一切却又让人如此的悲伤！她在讲述自己的故事时，就像在复述别人的人生一样，一样地掉眼泪，一样地痛苦，哭过、痛过之后转脸就又是欢喜。

有时候，她就是在恶意地中伤自己，接触得多了，我才知道这是她自己特有的疗伤方式。是啊，曾经的自己已经卑微到尘埃里，那么，现在或者今后还有什么不是幸福呢？如果，你说有一种昆虫长翅膀嗡嗡叫着，她一定说那是苍蝇而不是蜜蜂；如果，你说有一群人，全身黝黑，负重前行，她一定说那是劳苦大众，而不是快乐的旅行者或者驴友；如果，你说一个地方有欢乐、有温暖、有真情，她一定说那是天堂，而不是家！

小寒的快乐永远定格在十岁。十岁那年，那个被她一直亲切地称呼为"姥姥"的人离世了。从此，她的快乐也随姥姥一起到了天堂，直至今日。二十八年之后，让她赖以生存的也是姥姥潜移默化中"传授"给她的一门手艺——艾灸。

小寒早早辍学，文化水平不高，我用五笔在键盘上敲字，常常是将"灸"敲成了"炙"。一开始她提醒我说："你这个'炙'不对！"

我还不懈地笑了笑，说："怎么会不对？"

她开始认真地给我讲道："长时间用火叫作'灸'，上边的'久'为声，下边的'火'为意。你写的这个字也有用火烤的意思，但是相比之下的'火'是'灼烤'的意思，那病人怎么受得了呢？"

我仔细看了看，顿觉惭愧，慌忙把字改了过来。她十分满足地说："哎！这个才对！"然后还重点强调了一下，"'灸'艾灸的'灸'！"

在这个世界上，离成功最近的人士有两种。一种是大师，他们凭借自己敏锐的头脑、过人的智慧和长期高等教育的学习和实践，将自己的经验和才华转变成为一种财富；一种是草根，或许他们什么都没有，但是，那种对既定理想的坚忍与不懈就是最具杀伤力的拓路武器。

我说这些，是因为小寒硬生生地将一种土方搬上了大雅之堂。至少，在我的思想里，她是这样做的。

平日里，小寒奔忙于编好号码的各个理疗床，那些年长的人总是用"好媳妇"作为她的代名词，她们夸赞她："这样手脚麻利的媳妇哪儿找去啊，里里外外一把手，你老公肯定是哪辈子积德了！"

小寒会放声大笑着肯定，只有面对我时，她才会说："我十八岁时，他二十六岁，我们的差距不仅仅在于此。他父母双全，家底殷实；我是弃儿，过着寄养生活；他军队复员有一份稳定的工作和收入；我中学没毕业站过柜台摆过地摊；他生病有医保，老了有社保；我怕生病，怕老去，怕有朝一日孩子嫌我是个累赘。我的漂亮、美丽和青春并不能填满这日渐突显的差距！"

每扇窗都会有亮光

常常在万家灯火的时候，我会独自一人穿梭在这个不大的城市里。我用眼睛去看每一扇窗，每一个窗口都会有温暖的光，我多想有一扇窗里的灯光是为我而留的。但是，每次留给我的都是满脸冰冷的泪水。

我的亲生父母一定不是什么好人！是好人谁会丢下自己的亲生骨肉呢？我姥姥把我抱回来那个晚上正是小寒，外面飘着雪，这是一年中最冷的节气。姥姥拖着胖墩墩的身体，嘴里喘着粗气，欢欢喜喜地将我递到我养母眼前时，我养母一愣，问她："这是什么？"我姥姥说："宝宝呀！你快看看长得有多俊！"我养母扔下手中的一把葵花籽，像受到了巨大的侮辱一样转身离开。姥姥抱着我又走到养父跟前说，"大志啊，你给孩子起个名字吧！"

我的养父是个老实人，他在肉联厂上班，每天在他眼前晃的就是一个个猪头、猪肠、猪腿。他掀开棉被的一角，看到了才出生几天的我，嘴角透出一丝笑意来，笑过之后，看了看我姥姥，叹了口气，也走了。姥姥很失望，但是她没话可说，这个家里十来年没能添个一男半女不是我养父的错。他没有怨言，更没有离开，已经让人念阿弥陀佛了！

我姥姥一个人站在客厅里，她大声说："不管怎么着，孩子我是抱回来了，你们不要！不要也得管你们叫爸妈！"

姥姥随口给我起了个名字，就叫：小寒。

我一直觉得十二岁之前过得挺幸福的，别人家孩子都有爸妈管着学习，管着言谈举止。我没有，我一放学，把书包扔给我姥姥，我姥姥就一句话："玩去吧！"

印象中，我叫妈叫得也挺亲、挺勤的。只是我妈回应时很冷漠，有时是从嗓子眼儿里哼一声，有时干脆连哼一声的声音都听不见。后来，我只管叫，不在乎有没有回应，反正我要做的就是叫过人之后就出去玩儿。

仍然有人说我长得像我妈，我妈是个大高个，细高挑儿，眉目清秀，标准的美人。她在市政上班，出出进进总是很风光。

从我懂事儿起，我爸待我就像亲闺女一样。他从厂里回家时，手里常常提着一些猪下水，我妈常常跟他吵架，说他身上一股子猪味儿，他带回来的东西，她也从来不吃。我爸总是对我尴尬地笑笑说："爸捯饬的肠子，干净着呢，一点儿不脏！你妈是舍不得吃，给咱们留着呢！"

肚子里有了油水，我又一天到晚只知道疯跑。身体素质明显优于其他孩子，后来被选进了校队，主攻田径。

我十二岁那年的秋天，我妈怀孕了。我姥姥总在我妈面前夸我，说："我就说小寒是咱们家的福星。"我姥姥说这话没过一个月，我妈就开始咯血，医生说要终止妊娠，我妈不同意。我姥姥开始没完没了地唠叨，我妈仍然咯血，仍然不同意，她越加地不拿眼角看我，我一出现在她面前，她就会发脾气。我爸仍然每天拎回猪下水来，往我妈跟前端，我妈吐得厉害了，他就每天满嘴流油地自己吃。

　　又是一个寒冷的晚上，我姥姥嘱咐我说："小寒啊！照顾好你妈！"

　　这之后，她就再也没有醒来。世界上，那个最爱我的人去了。我号啕大哭，开始觉得无助。我妈每天躺在床上，姥姥没了之后，我才真正仔细地看了看她。原来修长的身材，现在就像一捆木柴，她的脸色蜡黄，嘴唇干涩且没有血色，不过，她的眼里仍然没有温暖。她无力打骂我的时候，就用那双眼睛瞪着我，让我给她拿这取那，帮她翻身。我这一生再不能忘怀的就是我妈那双仇恨的眼睛，还有我爸那张油花花的嘴。

　　我妈生下我弟来，白白胖胖的，他们看他的眼神明显不一样。我妈的精神好了许多，但是，从此，她却瘫痪在床，再没能起来。

　　我在校队里的成绩不错，拿了好多奖杯、奖状回来。我希望我妈见了这些能够笑笑，没想到，她看到那上面的字总是很生气。我一开始以为我还不够好，所以告诉自己要加紧训练，拿更好的成绩回来。终于，有一天，我妈再次暴发了，她不同意我再上学。原因是，我学习不好，搞的都是用不着的。

　　后来，我就常常以训练为由逃课。在家把我妈伺候好，然后有机会出去时，再把每天的训练任务完成。我拼命地跑的时候，可以忘掉一切，可以觉得自己存在，可以找到自己的快乐。

后来，没经过考试，我就被选进了体校。如果不是我妈干涉，现在我至少能做一名体育老师吧。如果我妈活着，让她看到那些跳水冠军、乒乓球冠军、田径冠军都是从这个城市里走出来的话，我至少通过自己的努力可以捧一个稳定的饭碗。

我弟弟渐渐长大以后，我妈就没了当初那股子视死如归的劲儿了，她开始无休无止地抱怨。如果不是因为坚持要他，她就不会像现在这样瘫在床上；如果不是因为当初的坚持，她还可以坐在办公室里，做着文化人的事儿；如果不是因为当初的坚持，我姥姥也不会那么快就走了。现在，她什么都没有了。

常常说着说着，她随手拿起床上的什么东西就冲着我扔过来。我爸并不像从前那样了，他有儿子了，他开心地带儿子过着每一天，拿回来的猪下水也要等弟弟吃完我再吃。

我吃不下我弟那和着口水和鼻涕的剩饭。于是，我常常不回家，待在同学或者朋友家，吃百家饭，穿百家衣。

我弟弟越长大就越显出一脸的呆相。他不像别的孩子那样机灵乖巧，除了要吃东西，什么也不会。我开始看见我妈哭，她经常在床上莫名地就痛哭起来，哭得自己用手挠墙。我妈被救护车拉走过三次，又回来过三次，我婶子说，得亏了我妈有医保，不然活不了这么长时间，谁有那么多闲钱给治病啊。然后，她又开始可惜，她说，可惜了这么好的工作，要是能熬到退休，拿着养老金的晚年才是最滋润的。

第四次抢救之后，医生说想吃点儿什么让她吃点儿什么吧！回到家，我妈变得非常的温柔了，她开始叫我的名字，她说：

"小寒啊，妈想喝一碗肉汤！"

我端着一只白碗，走在大街上，我看着一个卖"香草鸡"的摊位前正好有一只大锅，翻滚着煮着一只只鸡。我走上前说："大姨，我妈想喝肉汤，你给我盛一碗肉汤吧。"

那个胖胖的店主说："这汤咸的哪能喝呢？"

我说："我妈快不行了，她就想喝一口肉汤，您行行好，给我盛一碗吧。"那人犹豫了一下，接过碗给我盛了一碗，我千恩万谢，转身正想回家时，她又随手装了一些鸡杂递给我说："少喝点儿，咸。"

我高兴地拿着那些鸡杂如获至宝，小心翼翼地把那碗烫手的鸡汤端回家。我吹了又吹，然后递给我妈，她张开嘴喝了一大口。我说："妈，好喝吗？"她点了点头，我把鸡杂递给她。她流着泪说："你吃吧。"她默默地从手上把两只金戒指摘下来，放到我手里，就永远离开了。

那一年，我弟六岁，我十八。

球鞋里的青春

我妈死后家里安静了许多，不再有打骂声和哭声，安静得院子里掉下一片树叶都能听得见一样。

这日子并没有持续多久，就经常有乱哄哄的一群人上门来。她们一进门，就把我家上上下下、前前后后看了个够。她们走了，我爸经常会修修这里，补补那里，被我妈挠掉的墙皮也被他又重新抹好。然后又在墙上围了一圈粉色的碎花布，这个家越来越像家了。

　　我爸说他要给我们姐弟俩再找个妈，我当时就从椅子上蹿起来了，把他吓了一大跳。我说："没事儿，等我结了你再结行吗？"

　　我爸结结巴巴地说："你？那你得啥时候结啊，人家催得急呢！"

　　我咬了咬嘴唇说："很快的。"

　　我又跑去同学丽丽家住，她有两个哥哥，二哥还在当兵，大哥刚从部队转业回来的，每天都有很多老战友过来一起喝酒。

　　有一天，来的人多了，屋子里坐不开，他们就将几个客人请到了丽丽屋里。这中间有一个人个子不高，也不爱说话，别人劝酒，他也不知道如何作答，多半是一仰脖就将酒灌了下去。大家都叫他秀山，酒喝多了，大家就开始开秀山的玩笑，劝他眼界别太高了，好多战友的孩子都会打酱油了，让他不要掉队。

　　秀山喝到满脸通红，话也开始多了起来。他说："哪里是我眼界高啊，分明是人家女孩子都看不上我。"

　　大家就问："那你想找个啥样的？"

　　秀山笑了笑说："是女的就行。"

　　大家又说："那怎么也得找一个铁饭碗的吧？"他笑着摇了摇头说："不用，不用，有铁饭碗的都看不上我，我有铁饭碗，够俩人吃了。"

　　别人继续哄堂大笑的时候，我的心却动了。那天他们都喝醉了，秀山没有走就睡在隔壁的屋里。第二天，他酒醒了，我问他怎么不去上班，他说，他在交通局下属公司做库管，上一天一宿，休两天两宿。我看旁边没人，鼓足了勇气问他："昨天你说的话都算数吗？"

他愣了一下说："昨天我都说啥了？"

我羞涩地说："你说你的铁饭碗能管俩人饱。"

他挠了挠头，笑着说："噢，那是，反正平常日子肯定能过。"他像想到什么一样，又补充说，"你是不是觉得我昨天酒喝多了，说大话？我从来不唬人啊！呵，让你见笑了。"

我说："那你管小寒饱怎么样？"

他疑惑地问："小寒？小寒是谁啊？"

我说："小寒是我，我就是小寒！"

秀山愣住了，直着眼说："行，行，行！"然后又连连摆手说，"不，不，不！"

就这样，我认识了这个大我八岁，叫秀山的男人。我平时总是穿球鞋，但是，我们走在一起，我还是比他高半头。这些都不重要，重要的是他爸妈分给他一处房子，虽然是东西向的，但是，终归是自己的；他有一份工作，虽然只是个小小的库管，但是，能管俩人饱。

不到一个月，秀山找了个媒人跟我爸去提亲，我婶直夸说："小寒这命真是不错，找了个铁饭碗的老公。"因为不到领证的年龄，我们只请了亲朋好友在一起吃了顿饭就算是结了婚。我结婚没多久，我爸就娶了一个女人回家。从此，我很少回去，就好像自己被抱养到另一家一样。

那年，虽然我只有十八岁，但是，我却像一直漂泊的浮萍找到了一个归宿。我很珍惜当前拥有的，实在是很满足了。婚后，我仍然坚持每天早起完成训练项目，只有看着和我同龄的人背着书包去学校，去准备紧张的高考之后，我才会想起自己已经结婚了，我和他们从此不一样了。

回到那个东西向的两室一厅的家里，朝阳正从东方慢慢升起，一个金灿灿的旭日就整个映在我的东窗上。屋里满是橘黄色的温暖，我告诉我自己现状苦尽甘来，我和同龄人相比，只是更早地得到属于自己的幸福而已。

有一天早上，秀山下班回家，他手提着两只酱猪蹄和一些糕点，满脸的喜气。我一见他，心里就美滋滋的，上前接过他手里的东西说："今天怎么这么高兴？哟，这酱猪蹄真香啊！"

秀山洗了把脸说："小心烫着啊！刚出锅的，人家说闷了一宿呢！我是今天的第一个顾客。"

我一边说："一大早吃这么丰盛，咱们不过了？"一边迫不及待地大吃大嚼起来。

秀山帮我擦了擦下巴上的油说："尽管吃就行，我还养不起你啊？"

我更加开心了："对！吃不穷，喝不穷，算计不到准受穷！"说完，我们一起开心地笑了，这句话是秀山教我的，在他之前我从来没听过过日子还有这样一句"名言"。

吃过早饭，秀山郑重其事地拉我坐下说："小寒，我还有一件更重要的事儿跟你说。"

我疑惑地看着他，他从上衣的内侧口袋里掏出一个信封来放到我手上说："你打开看看！"

我忐忑不安地将信封拿在手里，慢慢将里面的一叠纸向外掏，只看几个圆圆的硬币骨碌碌地滑了出来，掉在地面上清脆地响着，转了几个圈后落在桌角，我和秀山一起猫下腰去捡，一着急竟然互相磕到了头，我们俩会心地笑着，我小声说："钱？"

他说："你继续掏啊！"

我小心翼翼地将信封里的东西都拿了出来，好多钱啊！一百的，五十的，还有十块的……花花绿绿的，我从来没有见到过这么多钱！

秀山说："我们发工资了，以后这钱都由你收着。"

我们结婚的那天晚上，秀山给过我一个存折，一个"1"后面跟着好多"0"，我数了数是一万，但是，钱在存折上时只不过是一串数字，我根本感觉不到一万块有多少。现在，只是秀山一个月的工资，我都感觉有好多。

我开心地在屋里跳着，大笑着说："啊！太好了！我有钱了！"

秀山看我高兴的样子也开心地笑了，马上他又意识到了什么一样，一下子把我扑倒在床上，捂住我的嘴说："你瞎嚷嚷什么？"

我立马闭了嘴，然后两个人又开怀大笑。

无法攥紧

婚后的第二个月我就发现我怀孕了。我妈怀着我弟弟的时候，我都看到了，她每天不停地在呕吐，浑身无力，脸色蜡黄。我就是那样的，感觉自己要把苦胆给吐出来了。

秀山知道这个消息以后，先是异常的惊喜，然后又感觉有点儿不知所措。他把我扶上床之后安慰我说："小寒，你说你想吃什么？使劲儿想，只要你想吃的，我肯定给你买回来！"

我想了想说："我想吃酸的！"

秀山说："好，那我给你买橘子吃！"

我说："我不吃橘子！"

秀山说："想吃酸，还不吃橘子，那你想吃啥？"

我脱口而出说："葡萄！"

秀山一愣，然后笑着说："你等着！"就匆匆忙忙地下楼去了。

我都迷迷糊糊地睡着了，秀山带着一身的凉气回来了。一大串洗好的葡萄就摆在我的面前，我一下子爬起来，一口一个，秀山连忙说："小心，记得吐籽啊！"

过了一会儿，又有人敲门，进来的是秀山他妈。原来，秀山下楼就给他妈打了个电话，叫她快快过来一趟。秀山他妈不知道怎么回事，也就急匆匆地让秀山他爸一起过来了。她火急火燎地问："怎么了？出什么事儿了？这大晚上的！"

秀山腼腆地说："小寒……小寒怀孕了！我不知道怎么办好！"

秀山他妈听了，长舒了口气说："就这事儿啊？就这事儿你也值得让我们老两口跑一趟？"

秀山笑了笑说："我一时着急，这不是没经过这事儿吗？就想让您过来看看。"

秀山他妈沮丧地说："行了，行了，我们走了，先歇着吧！"

临走，还瞅了瞅我手中的葡萄，她嘴上没说什么，但是我看到她把嘴巴撇了又撇。

第二天一早，秀山他爸和他妈就又来了，他们在客厅说话，我听得一清二楚。意思是，我和秀山没有结婚证，孩子的准生证办不下来。

秀山紧锁眉头进屋来，我说："没准生证能怎么着？"

秀山说："那怎么行？以后孩子上户口，上学都是问题！"

我说："要不找人花钱办一个！"

秀山他妈冲进屋里来说："你知道什么呀？你这孩子生下来，让秀山单位查到了，那他的铁饭碗不就砸了吗？"

让秀山他妈这么一说，屋子里顿时变得鸦雀无声了。

我那串葡萄算是白吃了，不得已，我做了流产。秀山哭了。我当时倒是没有太难过，因为怀孕的滋味实在不好受，做流产时很痛，我相信生孩子会更痛。因此，心里竟然还有着小小的庆幸，幸亏早早结束了。这一切的想法都是因为那年我才十八岁！有妈的十八岁的姑娘应该还只是一个孩子。

也许是我的不伤心吧，衬托着秀山越加悲伤。后来，他千方百计地托人找关系，将我身份证上的出生日期改大了两年，这样一来，我就二十一岁了，到了适婚的年龄。

我和秀山迅速到民政局领了结婚证，他开心得不得了。对我也更加地舍得下本钱，每个月的工资总是如期如实地交给我，看到什么好想都不想就买下，吃的喝的更不用说。忽然的，物质上的富足让我有点儿找不着北。每天周末，我总是找原来的几个朋友到外面吃饭、逛街，听她们抱怨学不进去还总是被老妈威逼恐吓。

我买了一屋子的毛绒玩具，秀山也很高兴。他认为是买给我们未来的宝宝的，其实，我是买给我自己的。我喜欢这些，小时候却从来没有得到过，现在好了，终于满足了。

但是，在这之后的三年时间里，我的肚子却毫无动静，秀山又开始变得寡言甚至是冷漠了。他的工资接连地涨，我们的存款却并没有增加。我自认为，自己就是在那几年过了几天好日子。

有一天早上，秀山下班，我手上没钱了。忽然才想起秀山发工资的日子都过了一周了，于是问他："哎，这个月工资还没发吗？"

秀山倒在沙发上看电视，边换台边应了一声。我一边纳闷儿一边自言自语地说："怎么会这样？原来没发生过这种情况啊！"

秀山没理我，于是，我去抽屉里取存折。存折刚拿到手上，秀山就站在我的面前了，我被吓了一大跳，秀山说："你干吗？"

我说："不干什么！没钱了，我去取点儿！"

秀山表情严肃地说："这钱不能动！"这是自结婚以来他第一次这么大声地跟我说话。

我说："有啥不能动的？"

秀山说："这是给孩子留的奶粉钱，你不能动！"

我笑着说："这不还没有孩子吗？"

秀山却发狂地说："你倒是挺轻松，没孩子你很高兴是吧？"

我反驳他说："孩子是怎么没的？你为什么不问问你自己？"

这句话严重地伤了秀山的心，他重重地在门上砸了几拳，毕竟是当过兵的，门被砸了一个洞出来。

又过了几天，秀山仍然没有把工资交到我手上，我跟他说我要找他们单位领导去。秀山才跟我摊了牌说："家里的钱以后还是由我来管吧！"

我说："谁管着不是一样吗？该花总得花吧！"

秀山说："是啊！我每个月给你五百元的零花钱，再需要开销的，你跟我说明去向，我如数给你。"

我如梦初醒，原来工资是如期发放的，只是秀山已经不再把钱交给我了。

我拿到了秀山说定的五百元零花钱，捏在手里，呆呆地攥了一天。我们彼此没有说话，但是，我感觉已经离心离德了。

在这个世界上，亲生父母靠不住，养父母更不用提，只有姥姥对我无私地好。可也只有那么十二年，懵懂的十二年，我以为有了自己的家，我就可以任意地打滚、撒欢儿。现在看来，也不是那样的。

焚　香

我到了市场里，看到一个老太太一个人忙着卖布，忙着赶活儿，就站在一旁帮老太太打理顾客。中午的时候人少了，老太太给我买来一盒盒饭请我吃，我说："大姨，我留下来给你帮工吧！"

老太太说："我这是小本生意，卖布不赚钱，完全挣的是手工钱。"

我埋着头吃饭说："没事儿，工钱您看着给。"

我开始每天起早贪黑地给老太太卖布，半年下来，我手里也攒下了几千块钱。有时候，秀山递给我十块钱，让我去买两瓶啤酒，我给他买回来，连着找回来的零钱一起放在桌上。他给我的每月五百块的零用钱，我也不接，他就放在抽屉里。

有一次，我跟老太太到批发市场去进货，我发现那边的箱包市场利润很大，就偷偷地捎回来一些，晚上到夜市去卖，这一卖效果真的不错。等我自己能顶下一个摊位独自经营以后，就推掉了给老太太帮忙的事儿。

我跟秀山说话的时间也就更少了，他开始没话找话地说："我下个月又要涨一级工资，你要是不够花我再多给你些，你还是别去卖货了。"

我说："你留着吧，孝敬孝敬老人！"

秀山说："我爸我妈都有退休金，他们比我挣得多。上医院都报销，根本不用我操心！"

按说老人不拖累我们，我应该开心，但是，每次秀山一说这话，我心里却总不是滋味儿。于是，我就更努力赚钱。

日子一晃，十多年过去了，我和秀山一直都没能得个孩子。他仍然做着他上一天休两天的工作，每天休息时间便看看电视、找战友喝酒、外出溜达……优哉游哉的。

我每天汗珠子掉在地上摔八瓣儿，辛苦算计，也只赚个小钱。每当我拖着疲惫的身体回家时，秀山的每一句话里都好像带刺儿一样地扎着我，不管他有意还是无意。

有一天，我又去批发市场进货，那天感觉特别的累。为了把价格杀到最低，我还在市场里多转了一会儿。在小吃部吃过饭，天色就暗了下来，正当我提着大包小包的货往车站去时，在小路上遇到两个戴口罩的人，他们拿着刀抢了我的货，抢了我进货后仅剩的几百元钱。我当时感觉自己太累了，一点儿反抗的能力都没有。我一边哭着，一边走到车站，几个经常帮我拉货的司机见了连连安慰说，还好没有反抗，不然会有生命危险的。

第一次我感觉到了害怕，感觉到了不安。回到家，秀山并没有在意，他仍然看他的电视。我躺在床上，三天没起床，后来，秀山看到我被划破的衣服才问怎么回事。我淡淡地说遇到坏人了，他竟然有点幸灾乐祸地说："我就说吧，你干那活儿能赚几个钱？不过你这要文凭没文凭的，到哪儿也不好安排。"

又过了几天，我知道我怀孕了。秀山像打了一针强心剂一样，又好像忘记了该做什么一样地慌乱。他说："得了，还是我养着你吧，你什么都不要做了，安安稳稳地把孩子生下来。"然后，重重地叹了口气说，"十二年了，终于又盼来这一天了。"

女儿灿灿出生以后，秀山他妈来伺候月子。还没过半月，她就着急走，秀山挽留她，她就大声地说："秀山啊，我四个儿子，这一碗水要端平啊！那几个儿媳妇有生育保险，生孩子不但不花钱还赚呢！你再看看你，你生这个闺女花了多少钱了？……"

在月子里，我自己洗洗涮涮落下一身的毛病。女儿从小身体弱，总是三天两头感冒或是拉肚子。我忽然又想起小时候姥姥给我治病用的艾条来。于是，凭着小时候的记忆和看书，自己琢磨着治病和保健，孩子的体质果然慢慢好了很多。有一次，隔壁孙家儿媳妇生了小孩儿不下奶，我用艾灸给她治疗后竟然治好了。

有了灿灿以后，我就更不能再自己出去租摊位做买卖了。三十二岁得女，我开始为我十八岁时的所做所想而愧疚，开始觉得对不起那个孩子。于是，我更加细致地照顾灿灿，生怕她出现什么危险和意外。

渐渐地，我给左邻右舍治病的事儿传开了，大家有什么病都喜欢问问我，让我给灸一灸。于是，后来干脆自己开了个保健所，有病治病，没病保健。

灿灿会走了，懂事了，开始咿呀学语了。她每天跟在我左右不离身，自然也就跟我亲近些。每当灿灿吵着要找妈妈时，秀山总是不阴不阳地说："哎，灿灿找爸爸，亲爸爸啊！爸爸把灿灿养大，老了有退休金都不会拖累啊！你说对不对？"

秀山四十多岁了，女儿长大，他果真要退休了。老了，他不拖累灿灿，灿灿应该开心地过每一天。而我呢？她会不会怪有这样一个没文化的妈妈拖累自己呢？看着她的笑脸，我的危机感与日俱增。

前段时间，我参加了劳动局的技术培训课程，更加系统地学习中医保健，很快我就有了自己的技术证书。于是，经过我不懈的努力将艾灸这个古老的医药术重新焕发了它的魅力。我在一家民营医院申请正式设立了这样一个中医理疗科室，我每天在这里找到了自信、快乐和成就感。

虽然我仍然没有养老保险，没有医疗保险，但是，我觉得，等灿灿长大了，看着南来北往的人们都在这小小的艾条下免除一种痛苦时，我想会为我这个妈妈开心的。

轻熟之年的优雅心经

女人应该以宽容之心迎接男人的成长，但他可以永远地做个孩子，女人必须权衡为此付出的代价。从一而终永远是看上去华丽丽的美，女人唯一能彻底救赎自己的方式就是——放下。

轻熟之年本就应该褪去青涩之美，理性地看待身边的人和事。我们热爱生活，就需要拥抱它的所有！酸、甜、苦、辣，其中滋味都是因为有了另一种味道的存在而变得越加强烈。勇敢地接受我们所经历的一切，才会有更大的勇气、信心和力量去享受生命的本真！

1911 年 6 月，萧红出生在黑龙江呼兰县城（现黑龙江省哈尔滨市呼兰区）的一个乡绅之家。作为张家长女，本应享受天伦之乐的她，不但享受不到正常的家庭温暖，反而受尽家人的冷漠与欺凌。因为当时社会男尊女卑的残酷现实，萧红一出生就注定得不到家人的关爱，甚至是关注。父母，乃至祖母总是对她声色俱厉，甚至施以暴力。

1920 年，生母死后，继母更是费尽心力变本加厉地虐待她。可怜的萧红就这样孤独、寂寞、痛苦地过着她的童年。幸运的是生活在那么一个冰冷的环境中，对于萧红来说，并非一切都是冰冷黑暗的，因为祖父的关爱，让她感受到温暖，看到了曙光。

1930 年夏天，萧红拿到初中毕业证书。回到家时，得知父亲已将她许配给了一个大军阀的儿子。这时，疼爱她的祖父也已经过世，祖父的去世也将这个家庭给她的唯一一点温情带走了。于是，萧红毅然离开了这个冰冷的家，以逃避这桩"父母之命"的包办婚姻。

1931 年春，萧红同汪恩甲在北平的一个公寓里同居。这时，她就读于女师大附中。一年后，萧红怀有身孕，便同汪恩甲一同前往哈尔滨，并同住在一家旅馆中，这一住就是半年。在欠下一大笔食宿费的情况下，汪恩甲以回家取钱为由，从此一去不返，丢下有孕在身的萧红，独自面对残酷的现实。就在萧红饥寒交迫的困窘之时，遇到了青年作家萧军。但萧军的大男子主义作风时时伤害萧红那颗敏感脆弱而又异常自尊的心灵。最终，她还是选择远赴他乡，离开萧军。

1938 年夏，萧红与端木蕻良在武汉举行了婚礼。新婚的萧红还怀着萧军的孩子，这个孩子出生后就夭折了，孩子的死断了萧红与萧军最后的缘分。

1942 年 1 月 22 日，一个凄凉的冬日，年仅三十一岁的萧红因病辞世。

时光煮雨，尽染苍穹

第八章　优质婚姻——
水中有温存，火里有包容

如此往复谓之婚

直到今天我都没有见过子鱼一面，但是，算作我们相识的时间加起来差不多已有五年之久。照片上的子鱼宽宽的额头让我艳羡，一直以来，我总是认为有这样相貌的女子会有同样敞亮的人生。

初识子鱼时，我们谈论最多的是有关文字的话题。是文字就总会带有很强的地域性。她以她特有的文字歌颂她在西北的家乡，因为，那里是她出生成长的地方；她以她真挚的情感抒发内心，因为，再无他人可以企及她的内心。

渐渐地，在文字里，我探寻到她并不平静的内心和生活。

子鱼的老公在一个偏远的镇上做兽医。她和他的快乐来源于这个职业，她对他的怨言也来源于这个职业。不知从什么时候起，我和子鱼都默认了对她老公的这个称呼——兽医。

很多时候我会问："你家兽医最近忙什么呢？"

很多时候她会说："我家兽医这个周末到镇上加班，我带女儿一起去玩！"

我看兽医浓眉大眼，一头乌发，黑黑的面庞，并没有子鱼描绘中的"木讷""傻"的模样。但是，当她向我说起兽医一本正经地将给奶牛治乳腺炎的偏方推荐给子鱼的表姐治乳腺炎时，我也会忍俊不禁哈哈大笑；当她向我说起兽医组织一伙同事到省城买了自行车，然后每天往返几十公里上下班时，我都会把嘴张得大大地甚觉惊讶。

我们一直相隔很远，但是一直都在问同一个问题：幸福在哪里？

是啊！幸福在哪里？

对于每一个奔四的女人来说，幸福到底在哪里呢？除了健康平安以外，"幸福"一词直指婚姻、家庭。

在子鱼这里，一个是急脾气，一个是慢性子。外人看来，这样的日子能过好了实属不易。但是，艳羡的人只需要知道四个字：包容、理解。

新三年，旧三年，磕磕碰碰再三年，如此往复谓之婚也。

人生是件消耗品

我叫子鱼，"70后"，中专学历，家中长女。

父母一直做些小本生意，含辛茹苦地养育了我们姐弟三人。

除了在政府机关的工作是个例外以外，我一直以标准的人生轨迹消耗着我的人生。出生、成长、求学、工作，接下来，接下来就是婚姻了。

我工作的事情刚刚安定下来没多久，那些七大姑、八大姨，甚至一些自己根本不认识的人就开始煽动我的家人，千方百计地把我朝"婚姻"的门里推。

　　上学时我学的是法律专业，《婚姻法》上说：婚姻基础是指男女双方结婚前相识、交往的情况。我的同学、朋友，他们大部分都曾花前月下，然后浪漫满屋，婚姻基础来源于自由恋爱。那时，在其他人看来我个性软弱，不善表现，因此，一直没有谈恋爱。其实，在我的内心住着一个公主，我一直沉溺于各种爱情故事中那些浪漫的情节，好高骛远，不能自拔。我总认为我的爱情将是一场"山无棱，天地合，才敢与君绝"的伟大爱情。

　　事实上，命运果真将我安排在一场"惊天地，泣鬼神"让人痛彻心扉的凄美爱情里。但是，爱情之花未开，我就先止步了。传统的家庭教育告诉我，我不能爱上一个大我十几岁的人，更重要的是我不能爱上一个有妇之夫。

　　于是，我奉父母之命，媒妁之言，走进了一个近似"包办"的婚姻。

　　我的媒人是街坊一个姓"包"的白胡子老头儿。那天，他独自登门告诉我的父母，有人托他来为我提亲。然后，就在一个我并不知情的下午，又由他带着一个男人和那个男人的父亲，坐在街边上偷窥我。当时我真无法说服自己怎么能让这样一个有些"猥琐"的男人就做了自己的丈夫呢？

　　那天，正当我去街边替换在杂货摊子做生意的奶奶吃午饭的工夫，他们父子二人就"潜伏"在街对面，而我坐进椅子里，架着二郎腿左顾右盼。

　　奶奶吃完午饭回来后就用手指给我马路对面的人，那时候我觉得他并不帅，没有想过他后来真的成了我的老公。我们在附近的小公园坐了一两个小时，只记得我问他有什么业余爱好？他说："小动物！我喜欢养鸟，如鸽子……"

当时，他看上去有点木讷，有点傻，我觉得很好笑。这是我第一次以结婚为目的，近距离接触一个男人，除了好笑，就觉得那个人傻乎乎的，不可爱。但是，似乎也并不十分讨厌。

后来，我们又相约一起去了一趟邻县。一路上，他并不与我多说话，只慢慢剥开一颗颗板栗，把黄嫩香甜的板栗仁塞进我的手心里，虽然我并没有因此被取悦。但是，双方的家长却已然认为我们是很合适的一对了，于是，两家人开始张罗着完成各种传统礼俗，想让我飞快地与他结婚。

内心告诉我，我真的不爱他，甚至谈不上喜欢。就这样走进婚姻？我实在说服不了自己。但是我又必须找个男朋友，尽快地把自己嫁出去，因为这一年来，我那个"邪恶"的爱情还在增长。我时刻提醒自己爱上的是一个不该爱的人，那是别人的丈夫，他再儒雅，再有书卷气，再能每天爽朗地跟我谈笑，他也是别人的丈夫。传统、保守、善良的家风告诉我，我对那个男人的感情只能是尊敬或敬仰。

我病了，病得很严重，那年春节是在医院里过的。每天凌晨五点和晚上七八点钟时，胃都会出现绞痛，甚至有一种痛不欲生、濒临死亡的感觉。

我一下子瘦了十几斤，脸色苍白，精神抑郁。医生说我的疼痛是因为胃痉挛，对于缘何每天定时定点地痛，他们根本说不上缘由。

有天夜里，病痛再次发作后，我没有了血压，也出不了声音，觉得自己真的要死了。父母连夜送我去了省医院，凌晨时分，疼痛再次开始，医生观察后问我："你是做什么工作的？我认为你这个病是因为心理压力过大……"

我当时大为恼火，医生当以减轻病人疼痛为责任，我的身体如此痛苦，时时刻刻都认为大量服下的药物正在体内和我的疾病做着殊死搏斗，他却胡说什么"心理压力"？

后来，对于我的病在省医院也无能为力，每日两次的疼痛照旧。我又被拉回区上的医院继续住院。

那天，他带了许多营养品来医院看我。家里人为了撮合我们，故意留下他陪护我。晚上，我疼痛发作时，他像母亲交代的一样，在我的后背上按摩。夜里，他趴在病床沿上打盹……第二天早上，疼痛的时间过了，我的病居然没有发作……我激动地朝他喊："快去给我妈打个电话，说我今天早上没有痛……"

家里人因此又看到了希望，在我没有点头之前，他们仍小心翼翼地准备着我的婚事。他们把我的一切行为归结为少女的羞涩和腼腆。我的闺密琼甚至劝我说："你们两家人对这桩婚事都相当满意，而你又提不出不同意的理由，现在又病成这样，何苦和自己过不去呢？嫁吧！闭了眼睛把自己嫁掉吧……"

就这样，农历正月十八我出院回家，三个月后我就真的嫁给了他……那天是 2000 年的夏至。

在最初几年里，他在一个养殖场做技术员，不能每天回来，就住场里的职工宿舍。对此我毫不在意。我从来没有过问过他在场里每天吃什么饭？业余都做些什么？甚至连电话也不曾刻意地打过。每次都是他主动打电话给我，问我吃了没有？吃了什么？在做什么？我会一一回答后挂掉。我从没有留意过在电话里和他说话的口气。直到一次，一个男同学打电话过来，他坐在旁边听我接电话。电话挂断后，他突然不满起来，大声地说："我才发现，原来你可以这么温柔地和别人说话！为什么你在电话里从来不这么温柔地和我说说话？"

他不回来的日子，我经常一个人守在家里。看电视、读书，然后像傻子一样呆呆地坐着。娘家离自己的家很近，可我不愿意回去，妈妈常常跑来看我，问我为什么？为什么宁愿一人孤零零地待在家里，也不愿来家里看他们？

如果他回家来，我会做饭给他吃，每次他都会吃得很香，然后对我的厨艺赞不绝口。我只冷冷地看着他吃，他若看我，我便勉强地笑笑。

仿佛我只是作为一个枢纽，联系着他家和我家。我若快乐，那是他们共同给予我的幸福；我若不快，就是有负众人的爱心。

他的单位一直很忙，我们基本上没在一起吃过午饭，也很少一起出门，一起漫步，就连在一起买东西，都是急急忙忙的。他在购物时却总是显得很大方，经常买许多东西带去我娘家。

结婚后第一次过生日。父亲为我订了蛋糕，因为恰好堂哥结婚，父母家人要去帮忙，没时间陪我吃蛋糕了，嘱咐我自己去取，然后等女婿回来，俩人过生日！父亲还微笑着郑重地跟我说了一句："祝你生日快乐！"

我从蛋糕房提着蛋糕出来，慢慢走在黄昏的马路边时，老公刚从单位回来，他竟然诧异地问我："这是什么？干吗买这个？"他指着我手里的蛋糕问。

我看看他，没有回答。

"子鱼，咱们今天去我哥家吃饭好不好？哎，正好，你买的这个蛋糕可以送给我侄女吃！嘻嘻嘻……"他很得意自己的想法。

就这样，我的生日蛋糕成了当晚送给小侄女的礼物。晚上回家的路上，我告诉他："今天真的是我的生日，那是我爸爸给我订的蛋糕！"

他却不屑地说："什么生日啊！我告诉你，我们家谁都没过过生日！大家照样过得好好的……"

我就冷笑一声，什么都不说了。

我的身体一直不好，除了时常发作的胃痛，还会经常感冒，心脏偶尔也会不适……似乎一直生活在一种病态里。而他总是一遍遍地问我："这个药吃了吗？那个药吃了吗？我给你倒的水，你喝了吗？天凉了，我把你的鞋垫烤到暖气片上了！胃还痛吗？还不舒服吗？好点了吗？……"

他一句句地问，我一句句地回答，烦了，就不应声了。

自从有了他，我变得空前健忘。他同样会一遍遍嘱咐我，别忘记锁门、别忘记带钥匙、别忘记拿包……总之，我需要提醒的太多，即使提醒了，我照样还是忘。就由着他婆婆妈妈地提醒去吧。有时候，他也急，急了就骂我，说："你以为你动不动就丢东西是光荣啦？是好事啦？你知不知道连自己东西都收不好，这是让人耻笑的事情？……"我不动声色地听，听着听着，有时候也急，就和他大声嚷嚷，说："我不用你管，我丢东西都是我的，又没丢你什么！用着你管？……"他一看我急了，就会立马停住。

吵完架，我会不理他，他总是嬉皮笑脸地故意找茬和我说话，没过多久，只好又和好了。

那时候，我总是希望自己真正地投入这场婚姻里去，希望自己能投入地做一名妻子。也许是自己失去自我后的一种寻觅，更多时候，我记恨以前那个没有担当的自己，觉得自己是个逃兵，背叛了自我，违心地和别人结了婚。那时候幸福很遥远，如果问自己对婚姻和家庭做了些什么？只能说四个字：踏踏实实！我只是一心踏踏实实地过日子。

我鼓励同样中专毕业的老公和我一起参加成人自学考试，我们一起奋斗了两年拿到了大专毕业证书，又一起奋斗了四年，同时取得了本科毕业证书。我们一起去考点，然后分赴自己的考场，考完试又在约定地点等待对方。互相陪着对方参加本科毕业论文答辩……

被生活掐灭

2004 年 6 月，女儿不到一岁。我们购买了单位的集资房，一套 140 平方米的大房子。公婆帮我们交了首付，还贷了款。公公有心脏病，他一边治疗，一边为我们房子的装修而操心。这中间他为我们付出的一点一滴的心血，我都看在眼里、记在心里。

那时候，我已经慢慢走出了心灵的病区，变得开朗了起来。在无尽的平庸的日子里，老公日复一日叠加在一起的琐碎扑灭了我内心深处的小火苗，让我不再无望中等待那些虚无缥缈，而是真实真切，义无反顾地投入这场婚姻和这个家庭里去了。

我们刚刚搬进新房一个月，公公就因心脏病突发离世了。

老人的丧事上，我哭得很伤心。他为我们做了这么多事情，我的女儿还不到一岁，还不会喊他一声"爷爷"，他就过早地离开了。

公公出殡后的第二天早晨，嫂子焦急地一遍遍问我："你说，婆婆会和谁住啊？跟你们，还是跟我们?"她是害怕承担起照顾婆婆的责任来，显得很是担心。

我冲她笑了笑说："先招呼大家吃饭吧，吃了饭，婆婆自然会说跟谁住了……"

饭后，婆婆说："让老二两口子搬来给我做伴儿吧!"

当晚，我和老公就搬去了婆婆家和她同住。没想到，这一住就住了五年。一百四十平方米的房子闲置下来，三代人蜗居在公婆原来的小家里。我能理解婆婆为什么要固执地住在原来的房子里，那是因为她怀念和公公在一起的日子。这种体会让我更加深切地融入这个家庭。

婆婆曾经在农村留守了几十年，伺候老人、养育三个子女，种田、种菜，养猪、养鸡……受尽了劳碌和委屈。

婆婆不允许在卫生间的地面上留一个水点子，我洗东西时总是很小心。洗衣服、洗头、洗澡，只好跑回自己的家里去洗。她不让我做饭，说我炒那么多菜太浪费，说我切的菜太细，说我炒菜时倒的油太多……后来我竟然就没有机会做饭了。

除了不让我做饭，婆婆还不让我洗锅。她说我洗锅还用洗洁精，她坚信洗洁精不是好东西！还会在意我倒了多少洗锅水，洗时在灶台上留下了水滴、洗完后不用抹布抹干。

婆婆以前买菜、肉都是跟着公公去，由公公决定买什么，商议价格。婆婆对我说："你去买肉的时候跟他们说，把肥肉全割掉！我只买瘦肉……"

我"哦"了一声，转身偷笑，老公也笑，被婆婆看到了，招来一顿呵斥……

孩子还不到上幼儿园的年龄，我们工作又很忙，只好请了一个乡下小姑娘做小保姆帮忙照看孩子。可是婆婆对小保姆十分苛刻，小姑娘干不下去了。没办法，征得婆婆同意后，我带着小保姆和孩子去了娘家。

娘家奶奶和妈妈喜欢给我女儿手工缝制小上衣、马甲、小棉裤。孩子一抱到婆婆家，婆婆总是三下五除二把孩子身上那些衣服剥得一件不剩，给孩子套上侄子、侄女的旧衣服，说我奶奶做的那些衣服捆在孩子身上，孩子太难受。

偶尔和婆婆闲谈中说起我父亲心脏病犯了，她嘿嘿笑了两声问道："原来你爸也有心脏病？"

"嗯。"我说。

"哦，那可能也活不到六十岁！"婆婆笑着说。

我不知道当时自己是用什么表情来面对这句话的，几乎就跳了起来，又使劲地遏制自己，然后颤抖地起身回自己的房间。婆婆没有文化，公公就是六十岁本命年心脏病发作去世的。可是再如何，她也不能那么说啊！回到房间，我泪如雨下。

那五年时间，忙碌的工作分散了我的部分注意力，让我没有机会去深思种种矛盾。可是在家时，我总是处处被婆婆盯着，困顿又伤感。

那时我忙，老公也忙，我们甚至很少享受双休日。除了晚上在一起睡一觉，清早就各自分别，一整天也见不到面。匆忙得没有时间交流，我总是把那些事想了几百遍，想对他说的时候关于婆婆的话又咽了回去。那是他的母亲，曾经历许多我们不知道的委屈，她现在变得让人不理解，是过去受的那些委屈结出的恶果。如果我整日对他说这些，他心情不好，我心情也不好。让他放弃和母亲居住，在我看来那是作孽的事情，我开不了口。既然这样，只好继续忍下去，不再跟他说那么多了。

有时候，他也会跟他母亲急，大声说话，很不耐烦的样子。我还是忍不住大声说他："你怎么可以这样和妈妈说话啊？"

我没和婆婆吵过嘴，一味地忍受。实在看不惯婆婆了，也讲给老公，让他来评理。他总是哈哈大笑，我说了半天等于没说。一次，他倒是指责起我父亲如何不对，我生气地说："我的家里人，只允许我说他们不对，不允许你说！……"此后，我再说婆婆如何时，他就如法炮制我的那句话，我只好闭嘴。

有一天，婆婆告诉我，她看电视时偶然挡住了左眼，右眼看到的电视只是一个白框框，啥也看不清。我觉得很奇怪，第二天请假带她去医院检查。医生说她的右眼是先天性高度近视，没法治疗，以后慢慢就失明了。婆婆却不承认，她说以前这眼睛好好的，不是先天性。医生问她，那是从啥时候开始看不到的呢？她却说不上来。回家后，她一声声地叹息着，责骂自己几十年来成天就知道干活、干活，连自己的眼睛啥时候瞎了都不知道……我为此很伤感，只能独自流眼泪。

婆婆不吃牛羊肉，不吃鱼、虾等水产品，不喝牛奶，不吃一切从外面买进来的熟食。她做面条时会在面里煮上家里所有的菜，包括蘑菇、花菜、青菜、木耳、萝卜、土豆……当然不会另外再炒菜，桌面上就是每人一碗面。做米饭时，同样将家里所有的蔬菜炒在一起，用水煮半天，盛出来一碟子就着米饭吃，仅此而已，很少炒几样菜。这样的饭让我适应了很长时间。在娘家时，母亲会变着花样做饭给我们吃，之前从未见识过这样的"大杂烩"饭菜。但是最终我忍受并适应了，总安慰自己："每天能有人做饭给你吃，已经很不错了，知足吧！"

老公有时候会偷偷带我去外面餐厅里打一次"牙祭"，他叫"改善生活"！回去还会骗婆婆说是和单位的人带家属会餐！

婆婆从来不穿轻薄的衣服，哪怕是大夏天也要用厚厚的外套把自己捂得严严实实，尤其是衣领一定要高高的，能遮住脖子。那是因为她年轻时一直在农村留守。据说每个孩子出生，公公都不在身旁，也没有人为她去请接生婆，每回都是她自己接生。孩子出生后，她身边没有人伺候，月子里总是她自己下地做饭、干活儿，导致后来落下了一身病。给婆婆买衣服要买高领的、厚实的衣服。纱的、雪纺之类的，哪怕价钱再高，她也不喜欢，还会骂你一顿，说你不知道疼惜钱。

有一年，流行为老人们定做薄棉衣，还带件外套。担心她不让我给她做，我就偷偷拿出她的一件合适的外套，去裁缝那里量了尺寸。我得意地拿出做好的红色暗花的棉衣和外套让她试的时候，她发火了，说我乱花钱了，边试穿衣服边说："这是什么衣服啊？算了，算了，送给你姨娘吧！"

这种生活"忍"字当头，是我过得很辛苦的几年。这中间老公的形象很黯淡，他是那个夹在我、婆婆、孩子中间的灰色身影。还好，我们没有发生大的矛盾，所有细枝末节、鸡零狗碎的事情通通随着忙乱的工作和生活一齐被吹向身后，匆匆一过，便是五年。

等风来

孩子上小学二年级的时候，婆婆突然提出让我和老公带孩子回我们那久违了的一百四十平方米的大房子去住。当时我还是有些踌躇，问老公："如果我们搬出去住，你哥嫂、姐姐她们会不会认为我们不管你妈了，会骂我吧？……"

"你这人怎么这么事多啊？是我妈让我们搬出去，又不是我们的决定！让你搬，你就搬吧！"老公不耐烦地说。

就这样，生活在夹缝中的五年结束，我终于又有了自己的家。

那个夏季，老公一遍遍地擦拭家里的窗户玻璃，亲自陪我重新选购窗帘，调整家里的陈设布置，又换了一套大包布艺沙发，心情很好，充满了对崭新生产的憧憬。我平静地坐一角看他。是啊！岁月在我们的脸上刻上了成熟的模样，日子就这么流走，他已经陪我走过了九个年头，孩子已经六岁，小学二年级了。

老公调到县上的几年来忙得脚不着地，没完没了地下乡、检查、统计、迎接上级检查……把先前在父母的呵护下养成的许多毛病磨掉了。他原来就不抽烟、不喝酒、不打麻将，除了埋头干活外，不具备领导岗位上的所有优势，尤其最讨厌应酬。回到家里，总是当着我的面说在酒桌上要撅着屁股给领导们一一敬酒，就像孙子一般，实在是受不了啦……

也就在那个夏天，他辞去了县上单位的一个小负责人的职务，自愿去乡下上班。他的领导之前是十分器重他的，他辞职，一是让领导觉得白白重用他那么多年，最后他竟毫无"报恩"之心，拍拍屁股走人；二是他这一走，他那个职位上繁重的工作任务交给谁做才能像交给他那样放心，这对领导来说很有压力。老公的领导住在同一栋楼上，天天找我告状，晓之以理，动之以情，想让我出面阻止老公辞职。

原本我也希望老公能在官场上青云直上，以满足自己的虚荣心。可是他不是那种人，他不会恭维人、不抽烟、不喝酒、不打牌、不会应酬、说话不会拐弯……更重要的是——他辞职的决心太坚决。

"你仔细想过了吗？非要辞掉吗？……"我平静地问。

"当然！你还怀疑吗？"他看着我说。

"哦，好吧！我不干涉了，只要你深思熟虑了，就由着你吧！"我郑重地说。

辞职后的老公开始变得非常喜欢家。

他养了许多花，大型的鸭掌木、非洲茉莉、巴西木、夏威夷椰子、无花果……小型的常青藤、君子兰、双色茉莉、瑞香、文竹……他每天花很长时间蹲在那些花盆周围，给他们喷水、施肥、修剪……甚至要用纸笔记下哪种花哪天喷了药。虽然我并不喜欢照顾他的那些花儿，但他总是兴致勃勃地邀请我去这里的花店、那里的花房，选购他喜欢的花儿，不厌其烦地举起这盆、拿起那盆问我："子鱼！这盆怎么样？再看这一盆呢？"

我觉得陪着官员坐在酒桌上心照不宣，和陪着妻子一起观赏、选购植物，后者要来得真切浪漫许多。买到喜欢的花儿回到家里，两个人又挤在电脑前一起搜索新买来花儿的栽培的方法，喜欢干还是喜欢湿？喜欢日照还是阴凉？……乐此不疲。

他还养了一只叫声极为清脆悦耳的小鸟。我们一家人的清晨总是在悦耳的鸟鸣声中到来。女儿说："我们的家真是鸟语花香啊！……"我喜欢早晚看着他提着鸟笼子或抱着花盆儿，不停地转移地点，或阳台，或客厅，或餐厅……为它们寻找最佳"供养地"。

老公很喜欢女儿。我坐月子是老公照顾的。他洗尿布、做饭、管孩子无所不能。孩子长大了，他每天按时送她上学，接她放学，陪她一起看动画片。

父女俩模仿动画片里的人物嗲声嗲气地互相叫着："好女儿！世界上最好最好的女儿……"

"好老爸！世界上最好最好的老爸……"

他和女儿满屋子追打，互相挠痒痒。"老爸儿，你必须坚持一分钟啊！我开始痒痒你啦……"女儿得意地笑。

"呵呵呵呵""嘿嘿嘿嘿""哈哈哈哈"……紧接着，他俩的笑声会不断传来。

晚上，我给他俩讲《红楼梦》、三毛的故事，读《射雕英雄传》《吹牛大王历险记》……每次，老公和孩子都依偎在我身边，听得十分认真。我一说"睡觉"，他俩人会齐声"哦"地叫起来，然后抢着说，再读一段，就一段！

老公是个十分幽默的人，那本《射雕英雄传》是我娘家弟弟借给我的。

"我弟说看完《射雕英雄传》，接下来可以看《神雕侠侣》，然后是《倚天屠龙记》，那些书他都有，你看完了就去取。"我说。

"嗯，好，我闲了就去帮他看！"老公说。

"帮他看?!"我惊叫。

"嗯,现在谁还看这样的书啊。也就剩下我才帮他看看,就像那年,你家拉来一车大煤,是我帮着一点点运到地下室里去的……"

早上上班,和老公走出单元门,发现满目白色,原来下雪了。

看到门卫的老头又从每个单元门到院门口扫出了齐整的、宽宽的路,我们谈论着这位门卫比以前的都要认真负责。这时他突然对我说:"要是下这么厚的雪才好呢!"说着用他的手掌比了比自己的胸。我大叫起来:"那不把扫雪的人累死啦!"他却笑嘻嘻地说:"如果下那么厚的雪,子鱼,我们就和孩子们在雪底下打好多长长的洞,像老鼠一样在雪底下跑着玩多好啊!"

在家里我仍然不用做饭,而且不用洗衣服。因为和老婆婆在同一个小区里住,每天除了在家里吃完早餐去上学上班以外,中午饭和晚饭我们统一到婆婆家去吃。婆婆还像以前一样不让我做任何事,连洗碗也不让。但是她越来越喜欢和我交谈了,她会给我讲白天看的电视剧,讲当年她们村子里的媳妇、老人……那些我几乎想象不出来的陈年旧事,她会唠唠叨叨地讲很长时间。我也认真地听,听那些刻在她记忆深处难忘的东西。至于洗衣服嘛!老公不喜欢我把他的外套送到干洗店洗,我自己手洗后,他又嫌我把他的衣服洗坏了。为此我们发生了一场争吵,他大声宣布:"从此以后,我的衣服不用你洗了!"嘿嘿嘿,哪里还有这样的好事,我心里暗笑。当然,从此以后他的衣服从来不让我洗,每回都是他自己洗。

就因为我不用做饭、洗锅、洗衣服。许多女伴羡慕我,认为我是最幸福的人。其实我也常常为这些事情难过。作为家庭主妇，我一不做饭，二不洗衣，那还能做什么呢？有时候我也觉得自己一无是处，根本不配做一名妻子和儿媳，可老公从来没有因为这些事情责怪过我。有时我真的很感激他，夫妻之间最大的欣慰，也许就是能得到对方的宽容和理解吧。

每回拿东西回家，他总是挑选重的、大的拿，把轻的、小的留给我。搬家的时候，我们买了一套餐桌椅，一起往家里搬时。他一次抬了四把椅子，冲我喊了声："子鱼，你搬两把！慢慢地走啊！"急急地上楼去了。等我抬着两把实木椅子吭哧吭哧地走到二楼时，老公已经把四把椅子放到家门口了，满头大汗地从楼上冲下来接我了，他二话不说从我手中接过椅子，又急急地搬上楼去。

我的衣服几乎都是老公买的。他会不厌其烦地陪我逛商场，一件一件地看我试衣服，然后付钱。有时候，他甚至会一次买好几件不同款式的衣服给我。这又成了女伴们羡慕的原因之一。我告诉她们："别羡慕，你们老公给你们买的衣服你们能看上眼吗？嘿嘿嘿，我老公给我买衣服最实惠的地方在哪里？你们不知道吧？是为我节省银子！"于是她们一个个地又斜着眼睛骂我，说我身在福中不知福。

老公是个很有爱心的人。他在乡下的工作单位曾经默默地供养着一位"五保户"，常给老人买衣物、送吃的。他还从来不在我面前提这些事情，我也是从蛛丝马迹中偶然看出了蹊跷。端午节，我俩一起去超市采购粽子，他多买了一份。我不解地问他："这是给谁买的啊？"

"给你姑父啊……"他说。

说得我一头雾水。他看着我得意地笑，然后告诉我是给小区的门卫老头买的。门卫老头是我家一个远房的亲戚，按排行我是该叫他"姑父"！后来我发现，老公买水果、小吃时他也会多买一份去送给门卫老头。虽然嘴上不说什么，我心里还是止不住赞叹他的行为。

　　不知道从什么时候起，我发现自己已经非常依赖老公了。我们谁先下班回到家里，都会给对方拨个电话问在哪里啊？什么时候回家啊？如果哪天他没打电话，或者我打电话打不通，我就心急如焚，找出各种可怕的念头去担心他。

　　有时候他上班上着上着，也会给我打电话。

　　"这会儿干吗呢？"他电话里问。

　　"上班呗！你呢？"我笑了下说。

　　"我坐在院子里晒太阳呢！今天天气真好啊！"他说。我好像看到他正坐在阳光沐浴的单位小院里抬头看蓝天。

　　"哦！没事儿早点回来吧！"我淡淡地说。

　　"不，一会儿我还要和小李去放风筝呢！"他又说。就像永远长不大的孩子。

　　"那，那快去放风筝吧！"我噗地笑了一声说。

　　"不，我还得等。"他继续说。

　　"等什么？"我问。

　　"等风呐！风还没起呢！"他的声音在电话里懒洋洋的。

　　"哦。"我突然语塞不知该说什么，"那，那就等吧！"我说。

　　"嗯。再见。"他轻松地笑笑挂断了电话。

　　岁月变成了淡淡的河流，波澜不惊，我们在婚姻的长河里越走越远。我的许多朋友、同学，那时她们轰轰烈烈地相爱，结婚，然后又大动干戈地离婚，仇恨，愤怒。而我的婚姻越走越平静，越温暖。

夜里睡时，老公总是喜欢把他的脸贴在我的额上入睡，他的手总是喜欢紧紧地扣住我手指。他说："子鱼，如果有来生，我还会和你结婚……"

我淡淡地说："能这样相处一生，已属不易。下辈子，谁知道你在哪里，我在哪里。今生今世，你还不烦我、倦我，还想下辈子继续和我纠葛吗？……"

"是！不论你下辈子在哪里，我一定会找到你！娶你！把你当成我口袋里最珍爱的糖果……"他嘻嘻地笑起来，轻轻地伸手拥我入怀。

人们常说没有期望，就没有失望，越是没心没肺的人，越是能找到幸福。弹指一挥，我的婚姻已经走了十二年了。走入婚姻之前和之初那一系列的痛苦早已成为淡淡的往事。我和老公的关系似乎因为平淡而显得温馨，因为不离不弃，而关心关切，没有惊天动地，却如暖暖的细流一路畅流向前……

当命运安排我们相遇，当我们都用善良、真诚、宽容来呵护对方。媒妁之言，父母之命，就是眼前最浪漫的幸福！

慢度时光的智慧心经

许多时候，许多事情，许多人都喜欢弄到水落石出。殊不知，求同存异才是最好的夫妻共处之道。不要把爱当成一个假设条件，然后任由自己去规划一个结果，并要求爱人与自己"合拍"。越是这样，你越会发现男人的行为与女人的期望竟然总是背道而驰。

通常情况下，男人总会有自己的"大事"，比如一项工作、一项爱好，还有一些时候，这件"大事"实际上就是一个习惯而已。

永远不要把自己的婚姻当成一株仙人掌，任由风吹雨打或者是骄阳炙烤。其实婚姻更像清晨里叶尖的那滴露珠，需要两个人一起呵护，共同精心打理。

1921年秋的一个周末，梁实秋回到家中，在父亲书房桌上发现一张红纸条，上面写着"程季淑，安徽绩溪人，年二十岁，1901年2月17日寅时生"，他马上意识到这是父母为自己选的未婚妻。当时的新潮青年是闻"包办"色变，但梁实秋对此并无抵触情绪，而是充满了好奇和期待。

1921年冬，梁实秋与程季淑初次约会。在不长的时间里，他们已深深被对方所吸引，北平的一些优雅场所几乎都印下了两人的足迹。

1923年，梁实秋结束了八年的清华生活，按照学校的要求打点行李准备赴美留学。这一去，两人将意味着几年的离别。

1927年2月11日，学成回国的梁实秋与程季淑在北京南河沿欧美同学会举行了婚礼。

1937年7月28日，北平陷落，梁实秋独自一人离开，不曾想到，这一别竟长达六年。

1943年春天，二人重逢。

1974年，美国西雅图，梁实秋和程季淑幸福地安度晚年。

第九章　固守婚姻——
跷跷板的原理及技巧

七　年

　　据说，人体细胞全部代谢完毕需要七年的时间。也就是说，一个人每经历一个七年他就不再是先前的他了，构成其机体的微小细胞也已经完全换成了新的，那么，现在的他也就是完全崭新的一个人了。

　　这个科学是令我信服的，至少我觉得在我身上可以印证。

　　十五六岁的时候，我心中的婚姻与爱情是王子与公主式的，一切看上去都要求完美而浪漫；二十岁出头时，我渐渐接触到一些复杂的人和复杂的情感，情智也慢慢完善起来，知道这个世界上的事情总会出现这样或者那样的缺憾，情感也是如此，两个人好不一定会好一辈子。那时，我想，好吧，既然事已至此，还是好聚好散的好，于是，我坚持"爱就是爱，不爱就是不爱"，如果有人一直模棱两可，瞅着锅里还占着碗里的，自然会遭到我的唾弃，我把这样的人划在道德范围以外。直到三十岁时，我自己也经历了情感的挫折和思考，又听到这个关于李广义的故事后，我觉得自己才算是真的发现了人类有一种情感，不为人赞，但是却又不得不存在。

所以说，人们对一件事物的认识是随着时间的推移而不断发生变化的。心智丰满以后，你当然可以称你自己有一个全新的自我。

当我决心把这些情感做系统的整理的时候，大纲递到一个编辑手中。他给我的回复是："除了那章'优质婚姻'，你的作品里的主人公大多是不幸甚至有悖情感导向的，这不是我们应该倡导的。"

我把这样的一个观点反馈给李广义，他先是很自然地呵呵地笑着，然后深吸了一口烟说："从出版职业的角度讲，这种说法没有错，他们应该有他们的使命感。但是，各色婚姻都是五彩斑斓地出现着，像我这种身份的人，可能一辈子都不会跟别人去讲这些，但是，我跟你讲过之后，我觉得我心里轻松了许多，所以我觉得你应该继续。"

虽然是退居二线的发改委的领导，但是，他讲话的方式丝毫没有改变。左右思量，我觉得我还是应该称呼他"李处"。见李广义仍是欣然应允，我遂这样称呼下去。

他的两鬓已经有些斑白了，金丝边眼镜后面的双眼里显出老态。但是，看得出来，年轻时，他一定是个帅小伙儿，在俊男靓女身上一定不乏精彩的故事。李广义曾经也一定纠结过，痛苦过，挣扎过，但是，现在，他把他的故事讲给我听，把他年少的日记本翻给我看时，已经轻松了许多，就像在讲一个不相干的人年少轻狂的糗事。

因为相对熟络，所以我讲话时总可以带有一些调侃的味道。

我说："从古到今，因为情感问题阴沟里翻船的事总是很多，您能驾驭这件事情达到十几年之久实属不易啊！"

李广义笑着用手指点着我，随后还是没说出话来，而是把香烟放进嘴里，最后深深地吐了一口烟雾。说："你呀，你呀，不带这么取笑老人家的！但是，我跟你说吧，无论如何，我首先要做的就是保证婚姻与婚外情的平衡。这是一个跷跷板，却绝对不会是一台天平，跷跷板和天平的区别就是上下浮动要有'度'，只有这样，游戏中的人才会感觉到快乐，她们快乐了，我就是这种'平衡'状态下的最大受益者。"

穿过你的青春

我 1955 年出生，1958 年没被饿死，以后的日子就应该被称为劫后余生了。人生的前三十年吧，罪没少受，但是，我自己回味起那段时光时，总觉得舒心，觉得有滋味儿。

我曾经在新疆参加了几年工作，二十五岁时重新考上了河南的一所机械工业大学，那时我在班里就算是大龄青年了。

第一节自习课时，班里人声鼎沸，我一个人默默地坐在后排。旁边坐着一个大眼睛的女生，她看上去文文弱弱的，手里捧着几本书，但是那长长的睫毛忽闪忽闪地，视线却从来没有离开过教室里的同学。同时她也发现了我，落落大方地向我点了点头，我自然也彬彬有礼地向她问了声你好。眼见着教室里的喧闹声大有"掀开房顶"的势头了。只见那个女生起身离开座位，走到了讲台上，她清了清嗓子说："同学们好，我是你们的辅导员，我叫杨柳，以后大家的自习时间由我负责，你们在生活和学习上有任何问题，都欢迎和我一起探讨。"

教室里又是一阵嘈杂声，有些调皮的男生甚至起哄说："是你辅导我们，还是我们辅导你啊？"

她并没有感到尴尬，只是笑了笑说："依目前的情况看，是我辅导你们！至于以后嘛，你们可能在职位和学识上都会高过我，但是，现在你们必须听我的。我的工作计划都是按照学校的教学要求制定的，请大家遵守。"

这之后的学习过程中，我总是有这样那样的问题需要请教杨柳，因为有工作经验，我的问题也总问得相对深一些。但是，我从来没有称呼过她杨老师，直呼其名又觉不妥，所以，每次都是毕恭毕敬地说一句您好，然后就直接将问题摆出来。有关机械的理论知识和疑难问题，她总是有问必答。好多同学专门找来很复杂的情况，表面上是请教她，实际上是在为难她。但是，她总能在一两次自习上进行解答，然后还会再出一道相似问题给大家巩固学习，这样一来，出难题的人明显的挖好了坑最后让自己跳，所以大家渐渐都服了她，杨柳的工作明显顺利了许多。

有差不多两年的时间，我和杨柳在教室里交流的时间都很多。我们不仅谈专业，也讨论人生、理想、文学和明星。因为我不但成绩优异，还积极组织参加各种校园活动，后来就被选为学生会主席。这样一来，我和杨柳接触的机会就更多了，我们俨然成了一种伙伴关系，而非师生，她一直让我就叫她杨柳，可是，每次我都叫不出口。

学生会的工作担当下来，跟校长汇报的机会也就多了。我记得那是一个夏天的傍晚，校长头一次把我叫到他的家里，教职工宿舍楼里很安静，可能是天气热的原因吧。校长家的门开着，透过鲜绿色的纱幔，我一眼看见了穿着休闲便衣的杨柳慵懒地靠在沙发上吃着葡萄，我的心里咯噔一下。杨柳似乎发现了门外的人影，她警觉地问了一声："谁？谁在那儿？"我忙拘谨地回了一声："哦，是我，李广义，杨校长找我！我……是不是走错门了。"

只听杨柳匆忙地向里屋问道："爸，你让李广义找你吗？"直到这时，我的心里才忽然明白，原来杨柳是杨校长的女儿。我却从来没有往这方面打听，也没有想过。

正在这时，杨校长穿着一件没有袖的白背心，手中拿着一个芭蕉叶的蒲扇走了出来，边走边笑说："噢，对，对，对。"

我依然拘谨地被让进了屋里，杨校长笑着说："广义啊，别紧张，以后你就知道了，我这个人是跟学生打成一片的，你问问你那些师哥师姐们，有几个没在我家吃过饭的。"

杨柳端过来一盘西瓜，我连忙站起身来，不得不叫了一声："嗯，杨老师！"

杨柳笑了笑，不等她说话，杨校长就说："哎？什么老师，她应该比你小，你就叫她杨柳！"

我听了连忙寒暄着，不得不叫了一声："呵呵，那好，以后听您的，叫杨柳！"

杨柳痛快地答应了一声，就去里屋了，不一会儿工夫就又穿了一身正装出来，和她妈妈一起去买菜、做饭，有说有笑的。从那天起，我看到了一个更加亲切的杨柳，她让我的心忽然觉得温馨了起来。

到了晚饭时间，我起身告辞，杨校长却一再挽留我在他家吃饭。他冲着厨房喊："闺女啊，今天吃什么？"

杨柳擦着汗出来了，说："饺子！"

杨校长说："好，好吃不如饺子，刚好学校食堂也不经常做饺子，今天你就在这儿吃吧！尝尝我女儿的手艺！"

杨柳一边收拾餐桌一边说："在这儿吃吧！我爸的学生经常在家吃的。"

那一顿我吃掉了有二分之一的饺子，好像还是没有吃太饱，但是很香。饭后，我和杨校长一家下楼乘凉，我和杨校长走在前面，杨柳和她妈妈走在后面，我们就像一家人一样。

这之后，我到杨柳家吃饭的机会就越来越多了，有时候是一个人，有时候是和一帮同学一起。但是，只要是有准备去的话，杨柳总是穿得很正式，招待大家时也总是很热情。原来，除了我，大家早就知道这个杨辅导员就是杨校长的千金。他们也常常以此为谈资，笑话我的木讷。

中秋节刚好是杨柳的生日，我买了一条丝巾送给她，看上去她很是喜欢。我说："我还是个穷学生，贵重的礼物送不起，这条丝巾……希望你能喜欢！"

杨柳绯红的脸上洋溢着幸福："贵重的我不一定喜欢，这个颜色很适合我！"说着，她三下两下将丝巾挽了一朵花出来，她将丝巾递在我面前说："帮我系上吧！"

我抓了抓头，向左右看了看，不好意思地接过她手中的丝巾，她将长长的头发撩起，露出细腻而光滑的脖颈来。我的双手在系那个挽成蝴蝶结的丝巾时，微微地发着抖，脑袋里更是感觉一片麻木。我不知道我自己这是在做什么，也不知道这样做到底对还是不对。

时光煮雨，尽染苍穹

丝巾系好了，杨柳正了正身体问我："好看吗？"

我一直在傻笑，然后说："其实，你穿着那件长袍的样子最好看！"

杨柳一愣，然后更加羞涩了，我们静静地走了一段时间，杨柳忽然问我："以后，你有什么打算？"

我说："你是指什么？"

她说："你还准备回农场吗，还是有新的打算？"

我说："我服从组织安排吧！"

杨柳说："其实，以你的条件完全可以申请留校的。"

我说："学校的工作总是让人觉得太安逸了，安逸得与这个社会脱节。"

杨柳笑了笑，没有再说什么。

没有遗憾是遗憾

有一天晚自习，杨柳组织了一场讨论会，讨论的题目大概就是投身一线生产和培育一线人才哪个贡献大。

我支持了培育一线人才的观点，并进行了有理有据的说明。讨论会结束后，杨柳很开心。我慢慢感觉到杨柳对我的心思，但是，我仍然很纠结我和她的这种师生关系，也很担心一旦我和杨柳的关系确定并公开后，别人会怎么看我，会不会说我是攀龙附凤的势利小人？所以，对于杨柳的暗示与好感，我只能装聋作哑。但是，每次看到她，我心里总还是难以控制对她的欢喜。

追求杨柳的人并不少，那些有权有势家的子弟经常托人来给杨柳提亲，有的还亲自带着鲜花来，但是都被杨柳拒绝了，所以一拖再拖，她成了"老姑娘"。

杨校长亲自找我谈话，他说这次不为工作，只是出于一个父亲、一个长者跟我聊聊天。当然，聊天的内容还是关于我毕业后的去向问题，关于我和杨柳能不能走到一起的问题。杨校长最后总结陈词式地说："年轻人有理想，有抱负，当然是个好青年，杨柳也正是看重了你这点，毕业后你如果还想回原单位也不是什么坏事儿，但是，如果你能发挥你的长处，在知识领域施展你的才华那就更好了。你可能有一些顾虑，就是你和杨柳刚开始时就被界定的师生关系。但是，马上你就毕业了。工作一两年你们再确定关系，公众的目光就不会聚焦在这一点上了。话我就说到这里，怎么决定还看你自己吧！"

我有一周都没有给杨校长回复，我都不能理解当时的自己有多么的自私，我用理想、抱负之类的字眼高尚地包装我自己，却伤害了一个我爱且爱我的人的自尊心和自信心。

后来，我终于填好了留校的申请。去杨校长家坐客时，杨柳却不在家，她去参加一个同学聚会了。看得出杨校长还是非常的高兴，因为，我决定上交这个申请就是表明我同意了他先前的安排。

大约等到晚上七八点的样子吧，杨柳没有回来。于是，我起身告辞。

接下来的几天我都没有见到杨柳，杨校长见了我也总是匆匆忙忙的。马上要进行毕业分配了，我的留校申请却没有得到批复。杨校长把我叫到办公室说，学校不能埋没人才，应该把我放在最需要的位置去，然后说，等待分配吧！我在杨柳家的楼下徘徊了好几天，杨柳都没有见我。

最后，我感觉一定是因为自己的犹豫不决，伤了杨柳的心，而她一定是找到比我更合适的人了。我带着派遣证到了一个不错的工厂报到，那里距离杨柳所在的地方相距几百里。拥有那段时光的时候，自己总觉得谈未来还太早，真正离开了，心里忽然像失去了好多，空落落的。

我在那个工厂里只工作了半年多的时间，后来，因为在报纸上发表一些文章就借调到政府部门；后来，慢慢地经过自己的努力，走上了自己的道路；后来，我才知道，那是杨柳与我联系的唯一一条信息，我离开了，一切就都断掉了。也许这就是所谓的缘分吧，而缘浅的人左右都是个分离。

这之后的事情，一切看上去都是那么顺理成章。调到政府部门工作以后，由一个老领导介绍认识了何静，我们逛了几次公园，看了几场电影，彼此没有太大的感觉，但也没有反感。相处了一段时间以后，我们就登记结婚了。婚后的日子如流水，波澜不惊，一成不变，除了工作就是家，偶尔和并不多的几个朋友聚会。

第二年，我们有了儿子小波，儿子的到来给我们增添了一些紧张的气氛，好容易将儿子带到能入托了，我们的生活又变成了单位、托儿所和家这样的三点一线。何静是个不温不火的女人，好多事情上，她向来是点头随我，家里照顾得无可挑剔，单位没有是非。

我以为日子就是这样的，婚姻至此也应该称得上是完美。有时候，我也设想，如果当初我和杨柳走到了一起会是什么样的呢？她一定会在晚饭后悠闲地捧着一本书。何静不看书，但是杨柳能不能左手提着菜篮子，右手抱着孩子风风火火往家赶呢？杨柳不会，如果那样，她就不是杨柳了。我记得杨柳喜欢养些花草，那么，闲来无事，她一定会在阳台上浇浇花，兴趣来时还会写一首小诗。因为我娶的媳妇是何静，所以，我们的阳台上除了杂物找不到半点儿绿色，只在客厅的窗台上摆过一盘蒜，吃饺子时掐几株蒜苗切碎了蘸醋吃，还是挺有味道的……

何静就是何静，杨柳就是杨柳，娶了谁都是过日子，尽管日子不同，却各有各自的特色在里面。杨柳没有得到，那就安心地和何静一起过该过的日子吧。

那时的我没有遗憾，看到宝贝儿子小波就更加感觉到其乐融融了。

人生边上

有一年，我陪领导去开会，正好遇到了一个多年不见的校友张强林。在酒桌上越喝越大，后来，开始讲荤段子助兴，他竟然眉飞色舞地说："我跟你们说一件事儿啊，我上学时有个辅导员，那人长得那叫一个水灵。"我听了这话心里咯噔了一下，心想，莫非这小子听闻了我和杨柳的那段故事，今天要拿出来取笑我不成？

可是，满嘴酒气的他却碰了碰我说："你还记得不？姓杨的，两个大眼睛，哎哟，那叫一个条儿顺，盘儿靓啊！关键是那气质，跟……跟薛宝钗似的。"

大家哄堂大笑，有人问他，你见过薛宝钗啊，还跟薛宝钗似的。他笑着说，我没见过薛宝钗，但是，我想着薛宝钗就跟她那样似的。我的心里开始紧张起来，我有一种预感，不管有意无意，他会向我吐露一些和杨柳有关的事情。

他继续绘声绘色地说："薛宝钗都不用我讲了吧？要模样有模样，要学识有学识，还知书达理，待人接物十分得体呀！那时候好多人对她都是垂涎三尺啊！"我不动声色地夹菜吃，桌上的人就起哄说，这其中是不是也有你啊？

张强林说："呵呵，我那时候还小，还不知道情为何物呢！"又是一阵哄堂大笑，我真想拽住他的衣领骂他一顿：你算什么东西！我强压住自己心中的怒火，继续往下听。别人也起哄说："说重点！"

张强林吧嗒了下嘴说："可惜啊，这么好的一个薛宝钗，在参加一个什么聚会的时候给灌醉了，让人办了！"他说这话的时候，我刚好送进嘴里一颗花生米，他话一出口，我咯嘣一咬筷子，咬到了舌头和嘴唇，我转过头就找茬跟张强林扭打在一起，张强林还是肯定地说，"她就是让人给办了，听说还不是一个，是让一群人！你咬嘴了，你赖我，是不是你也有份儿啊？"我越听这话，血越往头上涌。借着酒劲儿盖脸，彻底地发泄了一次。

这之后，我辗转打听到杨柳的消息，那天晚上是否遭到不测不得而知，因为，杨柳并没有报案。但是，事发后不久，杨柳就嫁给了一个一直追求她的高干子弟，有了一个小女孩儿。

听到这些，有好长一段时间，我的脑子里总是一片空白，有时候做梦，竟然会痛哭起来。如果，那天晚上，我能像个爱人一样把杨柳接回来；如果，我能早一些做出留校的决定，杨柳也不会心情郁闷地去参加什么聚会；如果……

好多的如果让我活在深深的自责中，是我的自私、我的优柔寡断，毁掉了杨柳一生的幸福！

我们毕业五年后，有同学组织聚会，聚会的地址选在了学校。我坚定地去了，参加聚会是假，寻找杨柳是真。我希望能看到杨柳，希望跟她说一声：对不起！

我没有找到杨柳，打听杨校长，他们说他已经去世了，死于中风。我又千方百计地找到了他的墓地，我在他的坟前痛哭了一场，人常说滴水之恩当涌泉相报。可是，我都做了什么啊，我的过错无论什么都无法弥补。

正当我趴在坟前痛哭的时候，一个妇女领着一个小女孩儿站在我的身后。我定睛看了看，竟然是杨柳，她已经很是憔悴，原来丰腴的她现在消瘦得像一棵冬天里的树。

在她的脸上已经看不到心里的情绪，她在坟前叨念着："爸爸，您的学生来看您来了，桃李遍天下，您可以含笑九泉了！"

我张了几次口都不知道说什么好，杨柳临走时淡淡地说："人各有命，路是自己走出来的，我谁也不怪，更何况，我有了女儿，其余的，什么都不重要了。"

我的心都碎了，如果，当初杨柳在出事之后向我哭诉，我将是一副什么样的嘴脸呢？如果，她在出事之后，将选择抛给我，我又能做出什么样的决定呢？我是义愤填膺地主张报警，还是痛斥她自己不检点，还是怂包一样地不辞而别呢？现如今，她以这张不再年轻、不再漂亮的脸庞淡然地对我时，又何尝不是替我解脱心灵的枷锁呢？我再一次痛恨自己，痛恨自己鬼使神差地出现在杨柳的面前，给自己解脱，却又重在杨柳的心里狠狠地划了一刀。

回去之后，我开始声色犬马，开始在官场里麻痹自己。我不能让自己清静下来，因为只要一停下来，我的心里、脑海里就是过去的一切，就是悔恨自己做过的对不起杨柳的事。

有一次，我到一个金融学院给学生们做报告，那时候我已经做到了主任的位置，电视台的记者闻讯过来报道。前来采访我的记者叫张英英，头一眼见到她时我就是一愣，她和年轻时的杨柳长得有几分相像。报告结束后，我们又一起在学校食堂用了一次餐，那一天，我感觉非常的高兴。后来，张英英又过来找我要过讲话稿，给我送新闻报道的样稿。一来二去，我和她就熟悉了起来。我有什么活动大多也都跟她打招呼，给她提供新闻线索。

有一次，一个企业宴请，我叫上了张英英。但是，后来喝酒喝多了，我竟然总是把她的名字叫错，我一直叫她：杨柳。没过两天，张英英约我出去吃烧烤，席间，她就一直让我给她道歉。我说："为什么要道歉呢？"她说："就因为你一直在我面前叫杨柳的名字。"

我一听这些话，藏在心底的陈年旧事就又翻腾了上来，心情十分的沉重。就一边喝酒一边："我给你讲个故事吧。"她笑了笑说："好啊，是不是关于杨柳的？"我说："你就听吧。"

我把那个故事说完，张英英也只是微笑。

我说："你不觉得那个男人是个王八蛋吗？"

她还是笑着摇了摇头说："杨柳说得对，人各有命！"

那晚我喝了好多酒，和张英英海阔天空地说话，她一直淡淡地看着我。我被她搀扶着离开烧烤店，醒来时，却和张英英躺在一张床上。

我头痛欲裂，懊恼地说："你可以报警。"张英英从背后抱住我说，是她自愿的。我立刻恼羞成怒，我说，"你这是在给我重新加上一道枷锁吗？"

张英英将我抱紧说："你抱着我一直喊着杨柳的名字道歉。而我，在咱们接触和交往的过程中也早已倾心于你。我只希望，过去的就让它过去吧，你应该从过去的阴影里走出来，你是一个好男人、好爸爸，在你的妻儿面前，你是一座山，你必须伟岸，但是，在我这里，你不必。我曾经有过一段美好的爱情，但是，因为我父母的干涉，我嫁给了现在的丈夫，我一直心有不甘，遇到你时，还在闹离婚，但是，听了你给我讲的这些事情，我忽然冷静了许多，人活在世，就是身不由己，好多事情不能只想到自己。但是，命运让我相遇了，就一定会给我们一个方式，不管是什么方式，我都接受，希望你也这样勇敢面对。"

我说，我们的关系不正当，早晚有一天会东窗事发的。张英英说，那是因为他们不懂得珍惜，他们太贪婪，他要向命运要得太多。

就这样，张英英成了我的地下情人，我和她在一起时忽然找到了一种恋爱的感觉，那感觉区别于过日子，有让人冲动，让人疼惜的神经在触动。

有一次，我刚好在张英英的附近出了一个小小的交通意外。我给她打了电话，她竟然穿着拖鞋拿上了家里全部的现金和存折跑了过来。

十年前，我爱人得了子宫癌，她找遍了关系帮我联系了最好的医院和医护人员。进行子宫摘除手术以前，我爱人像安排后事一样对她说："我走后，替我照顾好你哥！"

张英英说："我还是照顾好你吧。"

平时，她从来不给我添麻烦，从来不让我利用职务之便帮她做任何事儿，所以，我走完仕途也能心安理得地退居二线了。

去年，我儿子参加了工作，在机场。张英英的女儿也考上了一所很好的大学。

每个人都会做错事，每个人都会有这样和那样的遗憾，我不是一个好人，或者，我从来没有给爱我的人任何的回报吧。所以，我能做的就是开开心心地活着，这样一来，他们也应该是快乐的！

在别人眼中，我这一辈子算是完美了，但是，我自己知道，每一步走来都是这样的辛酸。人们可以骂我，可以唾弃我，我只想说，我们活在别人对你的爱里，可以做的就是好好活下去。

数尽沧桑的迟暮心经

婚姻是个太过现实的东西，但是没有人能阻挡罗曼蒂克的爱情，婚姻来时，爱情自可以在心中静静流淌。

当你不遗余力地去爱一个人，为那个人付出自己的真心甚至是一切时，但凡自己感觉到一点点幸福，那也是一种回报。爱是一种相互的作用力，但是时间、际遇、精力都可能让这股力量改变方向或者变弱，我们应该从容地面对得到和失去。

而婚姻就像是一件瓷器，岁月的磕碰中，难免会变得残缺，我们应该学会补充和修复。对于组成婚姻的另一半，我们要学会分享、包容、耐心和原谅。有时候给他时间并不意味着失去，那是一种迂回，一种划个弧线回到两人起点的轨迹。

1923 年，冰心与吴文藻结识于赴美的轮船上。

1925 年秋，吴文藻进入纽约哥伦比亚大学攻读社会学的硕士学位，他和冰心通信来往十分频繁。

1926 年的 7 月，冰心顺利完成在美国的学业，并接受司徒雷登的邀请决定回国到燕京大学任教。吴文藻则决定在哥伦比亚大学继续攻读博士学位。在冰心回国前，吴文藻特地赶到波士顿，交给冰心一封长信。这是吴文藻正式求婚的信，但却不是给冰心的，而是请冰心带回中国，呈报给冰心的父母，祈求得到二老的应允。

1929 年 6 月 15 日，冰心与吴文藻在燕京大学的临湖轩举行西式婚礼。

1958 年 4 月，吴文藻被错划为右派，冰心始终在支撑着自己的丈夫。

1983 年，他们搬进民族学院新建的高知楼新居，享受一段散漫的好时光。

1985 年 6 月 27 日，吴文藻去世。

1999 年 2 月 28 日，冰心逝世，夫妻骨灰合葬。

时光煮雨，尽染苍穹

第十章　情窦婚姻——
早早遇见你，早早失去你

爱本就是圆的

　　婚姻中的女人往往会走两个极端。一种是把男人管得很死，大到经济命脉小到个人空间，绝对不允许出现一片韭菜叶儿的偏差，套牢了对方就完全可以掌控一切。自认为即使有一天"鸡"飞了，至少还有"蛋"在，甚至于飞得再远，因为自己手中的这颗"蛋"，对方还是要充分考虑，终究还有再次"回归"的可能；另一种是对结婚证的顶礼膜拜，她们认为有了结婚证就有了一切，结婚不是二人世界的开始，而是一种结束，结婚证一领，一切都尘埃落定，万事大吉了。

　　我对于"经营婚姻"的说法极其反感。小时候，自己刚刚有点儿判断力，能双手捧着个苹果啃了，就有人会教育你说，孔融像你这么大时都知道让梨了，你也应该知道谦卑礼让。接着就是同学关系、朋友关系、同事关系、领导关系……一大堆关系要你好好把握，妥善处理。因为畏惧这些让人伤脑筋的关系，从小我就抵触待人接物，走亲访友，尽管有各种丰富的水果和甜点招待，尽管有美味佳肴，总是觉得一到那个时候就张不开嘴，吃着也不香甜了。

如果连相约白头的两个人也要一同用上"经营"一词，时刻让自己处在权衡拿捏的紧张氛围里，实属自己找罪受而不是什么幸福了。所以，无论是第一种的"管"，还是第二种的"放"，其实都不是婚姻出了什么问题，而在于存在婚姻中的个体出现了问题。

艾莱属于第二种女人，她不仅放了男人，也放纵了自己。她给我看了两张照片，一张是她的老公，不对，是前老公孙万强和一个小姑娘的一张合影。照片上，那个小姑娘留着黑色的长发，齐眉的刘海儿，羞涩地笑着，高挑的身材，微微弯曲的右膝让她又多了几分妩媚。站在一旁的孙万强脸上除了冷峻中带着一些不好意思外，就是努力地挺拔着胸脯，平视过去，孙万强刚刚比那个小姑娘高出一点点。

另外一张照片上，孙万强似乎并没有什么明显的变化，只是当初的平头留成了三七分，脸上的线条更加硬朗了，男人味儿十足。照片上的艾莱似乎比现在还要丰满些，只是那时的黑色短发跟现在烫了的中长发相比要土气了些，她的怀里抱着一个胖乎乎可爱的小婴孩儿，旁边站着她的大女儿，可能是因为阳光太强的缘故吧，她皱着眉头，眯着眼睛，看上去不太高兴的样子。

我说："噢，这是你们的全家福！"

艾莱怅然若失地说："那是我小女儿依依满月时的照片，没想到，这张照片拍完之后，和他就没有消停过，直到现在离了，我撕了好几张这个照片，可是，撕了以后还是会重新再洗一张，唉！算给孩子们留个纪念吧！"

我劝慰她说："事已至此，还是看开些，过去的就让它过去吧！"

说到这儿，艾莱仍然有些激动："可不是都过去了吗？我的青春，我的大好年华，我的前途，全过去了，你看我当初是什么样儿？再看现在，他把我祸害成了什么样儿？"

艾莱指着第一张照片愤愤不平，我吃了一惊，跟她确认说："噢？这张照片上是你吗？"

艾莱大声并肯定地说："当然是我了！这是我们高中毕业时留下的第一张合影，我那时也就一百斤，再看现在呢，一百六十斤了，减都减不下来。人家都说，一年纸婚，两年布婚……五十年黄金婚，七十年白金婚。而我和他是约定到八十年钻石婚的，这个约定只持续了七年六个月二十一天。我在我二十九岁生日的时候，怀里抱着小的，手里拉着大的，带着我这两个女儿和我一起回到了他曾经把我带走的小屋。"

你只看到我的茧

我有一个姐姐，她大我八岁，从小到大和她比起来，我总是显得傻傻的、笨笨的，没有城府，没心没肺。我还有一个弟弟，他只小我一岁，跟我比起来，他倒不傻，他就是一个白痴，十五六岁了，鞋带开了还要我爸妈帮忙系。他人没毛病，毛病都是我爸妈惯出来的。相比之下，三个孩子中，我更像是多余的，我是加塞儿出现在这个家里的。于是，我被我爸妈送到了姥姥家。在那里，我六岁的时候就认识了孙万强，也算得上从小一起长大的青梅竹马吧。

我小时候没有人教我打扮，留着和男孩子一样的短头发，也不喜欢和那些邻居家的小姑娘一起玩过家家的游戏。我最爱的就是和那些男孩子们在田野里乱跑，闻着被我们双脚踏起来的青草香，听着风儿从耳边呼呼地吹过，那是一种无拘无束大肆放纵的感觉。

一开始我都不记得跟谁玩儿了，大街小巷，有男孩子玩儿的地方我都能混进去。后来，那是个夏天，我记得雨水很多，沟渠和废弃的坑里都被雨水填满了。雨一停，蛙声四起，于是，孩子们真正的乐园就来了。有捞鱼的，有游泳的，有捉青蛙的。我带着几个比我小一点儿的孩子坐在一个很陡峭的沙坑边看着几个男孩子捞鱼，每当他们捞到一个虾米、田螺之类的小东西，我们都会高呼着拍手叫好，还会把双脚在空中荡来荡去。就在他们真的捞到一条小之又小却真的可以称为鱼的时候，我感觉到我们坐着的沙土在慢慢前倾，我用眼睛扫了一眼坐着的地方，只见这块儿的沙土正在慢慢剥离，已经有手指那样宽的一条缝隙了。我当时出奇的冷静，因为我知道，如果我一喊叫，旁边的孩子肯定会惊慌失措，四散奔逃，那样只会加大沙土剥离的速度，很可能谁也跑不掉。于是，我一把抓紧坐在我左右的两个孩子，慢慢将身体向后挪动，当我确定自己能站起身时，就大声喊："大家快跑啊！"

我的话音刚落，别的孩子也感觉到不对劲了，他们也迅速地往上跑，我抓着两个孩子刚好退回到了安全的位置，有几个反应快的也跑了回来，只有一个年龄稍微小一点儿的孩子吓得不会动了，坐在那里大声哭泣，当我们把手伸向他时，那块沙土已经像被掰开的发面饼缓缓地掉了下去。沙土掉进水坑里，溅起了巨大的水花，把正在捞鱼的孩子吓得四散奔逃。掉下水的孩子刚好落在了掉下去的那块儿沙土的上面，泥水从他的头上脸上流下来，他被吓坏了，哭叫得更加惨烈起来。因为水浅，他并没有生命安全，于是，那些跑掉的孩子又都围了过来，他们大笑着，有的几乎笑破了肚皮，有的还向他扬起水花来。

我正急着让一个孩子跑回村去叫大人，正在这时，一个皮肤黝黑、身体健硕的孩子跳进水里，慢慢向那孩子游了过去。四下里安静了下来，又有几个水性好的孩子也下了水，慢慢向那孩子靠拢。

就这样，当四五个孩子一起游到落水的孩子的面前时，他忽然就有了安全感，不哭了，抹了一把脸还露出了笑容。只见第一个跳下水的那个孩子准备把他背上岸，可是他一坐到那个男孩儿的背上，立即把他压下水去了。背人的方案行不通，于是，几个人商量了一下竟然用四五个小胳膊放在一起玩儿起了"坐轿子"的游戏。就这样，跌跌撞撞的，他们几个人终于在大人赶到之前把那个孩子弄回了岸上。

那个孩子见了父母，可能是委屈，也可能是怕大人的责罚，他又放声大哭起来。这件事情惊动了村委会主任，好多家长都从地里收工回家，我和救人的几个孩子都被叫到打麦场上去交代问题。人越聚越多，后来，我看见我姥姥风风火火地也来了，她的手里拿着一个小布包。我大声地叫了一声姥姥，可是她没有理我，径直朝着掉进水里的二墩走去，她小心地从包里拿出一些糖来，眉开眼笑地剥给那孩子吃。我忽然感觉很失落，只听救人的小孩子们都小声骂着什么叛徒、汉奸之类的。

村委会主任跟我们问了事情的原委，我们都如实回答了。可是二墩的父母怎么也不肯相信，他们说，那么多孩子都在坑边儿玩，为什么唯独只有他们家二墩掉进了坑里，如果出什么意外，谁来担这个责任。我们说是二墩自己吓傻了，光会哭，不会跑。大人们又都问二墩，这个时候二墩早忘了刚才惊险的遭遇，只顾着吃大人们塞给他的好东西。

这件事情似乎说清了，又似乎没有说清楚。接下来就是村委会主任给大家上安全生产课，嘱咐孩子们不要到危险的地方去，也叮嘱大人们说，不要光顾着干农活儿，也要注意自家孩子的安全，不能让大的带小的。

会议结束了，我们浑身上下都被泥沙糊严了，干在身上像一层茧。村委会主任一个一个地将孩子交到大人手上，让领回家去。我姥姥的脸色很难看，嘴里不停地训斥我。救人的那个孩子忽然听不过去了，说："奶奶你不要训她，是她救了人。"说完还大声地叫回了被我救起的两个孩子过来作证，他们也都肯定地说："是的，是她拉了我们一把，我们才没有掉下去的。"

姥姥听了，虽然没有先前那样生气，但是嘴里仍然唠唠叨叨地说着什么。回了家，姥姥给我洗了个澡，换上了粉红色的裙子，然后把我抱上了姥爷的自行车，说给我送回家去。我像被缴了械的俘虏，无精打采地坐在车子上。在村口，我看到了那个救人的男孩子。散了会，他们就又成了没有人放的羊，满村跑，身上的泥沙都没有清理。

他一直站在那里看着我从他身边经过，然后慢慢走远，我听到有人喊他万强，孙万强！

时光煮雨，尽染苍穹

小鸟、苹果和棒棒糖

我被提前半个月送回了父母身边，离开学上一年级的时间还早。我妈妈一直追问我姥爷怎么这么早把我送回来，姥爷呵呵地笑着说："孩子想你们啦。"

我一点儿都不想他们。在姥姥家时，我睁开眼就往外跑，饿了才知道回家，跑够了就躺在姥姥身边睡觉。我只在看到别的孩子们在父母身边撒娇时，才会想到他们，但是，我觉得他们很陌生，跟一对陌生人撒娇，我还真有点儿不好意思。姥姥有时候会对我不高兴，但是，我仍然感觉她是最亲近的人。还有姥爷，我姥爷从来不发脾气，他总是那样开心地笑着，笑得皱纹里都装满了慈爱。

我并不适应在父母身边的生活，我的一切行为都不符合他们的标准。我爬到大门楼上去玩儿，他们已经惊讶地叫着要命了。我刚跑出门，他们就大声地叫着我的名字，好像在寻找一头丢失的羊羔。我不适应吃饭时有好吃的肉和菜让给弟弟吃，在姥姥家，都是我和姥姥相互喂着吃的。

我有一个从来不说话的姐姐，她快有我妈妈高了，她说话时也只有简单的"嗯，啊"，而且她的脸上好像很少有表情。不该她吃的，她连看也不看；不该她动的东西，她摸都不摸。她见到我时也只是把眼帘向上挑了一下，然后就该干什么干什么了。

我有一个弟弟，他白白胖胖的。虽然是弟弟，可是，他几乎比我高了一头了。他非常的矫情，我刚要摸摸闲在一边的、落了尘埃的玩具，他就大叫着说："那是我的东西，不许你动！"我爸爸说："你又不玩，给姐姐看看吧。"他就会放声地大哭大叫，于是，我妈妈就会吐出一连串儿的不许动来。他越是不让我动，我就越动，他越是哭喊我就越是高兴。

在这半个月的时间里，这个家中就只听到我的坏笑声，我弟的哭闹声，爸妈的训斥声、哄人声，后来，一向不声不响的姐姐会突然间走出屋来，歇斯底里地大叫："不要吵了！"

这是我听到的，她说得最长的一句话。

我的到来，给这个原本平静的小家带来了轩然大波。

好不容易熬到了开学，我父母一心觉得把我送进学校应该就好多了。可是，一开始我并不能适应学校的生活。一节课，要让我坐在那里好久好久，而且要把身体挺得直直的，把双手背到后面去，只有举手时才可以适当地把手放松一下。刚上课时，我觉得好玩儿，跟同学们一起笔直地坐着，看看谁坚持得久，但是，我并没有听老师在说什么。同学们举手我也举，轮到我回答问题了，我就傻傻地不说话，老师说："你不会为什么举手？"我说："因为他们都举手了。"教室里就传来一阵哄堂大笑，我看着他们笑得那么开心，我也就跟着笑了起来，老师问我笑什么，还有脸笑？我说因为他们都在笑。

后来，老师进行小测验，我只看到那张纸上有小鸟、苹果、棒棒糖之类的，一排一排地排得很整齐。于是，我就在上面画画，我画了可爱的小朋友，画了小河，画了青草什么的。那天，老师提着这张没有写名字的画画答卷问大家："这是谁的考卷？"

我站起来回答说："老师，那是我的画。"这一次，同学们照样笑得前仰后合。

老师把我妈妈叫到了学校，又让我妈把我领回了家。到了家，关上门我就被暴打了一顿。打完之后，我妈指着卷子上的题问我："一加一等于几？"我抹着眼泪没有说话，只听我弟弟说："二。"他的回答给我招来了更加结实的一顿打。我妈说："你看看你弟弟多聪明，什么都懂，我要你有什么用，真是作孽啊！"

我被罚不允许吃饭，留在院子里做题。后来，我那不爱说话的姐姐出来泼水，在我的书包里塞了两个鸡蛋，而我那白胖的弟弟吃饱后就隔着窗户跟我做鬼脸。我觉得自己被整个世界遗弃了。没有人爱我，没有人关心我，我就在他们中间，但是，我却被一种无形的东西隔离了。

我背着书包从家里跑了出来，不时地用手摸摸那两个鸡蛋还在不在。我凭着一些记忆往姥姥家走，但是，后来我迷路了。我看到了一个骑自行车的老大爷，我问他说："您知道周庄怎么走吗？"那个老人笨拙地跳下车子，思考着说："你是在找周庄吗？你走的这个方向是反的。"

"那我应该从哪条路走呢？"

那老人说："到周庄你找谁啊？"

我说："找周清水。"

他问我："周清水是你什么人？"

我说他是我姥爷。

那老人于是说，那你返回头一直朝东北方向走吧。我顺着老人指的方向看了看，确实有一条小路，我脑子里似乎感觉也走过这样的一条路。于是，我憋了一口气，径直地在这条路上跑了下去。我都快跑出汗了，那老人骑着车子追了上来。他说："你爸妈怎么不带你去？"我连忙说："他们让我给我姥姥送鸡蛋。"于是，我把书包按了按，露出来两个鸡蛋的形状来。那老人看了，笑了起来说："好的，那你上来吧，我把你带过去。"

我听了，连想都没想说："那太好了，您也是周庄人吗？"

他说："我要去的地方是李庄，我拐个弯送你一下吧，你这么小，路上遇到坏人可怎么办啊！"

于是，我就坐在那个老人车子上，一路向周庄走去。

请你喜欢我

刚一到村口，我就认出来了。我说："到了，到了，到我姥姥家了。"那老人说："到了这儿你能找到姥姥家了吗？"我说："当然能了，前面路口的红砖房就是了。"那老人就把我送下了车子，说："那你去吧，我还要赶路。"我从书包里掏出一个鸡蛋说："老爷爷，您吃一个鸡蛋吧。"那老人做了个假装张大嘴吃掉的样子说："好，我一口吃掉了，呵呵，你快去吧，一会儿天黑了。"

我在村口碰到了一群刚放学的孩子。我一眼就认出了那张脸，我还记得他的名字里有个强字。他显然也发现了我，但是，他只看了看我并没有说话，我觉得见到亲人一般，眼圈一红，掉下眼泪来。他看到我哭了，才着急地说："你还是因为胖墩的事儿委屈吗？头几天，我们找了个机会揍了他一顿，他妈没逮着我们。"

我听了破涕为笑了，我说："你们别打他，他在水里喝了好多水。"他们又问："那你为什么哭？"我说："我妈打我，老师批评我，同学都笑我，我在那边待不下去了，我想我姥姥。"他们听了这话都来了精神说："你跟我们一起上学吧，谁敢欺负你，我们替你报仇雪恨。"刘万强说："我们老师只让我罚站，她要是也罚你，我替你到门儿外头站着去，那有啥呀！"

我被一群小伙伴们簇拥着来到姥姥家，姥姥正在做饭呢，她见了我非常激动，扔下锅铲就迎了出来。她把我上上下下打量了一番说："哟，这么几天不见我们宝贝就长大了，成了小学生了，想姥姥了吗？"

我看到姥姥亲切的面庞很是开心，嘴里一连串地说着想。

姥姥把我带进门来，忽然想起什么一样向门外张望着说："哎？你妈呢？"

我回答说："我妈没有来！"

姥姥疑惑地说："那你是跟你爸来的？他人呢？"

我说："我爸也没来！"

姥姥一下子显得十分紧张起来，她俯下身体，捧着我的脸说："哎哟，宝贝啊，是不是出了什么事儿了？家里出了什么事儿了？快跟姥姥讲，你到底跟谁来的？"

我听了这话，多日积压的委屈一下子得到了释放，于是放声大哭起来。这时姥爷也从地里干农活儿回来了，姥姥一边安慰我一边跟姥爷说："老头子，去！叫人去，把儿子们都叫来！"

姥爷也着急了，过来一直问出了什么事儿，姥姥急得满头大汗，责怪姥爷说："哎呀，肯定是出事儿了，我叫你叫人去！快去啊！"

我发泄得差不多了，就停止了哭泣说："他们都不爱我，我不要和他们在一起，我要和姥姥、姥爷一起过，我再也不回去了！"我话一说完，姥姥和姥爷终于长出了一口气。

姥姥惊讶地问："那是你偷着跑出来的？你妈知道不？"我一边抹眼泪，一边点点头又摇摇头。

姥姥叹了口气说："老头子你赶紧找人给英子捎个信儿去，也不知道现在急成个什么样子呢！"姥姥的脸色并不好看，她给我烧了洗澡水，又准备了可口的晚饭。天刚一黑我就和姥姥躺在炕上说起话来，姥姥给我讲了好多道理，我有的听懂了，有的听不懂，但是，她还是希望我能体谅我的父母，不知不觉中我就睡着了。

不知道过了多久，我被外屋里一阵嘈杂的说话声吵醒了，虽然讲话的人压低了声音，但是我还是立即听出了母亲的声音来。我立即吓得瞬间心里警觉起来，她竟然这么快就追了过来。

母亲先是数落了一通我的不成器，继而是抱怨和责难，再后来就是一系列对我的管控措施，而且强调这件事儿给她敲醒了警钟，她要更加严格地管教我。

我感觉自己没有未来了，我甚至在心里暗暗地告诉自己，我就是死也不回去了！

妈妈说完，姥姥叹了口气说："你们从小对这孩子就没有用过多少心，冷不丁一回去肯定有好多地方不适应，但是，手心手背都是肉，你们至少要一碗水端平吧？你们也不用怪这个怪那个，怪孩子不争气，你们看过她几天啊？合着你们这意思就是我没给你们带好孩子，所有的坏毛病都是我给养成的呗？"

我妈妈听了姥姥的话，立即软了下来说："妈，我不是这个意思，十个手指头伸出来还不一般齐呢！这孩子更是不一样了。只是这个孩子必须收收心了！"

我姥姥摆了摆手说："孩子就是孩子，孩子啥都懂，啥都知道了，还用你们这些父母和老师干什么用啊？行了，这孩子能偷着跑出来，自己想法子找到我这儿来，就是她撑不住了。你想想，这回是遇到好心人了，给你安全送到，这要是遇到个坏人，可怎么得了啊？非要了我的老命不可！孩子出了事儿，你们能心安？"

我妈妈反驳说："今天这事儿就是她自己惹出来的，她要是不跑，怎么会遇到坏人？"

我姥姥生气地说："同样都是孩子，那男孩子就捧在手心里怕化了，女孩子就是墙头草了？你们要实在不愿意带，这孩子还跟我，你放心，上学的事儿耽误不了，我身体还硬朗，能把她带成人。"

我爸妈自觉面子没有地方放，还是说："妈，我们还是带她回去吧，这样也不是个事儿！"

姥姥说："太晚了，先睡吧，明天再说。"

我听到有人悄悄走进屋来，于是闭上双眼装作熟睡的样子。是我爸妈走了进来，他们给我披了披被角，轻轻地叹了口气，我忽然感觉到我爸妈还是爱我的，心底甚至生出一种伤感来，眼泪都要出来了，只听我妈妈小声地又对我爸说了一句："这孩子不知道愁，可怎么好哟！"

原来，他们仍然视我为一无是处，是个没有未来的孩子。我心底里生出一种叛逆感来，既然他们这样不看好我、嫌我、烦我，那我就再也不见他们。

第二天，天刚蒙蒙亮的时候，我妈就把我从被窝里拉了出来。他们说还要赶去上学，我拼死甩开他们的手，最后，还是姥姥替我解了围说："还是让孩子留下吧，你们走吧，我今天就找村里的小学说去，一两天就可以上学了。"

我妈妈说："村里的教学质量怎么能跟城里的比呢？……"

我姥姥打断了她的话说："就这么办了，你们回去吧！"

就这样，我跟我爸妈没有相处一个月的时间，就再次离开了他们。我在村子里念了小学，而且成绩一直很优异，每学期结束，我姥姥把我得的奖状给我爸妈看，我妈总是没有太大的惊喜，她甚至会遗憾地说："在这儿看着是不错，但是到城里的孩子那里排排队还是有很大差距的。"

我心底的叛逆情绪越来越大，我还是和刘万强他们一起玩，一起到处疯跑。我父母越是不让的事情，我就越做。只有一件事我是为了报答姥姥的，那就是好好学习。不管我妈妈说什么，我的成绩从来没有落下过。刘万强却是一个差等生，调皮捣蛋的事情一件也少不了他。

我的童年充满了欢笑，这欢笑多数情况下是刘万强给的。

不知何时是开始

后来，小学毕业了，我考上了城里的中学。刘万强需要勉强接受完九年义务教育，因此，要到镇上的中学读书，我和他一下子就要分开了。有一天，他问我："咱们还能在一起玩吗？"十三四岁是个情窦初开的年纪，我和他忽然有一种羞涩的感觉，我说："当然可以了，我平时住校，放假还是会回姥姥家的，那时候，我们还能见面啊！"

刘万强想了想说:"要是能每天在一起玩儿就好了!"

我说:"你如果不再每天光想着玩儿,如果你努力,将来上高中我们一起到一中读就能天天见面了!将来一起考大学!"

刘万强眼睛里忽然来了精神,他说:"好!那你等着我,三年后,咱们一中见!"

就这样,在这三年里,我们在不同的学校各自努力,放假回来一起交换复习资料,一起做作业,刘万强的学习成绩提高了很多,而且他更显示出男子汉的气概来。

我们来往得多了,而且随着年龄的增长,传出许多的闲言碎语来。这些事情被我爸妈知道了,他们又把我叫到面前上了一堂生动的政治课。什么女孩子要有女孩子的样子了,什么人生的哪个阶段要做什么样的事情了,我当然知道他们指的是什么,但是,我就是不能按他们的意思办事儿,我就是不能让他们在我的面前指手画脚。

最后,他们竟然说学校离家比较近,让我取消寄宿,搬回家里住。我用利剑一样的眼神看着他们,然后说:"你们什么时候给过我家?现在说有家了?你们休想!"我气势汹汹地跑出去,脸上的泪水不断流进嘴里,有点儿咸。我一口气跑到村口的沙土坑,好几年干旱,这里不再有一滴水了。我正发愣,刘万强从我身后走了过来,他下了土坡,默默地坐在我的身边,我哭得更厉害了,他用手拍了拍我的头安慰道:"还记得那次二墩落水吗?呵呵,从那时起,我就觉得你是一个行走江湖的女侠,我们肝胆相照,救人于危难……"

我被他逗得破涕为笑,他也开心地笑了起来,我说:"你真讨厌,这个时候还忘不了开我的玩笑。"

我们四目对视时，我竟然有了心跳的感觉，感觉自己的脸通红通红的。那天，我将头靠在刘万强的肩上，我觉得好踏实。我对他说："不知道什么时候，我姥姥竟然都那样老了，老到让我有呵护她的感觉，如果有一天，她不再是我的依靠，我真不知道自己应该怎么办！"

　　刘万强说："没事儿，有我呢！以后姥姥和你都依靠我！"

　　好像就是从那时起吧，我从心里真的把刘万强当作我的依靠了，什么事情都会跟他讲，什么决定都要跟他商量过后才会确定。我们按照当初的约定，双双考入了县里的一中。我们走得更近了，在学校里一起去食堂，一起去打水，一起进教室学习。学校里的风言风语又多了起来，老师找我谈话，我说："刘万强是我表哥，哥哥照顾妹妹有什么不对吗？我需要他帮助我解决问题。"

　　老师说："有问题可以跟老师、跟父母……"

　　没等老师说完，我就说："我是孤儿，你们能不能照顾一下一个孤儿的情绪？"

　　老师很是惊讶，他找学校领导调查了我的情况。学校叫来了我爸妈，并且把我的话转告了他们，他们自然是气急败坏的。最后，迫于各种压力，我和刘万强被分到不同的班级，那种依托的感情也从地上转到了地下。好多时候，我们找同学传话、传纸条儿，我们碰面时，只交换一下眼神就知道对方的意思。这是一种和每天在一起谈笑风生不一样的感觉，我甚至感觉到我们的感情在这种形式下变得如胶似漆起来。我们在学校的小山坡上有了第一次初吻，我们约定，一定要努力学习，共同考上一所大学，然后远离这个城市，远离这里的人，远离这里的目光和束缚。

高考前夕，刘万强的父亲突然遭遇了一场车祸，这就意味着他们家的天塌了。他再三叮嘱我一定要考上一所好大学，将来，他会到我所在的城市找我，那样，我们还能在一起。我重重地点了点头。他说的我都信！

　　我考上了北京的一所大学，刘万强却在江苏找到了一份工作，因为薪酬和福利待遇的原因，他没能到北京来找我。但是，只要有假期，我们都会迫不及待地见面。大学期间我堕过一次胎，完全是为了圆我和刘万强共同的大学梦。大学毕业之后，我们就领了结婚证，到村里办了一个婚礼。我的父母没有到场，我那已经三十岁还没有结婚的姐姐偷偷地来了，但是，她塞给我一些钱，却不让我把她介绍给刘万强的家人，她含着泪让我好好过日子。我说，我心甘情愿地把自己嫁了，我会幸福的。

　　很快，我们有了我们第一个女儿，刘万强为了他父亲的医药费和全家人的生活一直在外打拼，但是适合的工作越来越少，他的脾气也越来越坏。有时候很长一段时间不回家，或者很少寄钱给家里，我就问他："你当初的誓言呢？你说你是我的依靠的！"刘万强开始躲避我，他在我的面前越来越少言寡语起来。

　　我想用我们共同成长时的方法激励他，没想到给他的压力却是越大。就在我们关系十分紧张的时候，我又一次怀孕了，在生与不生的问题上，我们又产生了很大的分歧。刘万强不希望要这个孩子，我却固执地说，这是我们爱情的结晶，我希望把这个孩子生下来。况且，我偷偷地找人看了看，说这一胎一定是个男孩儿，为了给刘万强打上一针强心剂，我最终还是坚决把这个孩子生了下来。

　　孩子出生了，却是个女孩儿，而且我们要缴纳一笔罚款。我和他就一直因为这件事情吵架，甚至把离婚的话题提了又提。有一次，我们又吵起架来，两个孩子都在哭，吵到激烈时，刘万强说："我们离婚吧！"

我说："为什么？"

他暴跳如雷地说："因为你生了两个都是女孩儿！"

我终于有一种将全身力气用尽的感觉，想想自己，想想和刘万强从小到大的每一个细节，他居然拿这样的理由戳我的心窝子。我想，我们一定是走到了尽头了。于是，我和他办了离婚手续。

我带着两个孩子单独过日子。这期间，我的父母不时地送来一些生活必需品和米面粮油来。我从来不和他们说话，但是，他们对我的两个女儿关怀备至，看上去却是真心喜欢。

刘万强也会来看两个孩子，他更加努力地做工，努力地对我和孩子好，让我想恨却恨不起来。

人世间的事总是这样吧，物极必反，我用我二十多年的时间才将我和父母分离到制高点，这以后的相互走近却正在慢慢开始。

持家女子的幸福心经

人们常常说家是自己的港湾，再多的风雨飘摇，只要到了家里一切就可以风平浪静。我们在家里最放松，最透明，也最无所顾忌。其实，家更是我们人生的第一站，应该学会如何沟通和交流。把家人的感受放在首要的位置，而不是任由自己释放坏情绪。

不要因为那是你最亲的人，说话就可以不讲方式方法；不要因为朝夕相处，就可以每天邋邋遢遢地在他面前晃来晃去；不要因为亲近到水杯都不分你我，就可以大声地吃面，很响地放屁。

每一种幸福都要很巧妙地把持度，柴米油盐酱醋茶，每一种味道都需要恰到好处才够味。

1920 年 9 月 30 日，张爱玲出生在上海麦根路（今康定东路），取名张瑛。她是清末洋务派名臣李鸿章的曾外孙女。张爱玲的童年是黑暗的，生母流浪欧洲，剩下她和弟弟在父亲和后娘的监管中成长。张爱玲离开了父亲逃到了母亲那里，母亲给了她两条路，让她选择："要么嫁人，用钱打扮自己；要么用钱来读书。"

1944 年初春，一天，南京的一座庭院的草坪上，有一个躺在藤椅上翻读杂志的中年男人。当他看到一篇小说时，才刚读了个开头，就不由得坐直了身子，细细地读了一遍又一遍。这个男人就是胡兰成，他读的小说就是张爱玲的《封锁》。

1944 年，在张爱玲创作的顶峰时期，与胡兰成情定终身，没有举行公开仪式。张爱玲第一次送给胡一张自己的照片，背后这么写：见到他，她变得很低很低，低到尘埃里去，可她是欢喜的，从尘埃里开出花来。一个高傲的女人，见到自己喜欢的人，却恨不得自己低到尘埃，以一种垂眉顺目的温柔来注视面前的男子，万千缠绵里纠缠出心底最美丽的花朵。可是后来，她凄凉一笑：我只是萎谢了。隔着长江的风，吹在胡兰成的耳里，却只是他几十年后的自鸣得意。那凄凉透过几十年的风雨如晦，更添凄凉。

1947 年 6 月，胡兰成收到了张爱玲的诀别信："我已经不喜欢你了，你是早已经不喜欢我的了。这次的决心，是我经过一年半长时间考虑的。彼惟时以小吉（小劫）故，不欲增加你的困难。你不要来寻我，即或写信来，我亦是不看的了。"随信还附上了自己的三十万元稿费。自此以后，这二人一场传奇之恋，就这样辛酸地谢幕了。

第十一章　几度婚姻——

一个前路无卜的圆

你要的是什么

古语云："一鼓作气，再而衰，三而竭。"

夫妻之战亦如此！我们总是在进行一种斗争，在婚姻的战场上举兵厮杀，大获全胜的有，双双落败的有，偃旗息鼓的有，落荒而逃的也有。像李冉这样把婚结到三次，屡战屡败又屡败屡战的，倒令我有了一些小纠结，就好像她哪儿哪儿都是伤一样，生怕自己举手投足都会弄疼她。

果真见到李冉了，她的知性和气场令我感觉自惭形秽。来自心里的固有的思想有时候真的很障眼。

大概是职业的原因吧，让一个职业经理人违背了自己的内心去生活，肯定是一件很难做到的事。她们太清楚自己想要的东西，她们太知道如何获得那些，职场已经给了她们太厚的铠甲，所以，我更相信，对于婚姻，对于情感，都不再是她们能包容和可包容的。

李冉留着韩式中长发，她抽一种叫作"摩尔"的女士香烟，那是一种深绿色软盒，咖啡色瘦长烟身，口味清淡又略带苦味儿的香烟，被李冉优雅纤瘦的手指夹在中间，甚是好看。

和谐的绿色内装载着豹纹的野性，让人眼前一亮。烟如其人，李冉身上总是带着一种霸气！咖啡色的瘦长烟身，无论我怎么看都像朱古力棒，李冉吞云吐雾间就像一个小女孩儿含起棒棒糖，不断咂摸嘴。

离婚，对于现代人，尤其对于女人来讲，应该是一种进步。但是，我相信，没有哪个女人一生下来就属于那种"不传统"的，没有哪个女人会真正想去体验"婚姻"和"人生"。所以，每个女人只要走到这一步，都像将自己打碎后又重新粘起来一般。

"把婚结到三次以上会有两种结果，要么战战兢兢如履薄冰，要么潇洒怡然无忧无恐！无论怎样，到最后你都会愕然，原来自己只是转了一个圈，回到的永远是原点！"李冉化着淡淡的妆，脸上的每一个表情都显得很分明。

我点了点头表示同意，随后又追问到："你说的'原点'是什么意思？离不离结果都一样吗?"

她把夹烟的两根手指伸得直直的，在我面前使劲儿地晃了晃，说："NO，NO，我的意思是说，你永远要站在原来的位置思考，你要的是什么！"

"其实，我认为婚与不婚不在一纸证书，在的是一种态度。有的谈了好几段恋爱，除了没有证，夫妻之间该做的都做了。那我和一个男人在一起就要一个合理合法的身份，反过头来倒是我水性杨花了吗？可笑！"李冉说完做了无所谓的表情，有一点儿鄙视，有一点儿瞧不起，还有一点儿骄傲。

其实，在婚姻和情感里，从来都是男人有底线，女人有标准。没破底线遭来的指责全是无理取闹；没有达到标准的努力都是徒劳。

底线可以一降再降，标准可以一提再提。完美婚姻的秘诀就是：女人守底线，男人提标准！

不可相交的平行线

我和我的第一任老公李在强是大学同学，我们一见钟情，自由恋爱，毕业一年后结婚。再一年，有了我们的女儿。如果没有七年之痒，我想我们应该算是完美婚姻了，我们还有可能不断惊喜地庆贺我们的相识纪念日、初吻纪念日、第一次纪念日、结婚纪念日……照着那样的形势发展下去，白头到老一定不是梦想。

但是，就在我们的婚姻继续到第七年的时候，这条情感之路已经举步维艰，我和他的之前成为仇恨的演变史，我和他的之后成为不可相交的平行线。

我们入学的时候举办了一个迎新生的欢迎晚会。我和几个女生到了礼堂的时候，晚会应该开始了一会儿了，礼堂里响起了《一剪梅》那十分熟悉的旋律，让人有了一种很深情的感觉，我们十分激动地向台上张望着，前奏过后，演唱的人刚唱出"真情像"三个字，音乐就卡了，场下传来一阵叫倒好的嘘声，然后，好像又重放了一次还是没能继续那支歌，于是，就只能由主持人出面撑台，讲了学校的发展史。同学们一听这些立刻没了兴趣，纷纷扫兴而去。趁此机会，我和那几个女生才能挤了进去。正在这时，音响师示意可以了，那首《一剪梅》的乐曲才又缓缓响起。只见一个个子不高，戴着眼镜，文质彬彬的男生走上台。他的风度像极了原唱张明敏，而且借歌曲中间配乐的时间，他风趣地说："刚才那支梅花好像不愿意让我剪，其实，我不是来折枝的，我只希望用我的歌声引梅花能够开得更加绚烂！我是李在强！谢谢大家的支持！"

他的这番话给他的演唱增色不少，台下响起热烈的掌声，好多人又都聚集过来了。后面人一挤，就把我们几个女生挤倒在地，李在强一边唱着歌，一边过来扶起我。就在我和他对视的一瞬间，我感觉到了一种心跳加速的感觉，后面甚至传来了口哨声和叫喊声。

从那以后，我似乎就成了《一剪梅》的女主人公，渐渐地我和李在强就走到了一起，他从来没有向我表白过，我们温吞吞的爱情就像亲情一样存在着。

他是家里的独生子，好多事情从来不做什么计划和考虑。常常是开学一个月就能花掉半个学期的钱，后来他说他把生活费的存折放在我这里，由我每月给他的饭卡里存上额定的钱，再给三百元零花钱就行了，这样一来，他的生活费果然控制住了。生活上觉得理顺了许多。而我每月也总会跟他说明一下用钱的去向和余额，他总是开心地笑笑。

他的歌声总是很抒情，让人感觉释放了许多压力和焦躁。我和李在强一般高，但是女生看上去就会显高很多。很多人会觉得我和他在一起根本不搭。其实我不在乎这些，我觉得，他的才气可以盖过身高的差距。那时候，我常常幻想着，很多年以后，我和他坐在公园的长椅上晒太阳，一个头发花白的矮老头儿，和一个干瘦的老太太，就那样一脸幸福地晒着太阳，将会是多么美好的画面。

我还常常掰着手指算，我们二十五岁结婚的话，到了金婚的时候都还不会太老……

毕业以后，李在强做了一名推销员，我做了一名行政文员。他要面对的是如何放下尊严，放低姿态，把自己的商品卖掉；我则要慢慢适应从越来越繁重的琐事中把自己解脱出来。

都说"男怕入错行，女怕嫁错郎"，其实，女人既怕嫁错郎，又怕入错行。我本来就是一个心思缜密的人，面试来，面试去，所有应聘的公司都希望给我一个行政的岗位。那时心想，行政无非就是写写公文、接接电话之类的，一个女孩子坐在办公室里，风吹不着，日晒不着，舒心又体面，所以就高兴地答应了下来。哪知道，真正从事了这个工作以后才发现，完全不是那样的！

在公司内部要协调好生产、研发、销售等各部门之间的关系，哪一个环节出现了问题都可以把"罪"归结到行政部来。生产部门一紧张起来，完不成任务就说员工关注度不够，没能塑造一个很好的企业文化，员工大大缺失归属感，造成用工难；研发部门难题攻克进展不顺也会说是因为行政部没能营造一个舒适的环境，让这些用脑的人得不到很好的放松和休息；销售业绩上不去都会说在客户接待环节上行政部安排得不妥……

那时候，自己年轻气盛，由不得别人说自己哪怕是一丁点儿的不好，每次都是据理力争，最后一个人偷偷地哭鼻子，哭过、气过之后，还是要检讨自己的不足，然后更加严格地要求自己。

公司以外，我还要接触政府机关和行政部门，安排宴请、疏通关系等，这样一来，又要求自己社交上的融入度，每天曲意逢迎、溜须拍马。

渐渐地，我学会了不露声色地与人进行周旋，学会了曲线救国，学会了尔虞我诈、八面玲珑，最后，也终于爬到了行政经理的位置。

我相信，我在走向社会之后所遇到的所有事情，李在强都会经历。他不说，但是，他也从来没有给自己找一个出口，以至于，几年后他的理想和事业都是止步不前的。

有一次，他回来休假，竟然沾沾自喜地对我说："今年夏天还不错！"

我以为他终于开窍儿了，找到了提升自己的道路或者方法，于是，欢喜地问他："是吗？能拿一大笔钱？"

他嘿嘿地笑了笑说："在这个企业里指望拿大钱多难啊！能拿到保底工资，我过得逍遥自在就好了！"

我听了他的话，心情立刻冷了下来，油都被烧得冒烟了，我将一把葱花儿放进锅里，"嗞啦！"一声，我强忍心中不快，李在强好像并没有觉察到我的情绪变化，他还沉浸在自己那小奸小猾的美好里。

我问他："那你说的好法儿，到底是什么好啊？"

"我每天一早出去拜访客户，差不多中午的时候给会计打电话，约他出来吃饭，他吃完就走了，我结账，他报销，后来我就多点一杯可乐什么的，坐在那里能待一下午，晚饭的时候再回办事处……"

我把锅铲"咣"一声扔在灶台上，扭身出了厨房。李在强很诧异我的举动，他冲我说："你这是干什么？不吃饭了？"

我说："吃！吃！吃！就知道吃！猪！"

笼子里才最安全

我从幼儿园里接回女儿，老师说今天她的表现很棒。女儿一路走着，一路给我讲她跟小朋友之间快乐的事。走到街心公园时，她非常开心地问我："妈妈，我可不可以在公园里玩一会儿？"

我立即答应她："好啊！"如果是在平时，她基本上没有这样的机会，我要急急地把她从幼儿园接回家，然后准备晚饭，自己再累，再不想动，也要绞尽脑汁为孩子做上可口的饭菜。然后给她洗澡、洗衣，打扫卫生。常常一忙就忙到深夜，第二天一早就又像上了发条的木偶，准备早餐，给孩子洗漱，再送去幼儿园。

看着女儿快乐的笑脸，我真的希望她能一下子长大，那样，我也好歇一歇呀！我不想像一个男人一样地活着，让自己承担生活和命运之重。可是，我又不知道，我能不能依靠李在强。我就这样一个人机械地活着，他却为了那杯可乐，那一时的偷奸取巧而庆幸。

那天晚上我少有地带女儿去吃了一顿麦当劳，她像得了一个大大的奖赏一样，很享受很享受地一口一口地吃下汉堡，我的眼泪扑簌簌地掉下来。一直以来，我都以为李在强一定跟我一样努力，他不成功也许只是一时的。可是，现在看来，他根本没有目标与设想。

回到家时，李在强在悠闲地看电视，餐桌上一片狼藉。女儿见了他很开心，我却虎下脸来，哄她早睡了，我蜷在她的小床上也睡下。半夜里，李在强叫我，我只说："你去睡吧，我困了！"

我的冷漠并没让李在强反省，没能激发他的"斗志"。相反，他越来越忽略这个家，更多的时候就是跟一群酒肉朋友寻欢作乐，深夜不归。他每个月仅有的几天休假，也成了他会朋友、喝大酒的日子。

我和他谈过几次，让他知道我自己带孩子不容易，希望他为这个家、为了女儿的成长上进一些，他不是不以为然，就是一脸怨气地说："你以为你了不起啊，当了那么屁大点儿的官就教训起我来了？"

这样一来，无非是一场混乱的争吵，问题根本得不到解决。

后来，我就做了个家庭账本，把所有的收支情况都一笔一笔地记清楚。半年下来，连他买葱的钱都算上，一共就拿回来两千多块钱，当我一字一句地说："六个月以来，你总共的收入是，两千零五块三毛钱，我的总收入是两万……"

我的话没有说完，他就摔门而去。

快过年了，我买来一些好看的塑料布准备将厨房的墙壁遮一下。那天，李在强很主动地说："你去带孩子吧，我来弄。"我的心里终于有一丝丝的欣慰，我觉得他可能还是在努力的。于是，开心地进屋陪女儿，过了一会儿，我把女儿领出房间，还开心说："噢，咱们看看爸爸干活儿干得怎么样了？问问他辛苦不辛苦？"

可是，我站在厨房门前却愣住了。李在强正左手拿钉子，右手抡锤子，努力地钉下去，他大腹便便地蹲在那里，满头大汗，我却一点儿心疼的感觉都没有，反而一肚子气地说："你没看到厨房的墙面是水泥的？普通的钉子怎么钉得进去？再说了，这么薄的塑料你就是用钉子钉进去了，能管用吗？一挂就撕坏了！"

李在强"咣当"一声将锤子扔在地上，没好气地说："那你说怎么办？"

我二话没说，找来胶带"咔咔"几下就将墙面糊好了，塑料上的新鲜水果图案有一种很温馨的气氛。

李在强马上没了气焰，他说："你也没说让我用胶带啊？"

我冷冷地说："是个人都知道！"

李再强又一次摔门而去。

就这样，我们开始了全面的冷战。后来，甚至于家里换个灯泡、通个下水道之类的杂事他不是说做不了，就是说没时间，我越来越觉得他在这个家里一无是处，可有可无。

李在强经常跟别人在外面吃吃喝喝的，时间长了，他自然要回请，下不起馆子，他就把人领到家里来。一开始，我还满面堆笑地给炒上几个菜，后来，就跟他说，我上一天班感觉挺累的，每天还要保证女儿的饮食和生活，好不容易有个休息日，我希望清静一下。李在强嘴里答应着，可是，还是会有人来家里吃饭，于是，家里来人，我就带孩子出去。觉得人差不多走了再回来，但是，每次看着一片狼藉的厨房我都会火冒三丈。

终于有一天，离婚的导火索被点燃了！

那天，我刚要做晚饭，李在强就搬回一盒子冻蟹回来，他很费劲地将那一大盒蟹往冰箱里塞，我说："你用脚指头想一想，这么大的盒子也塞不进去啊！何况冰箱里还有东西！"

他并没理睬我，我又问："怎么想起买这么多蟹子？"

他说："请客的时候吃啊！"

我真的疯掉了！我冲他大喊："老婆孩子不养！房贷不还！

粥都喝不上了！还买螃蟹请你的狐朋狗友！"

我们吵得不可开交的时候，他的一行朋友已经进屋了，我什么也不顾了，我再不想跟他过这种日子，将那盒螃蟹扔到了门外，人都走了，我和李在强的日子也过到头了！

结束了第一段婚姻的"撕扯"之后，我感觉身心俱疲，一度还有了终生独身的想法，可是，父母和身边的朋友全当我是逃出笼的怪兽一般，急急地想再将我拉回去。似乎，只有待在笼子里才是最安全的。

不食嗟来之食

我觉得一个人很好，丢掉第一段婚姻就像丢掉了绑在腿上的大沙袋一样，轻松了许多。那时感觉一切都只有淡淡的才最好，就像"摩尔"一样，让人安静，让我看到安静得缥缈。

我和杨明相识在一次聚会上，朋友介绍他时，说他是一位诗人。于是，多瞄了他两眼，诗性没有看出来，只是不修边幅而已。

酒桌上，他和大家聊得很开心，但是，我感觉这热闹的氛围和我想要的"淡淡的"东西南辕北辙了！于是，离开酒桌，到湖边点燃了一支烟。

不知什么时候，我一回头，杨明就站在我身后。我愣了一下，笑了，他手里拿着两瓶酒，我们边喝酒边聊起了诗，他居然也能放下刚才的豪放，给我营造出一种"淡淡的"味道来。那天，我很开心，大脑在酒精的作用下略显迟钝，所有的思绪都被杨明牵着走了。

夜色，酒精，烟，诗……都成了我们不能分开的因素。

就在那一晚，我和杨明在一起了，一切都让我们很享受。第二天一早，他给我写了一首求婚诗，大概意思好像是说，有位佳人，临水而立，和不能失去，从此相依的意思。我既然给了他身体，他又让我精神上如此愉悦，所以，我们结婚了！

婚后我才发现，每一个男人都有缺点，杨明让我最受不了的就是卫生问题。

一开始，我觉得一个男人自由地生活了四十年，邋邋遢遢一些情有可原，遇到属于自己的女人就会过上整洁舒适的生活了。于是，我进行了一次彻底地大扫除，整整忙了一天一夜。可是，常常是我早起将卫生清理一遍后，晚上下班回去就又会令我瞠目结舌。

于是，慢慢地，摩擦开始大过爱。

最后，这段感情以"感情不和"而宣布结束。感情不和具体到一件事，就是：我在打鸡蛋之前一定要先将鸡蛋的外壳清洗干净。因为我觉得鸡的便道和产道是一体的，鸡粪是什么？鸡粪是一只鸡体内的垃圾和代谢物，是最脏的。试想一下，一只鸡拉完便便又从同一个渠道生出一只鸡蛋来，那得有多脏啊！更何况你马上要打的这只鸡蛋移出母体的时候它的第一落脚点是哪里？会不会是一坨鸡粪上？再者，你知道这只鸡蛋和那只瓷碗在碰撞的时候有多少细菌也随之流入碗中，和蛋液混为一体？再退一步讲，就是厨师打鸡蛋也没有打得十分完美，一点儿蛋液都不会沾到蛋壳的。但是，杨明不这样想，他一直认为我这是多此一举！是假干净！是患有洁癖的先兆！

杨明吃姜要去皮。因为他认为姜是一种异形的根茎，死角非常多，而且现在土地污染严重，姜皮上会有许多残留物，再者就是，他吃姜味但是不能吃到姜末儿，要把姜洗净去皮弄成姜汁，这样才能算得上是一种调味。但是，我与他的观点不同，我认为不论是蒸、煮、炖，姜还是一大块儿的好，这样既保存了姜的营养物质不流失，而且不至于让人一口咬到，用完丢掉，一举两得。

　　关于鸡蛋和生姜的问题，我和杨明一直处在相互说服的状态。但是，最后，我们谁也没能改变谁的"理论"。他为了证明他的论点正确，他只吃不清洗就打壳的鸡蛋，吃了一个月，他完好无损，这就是论据。而他每次在吃到和土豆块儿差不多大的姜块儿时总会懊恼地扔下筷子离开餐桌。

　　我们认为自己做了十几年的事情，没有理由让我们改变。于是，我们先是分着吃饭，后来变成分居，最后就不得不离婚了！我的第二次婚姻只持续了不到半年的时间就这样寿终正寝了！

　　两次婚姻失败之后，我开始反思，其实在婚姻里，没有什么对错和好坏，缺的是相互的包容与关爱！

先我之前的幸福与我无关

　　初识李爱生时我算是正处在人生的最低谷，事业只是糊口的工具，在勉强为之；生活成了周而复始的一些蹉跎岁月；身体每况愈下，似一台失修的机器。好在精神的广厦并未垮塌，自己像一个衣衫褴褛但仍不食嗟来之食的流浪者，为自己的尊严做最后的小小挣扎。

李爱生很泰然地面对了我，面对了我的过去，赞美我文字的美妙与真实，谈论文字能带给我的一切，并为我设计和规划了一份蓝图。这样一来，他又重燃了我对生命的希望，是的，活着仍有意义。

进入下段人生时，我常常告诫自己说：每个人都有每个人的优点，每个人都会有每个人的短处。

有一句话叫作——珍惜眼前人。也许，许多的磨难都是一个过程，只是为了让人清醒而已。

世事混沌，不经意间自己早被时光打磨、侵蚀，就如重新浇注了一般，逐渐地失去了真我。我的警惕与戒备是在与李爱生的交往中逐渐被剥离的。一个人站在我面前，我先要从外表到内心地审视一番；一件事发生了，我先要从最坏的角度剖析一下。而李爱生常常一句："不要考虑那些！"就把我的论道击塌了。渐渐地，我开始感觉先前的自己有多累，"兵来将挡，水来土掩"才是君子的坦荡之道！终于释怀，我愿意关起门来过我田园如水的日子！

正是因为李爱生如此率真，对他人不设防，所以被一青年骗去一笔可观的钱财。在常人看来，要么会使事情走入极端，与那青年及其家人争个鱼死网破；要么，挫败感会悔了一个人的一生，从此颓废，一蹶不振。李爱生很从容地对待此事，在我面前也真实地吐露心声："我的态度如果真正能让青年觉醒，不再去做害人害己的事也实属不易。"

李爱生是不说谎的，事情是什么样子的，他都如实所述。但凡事情对表述者来讲不如所愿，他只是不去肯定，但决不做天花乱坠的否定。同样，他也出言必行，他答应了的事情有时是贴了钱财与人脉也要办到的。所以，在他这里找答案一定是真实而有力的。

　　每次出行，遇到乞讨之人，他总会施舍，遇到那些长期"驻扎"在地铁或者路口的行乞之人，他也照给不误。我常称其为"愚民"做法，掩耳盗铃。终有一日，他见路边一老妪带一孩童，怜悯之心又起，把钱递过去之时，那老人连忙摆手制止，李爱生大喜："但凡有能力的人总还是希望靠自己勤劳的双手获得食物的，所以不是每个人都要讨要，该帮的我们还得帮。"

　　游走在喧闹的都市，金钱与人情可能更加露骨地表现在我们面前。习惯了，妥协了，一切都变得自然了。

　　有段时间我们就住在运河边上，京沈铁路就在窗前蜿蜒而过，列车分布在不同时间段呼啸而过，影响着我一天的饮食起居和文字生活。我是个安静的人，一时间觉得自己都随着那些疾驰被粉碎了，李爱生却大呼过瘾，称其为地动山摇、震天撼地之声响，生命就该如此轰轰烈烈一番！火车轰鸣之时，他可以在高楼水泥之间对酒当歌；火车轰鸣之时，他最愿意仰天长笑，无拘无束；火车轰鸣之时，他大可愤世嫉俗，口无遮拦。时间不长，终于因为我的原因搬离了那个住所。后来考虑到经济原因，我仍建议回去购置小窝时，他却说什么也不同意了，还是因为我的存在，他开始收敛心性做了一个可融入之人。

　　经历过之前的两段婚姻，我对以前的日子只字不提，但是，心里总会默默地自醒，因此，好像心里释然的东西很多。以前不容许发生在另一半身上的事情，现在却觉得那些事情好像也没有那么尖锐了。

李爱生为我，尤爱厨房。许多家常食材在他的锅碗瓢勺里总会烹出意想不到的美味来。我的指甲上长出白色的斑点，他见了，每餐必备大骨汤。我的胃部不适，他会买回一大兜鲜姜，亲自腌制出暖胃小菜。我常常是看着他用豆腐渣和萝卜缨或煎或炒做出一盘菜来，撇着嘴尝一口后就狼吞虎咽大赞好吃。

有不到半年的时间里，我们总是在不断地奔波中，前前后后搬了三四次家。那段时间里，我总是拒绝添置新的家当甚至是衣物，就是害怕再次搬的时候成为负累，而真的要扔掉了又觉可惜。但是他却总是随遇而安的，每到一个地方，总是要很舒服地住下来。过很安心的日子，看到街边的花草也要给我买回来养，就这样，一棵散开叶子直径有半米的凤梨现在也安好在卧室的窗台上，叶子还是修长而翠绿的。

一次搬家过后，天气炎热，屋里却偏偏又断了电，在这个盛夏里，李爱生汗流浃背，体力透支很严重，但他一件重物也舍不得让我搬动。我们开车出去交电费时，看到他的反应都感觉迟钝了，回来一测体温，已经高烧到 39 度多。我急忙在家庭小药箱里找了退烧药给他吃，他笑说："长这么大，这是很少有的一次吃药。"最终，他仍信不过药效，指导我用葱根和姜片熬制出姜汤来，他喝下不到半小时，一床被褥就像从水里捞出来一样。我自然是担心得很，一个晚上起来好几次看他，他总是笑笑说："去睡吧，明天就好了！"

他对女儿视如己出！

一天晚上，我们一家三口在体育场打球。一会儿工夫雷声轰鸣，雨点儿大落，女儿因为不适应新的环境而愈加惧怕，李爱生边抱起女儿回家，边鼓励她要勇敢从容，女儿终于没能抵抗住心里的恐惧晚上开始发烧。他多方查询到就近的医院带女儿跑去就医，三天下来，女儿总是停药后就又烧了起来。我心急如焚，他说："还是看我的吧！"于是，他在厨房里削了两个大大的土豆，然后制成土豆泥，又找来一块毛巾撕成两条，抓起一把土豆泥糊在女儿的脚心上，再用毛巾包好。一晚上下来，女儿的烧果然退了，而且没再就医，病也痊愈了。

对于孩子，我一直采取的是"虎妈"的教育模式。有心想改，但总是自然而然地就严厉了起来，李爱生总要高举着"打倒黑色恐怖"的旗帜，用事实证明我的方式和方法有待改进。我总是批评女儿的字写得不好，但又缺乏耐心来手把手地教。他也并不去强调什么笔画和运笔，只说："要把字写大！装满格儿！"把字写大，自然而然就横平竖直装满格儿了，自然而然就工整起来，女儿照做了之后也觉得很神奇，这样坚持下来，期末居然拿了个"小小书法家"的称号，在全校作业展示活动中还拿了奖状回来。

我与李爱生相差十岁，他对我的关爱和包容是冷暖自知的。每次出差前他总会采购好食物和生活起居的用品。一次，我们相距有千里之隔，我突然身体不好进了医院，他一口气开车回来，路上的几个小时里只喝了三瓶矿泉水。他常常问我："你需要一个什么样的人？"我想也不想地回答："当然是对我好的人呀！只要对我好，即使是坏蛋我也跟；对我不好，大英雄也不能嫁啊！"

李爱生断然否定地说："对别人不好，只对你好，那也只是个表象，是暂时的。对别人好，对你也好才是真正的伴侣，才值得相守一生。"

女人的逻辑啊，他就是不明白；女人的自私、专宠，他也未必能搞得懂。

经过了许多的事情和风雨之后，好多事情，那些从来不能容忍的事情，看上去好像也没有那么糟糕。

李爱生的衣服今天脱下来不洗，明天不会穿，但是没准儿后天就又穿上了；鞋子出门时是一定打鞋油的，但是不在脚上的时候就不知道哪两只是一对；每餐饭食一定是丰盛的，但是厨房和餐桌的狼藉是无法形容的。每天只在他触手可及的范围内是有条理的。垃圾袋不递到他手里就不知道清理出去。有一次，我在外出差，而他一个星期没有回家，居然打电话告诉我说，一进门被苍蝇给哄了出来。

现在，他再也不能过东西随手就放的生活了，家里的柜子、箱子、抽屉我一一做了分类，他却对这些记忆完全失效，总是要问："我上次带回来的××的名片呢？""我今天要穿哪条裤子呢？"……

家里的针头线脑儿，我总是闭着眼睛都能知道放在哪里，他自然不必再操那份心，只不过，看我在家里穿梭过来穿梭过去的，他仍然会说："别收拾了，休息一会儿，休息一会儿吧！"但是，果真看着他拿着抹布我心里还真的过意不去，于是，还是抢着自己来做会好受些。

人生！总会找到属于自己的归宿，但是，许多时候，我们要先试着改变自己。我庆幸自己能遇到这样一个人。我常常对他说："你先我之前的幸福与甜蜜与我无关，可自收心底。但是，在我之后的温暖与舒心必与我有关，要拿到太阳底下晒，要放到风里飞，要从每一个清晨到日暮！"

曲折人生的蜕变心经

　　或许婚姻在男人眼里只是他的一个"后院"，但婚姻在女人眼里却是她的全部，因此女人对婚姻的关注度远远大于男人。她们在乎自己在婚姻中的感受，在乎自己在婚姻的得到和付出，也会在乎对方对自己的评价和看法。所以她们在不断地建设和不断地出逃中想找到最终的答案。

　　事实上，并不是我们找到了多么如意的婚姻或者是多么不如意的，满意与否全在内心的态度。当你觉得自己坚持不下去的时候，心平气和地静下心来，换位思考一下，其实在男人心里，失掉自己的"后院"，无异于"满盘皆输"。所以婚姻对男人而言，是重中之重。当你放下自己的全部，只不过是在替别人打理"后院"时，人生的另一番景象也随之为你打开。

　　1918 年，卓别林二十九岁时，与好莱坞电影演员密尔德莱·哈丽丝结了婚。因性格、情趣不相投，于 1920 年 11 月经法院判决，付出十万美元和一部分股票的代价离了婚。

　　1924 年，卓别林结识了一位叫莉泰·格蕾的女友，并帮助她成了电影演员。被逼而成婚，随后格蕾吃喝玩乐、挥霍无度，闹得乌烟瘴气，满城风雨。卓别林忍气吞声，最后付出八十万美元的巨款，才摆脱了这场灾难。

　　1932 年 6 月，卓别林与波兰籍的女演员宝莲·高黛在南洋群岛秘密结婚，直到 1940 年才正式宣布。在九年的家庭生活中，总的来说还是美满幸福的。但终因分歧逐渐扩大而闹翻，于 1942 年在墨西哥判决而离婚。

1943 年，卓别林与他的好朋友美国著名剧作家尤金·奥尼尔的女儿乌娜结了婚。这次结合，俩人的年龄相差很大，四十五岁和十八岁。但出乎人们意料的是，卓别林得到了一个忠实的伴侣和助手。

第十二章　边缘婚姻——转角就能遇到爱

小情怀的女子

遇见紫苏，我的心里就一直回荡着一个旋律："请为我唱一首出塞曲，用那遗忘了的古老言语……"我愿她永远行走在那条奔向幸福的路上，没有目的地，没有终点，没有可以预见的未来。旷无人烟的原野，茫茫四下的蒲草，随风而至，随风而逝的花香……都是她的挚爱！

"确切地讲，是我和他都向前迈了一步，无果，于是我们又都退了回来，但这并不代表这段婚姻能继续多久。"看得出，那段并不长久的婚姻生活，还是深深刺疼了这个小情怀的女子。

聪明的男人应该让他的女人一直感到幸福，幸福得要死，幸福到女人说，生是你的人，死是你的鬼；蠢笨的男人会对守在他身边的女人视而不见，直到有一天女人一回头，只看到一张男人的笑脸就倍感温暖。

在恋爱自由、婚姻自主的当下，再把宿命论跟这美好得不能再美好的事情联系到一起，似乎让人觉得有些矫情甚至是迂腐了。

可是不得不承认，有时候，我们出现在某个人的生命里的时候就是要帮助他成长的。无论怎么样，经历过一切该经历的事情之后，总是两个人缘尽的结局。许多时候，我们并不甘心，我们跟命运抗争，想得到自己要拥有的。但是，人生并没有因此峰回路转，柳暗花明。那只不过是老天觉得他成长得还不够罢了，你还需再送一程。所以，你必须接受从他的生命里消失的事实，否则，你就一直是助长的人，而不是爱情和婚姻里的那个二分之一。

跳出这个怪圈，你会忽然发现，怎么他跟自己在一起时就那样迂腐不化，转眼间，竟然"嗯"的一下就迎接和收获了一个崭新的开始呢？所以，还是……让自己结束助长剂一般的人生吧！

随便他是什么，都做了孔雀东南飞！

极简生活

回首往事，如烟似幻。我和秦离婚已经整整三年了。而在这三年的时间里，我的生活也已是沧海桑田，物是人非。

昨天是母亲去世一周年的纪念日，而父亲离开我也有一年半了。现在的秦一定不会想到，仅仅三年的时间，我就失去了他曾经认为是我们婚姻生活最大阻力的人——我至爱的父母。如今，我真正成了他一直期望的无父、无母、无牵挂的人。

我这么说，不知道的人还以为秦是个没有孝心的人。其实，对于他的父母，秦是个相当孝顺的人。而我当初看中他的也是这一点，只是，我不知道他的孝顺，也仅仅是对他自己的父母而已。我们的婚姻起源于此，也止于此。这实在是一个颇具讽刺意味的结局。

和秦认识前，我一直陷在一段无望的暗恋中无法自拔。近十年的最美好的青春岁月，居然就那么白白地耗在一份从来没有表白过的暗恋之上。这段时间之长，现在回想起来自己都觉得有点可怕。如果你看过茨威格的小说《一个陌生女人的来信》，或者你曾看过由徐静蕾主演，根据这部小说改编的同名电影，看到那个女人花一生的时间去暗恋一个从来也不知道她的男人的故事，你就会明白这种暗恋是多么恐怖。这段绝望的暗恋，使我最美好的青春岁月变成了手中一杯搁置已久的冷咖啡，苦涩难言。这场旷日持久的暗恋也直接导致我错过了身边一个又一个对我有好感的人。当父母由暗地里的焦急直接转变成对我的声泪控诉后，我才从这场暗恋中醒悟过来，同时发现自己已经成了一个不折不扣的"剩女"。

为了不让爱我的双亲再焦急下去，我开始去见一个又一个的相亲对象。有句话说，开花的季节开花，结果的季节结果。我早已过了盛开的季节了，所以来相亲的对象也基本是冲着赶紧摆脱单身来的。一连接触了好几个相亲对象，张口有房子，闭口不会跟父母一起住之类的保证，让我觉得，简直是对我情商的一种污辱。不想勉为其难，却又担心自己这样下去会不会真成"黄金剩斗士"了。这时，秦出现了。

他是同事老公的弟弟。第一次见面的时候，他戴着眼镜，穿一件旧旧的风衣，很腼腆地坐着，我问一句他才答一句，显得很木讷。我心里在想：也许又是一个过客了。但见面后的第三天，正逢正月十四，街上的灯展十分热闹。晚上，他打电话约我一起去看花灯，不知为什么，我犹豫了一下，最终还是答应了。出门时，我暗暗吸了口气，告诉自己，就当为了让父母高兴一下吧。

没想到这次见面居然完全改变了我对他的看法，也直接导致了我和他的闪婚。

这次见面，他最初还是很木讷。走在拥挤的人流中，我们几乎不说话，一直保持着不远不近的距离共同前行，只是有那么几次被人挤散的时候，他四处找寻我，看见我的时候目光中流露出的那种焦急和关切之情让我对他的好感油然而生。

看完花灯，他送我到我家门口不远的小广场。我知道他家在郊区，便问他这么晚都没班车了，是要打车回去吗？他停下脚步，说不回家了，去医院。

去医院？我不由一怔，也停了下来，问他为什么去医院？他说他父亲病重，已经住院好几天了。

说起父亲，他一改刚才的木讷和沉闷，和我聊起家里的事，他仿佛讲述一段历史一样的深远而悠长。他说，自小家贫，父母为了让他和两个哥哥上学怎样怎样辛苦，又说起现在父亲的病是如何如何严重，说到动情之处，我发现他几度泪光闪烁，失语哽咽。就在那一刻，他对自己家庭贫困的坦言，对未来生活的憧憬，让我觉得他真的是一个实在的人。尤其是他对父母的那种深沉的爱，深深地打动了我。和他一样，我也深爱着我的父母。眼看着父母一天天苍老、衰弱起来，我也总是揪心地痛。不管是女儿也好，儿子也罢，做父母的哪个不希望自己的儿女孝顺，不希望自己老有所养、老有所依啊。所以，我坚定地认为，嫁一个孝顺的男人也一定能够在组建自己的小家庭的同时更能顾全双方的大家庭，我更认为一个孝顺的男人更会是一个爱妻顾家的好男人。

也就在那一次见面后，我们就正式确定了恋爱关系。因为他又要工作，又要在医院照顾父亲，之后我们见面的次数其实也并不多。现在想来，这也许就是为这份短暂婚姻埋下的伏笔。我们对彼此的了解实在是太少了。

因为已经对他产生了认可的感觉，所以偶尔的几次见面，我都会刻意回避一些会让他花钱的地方，我不愿我们的见面给他造成任何的经济负担。我承认自己是一个世俗的人，但我还没世俗到两眼只盯着银子的份儿。也许是因为刚从一份"镜中花，水中月"似的暗恋中醒悟过来吧，好不容易遇见一个能让我怦然心动的人，他的贫困，他的木讷，他的沉默，在我眼里都成了优点。

认识他两个多月，我们见面的次数越来越少了，不是感情淡了，而是他父亲的病越来越重了。老人家也许预感到自己将不久于人世，知道他最放心不下的小儿子有了女朋友，便天天盼着能在临终前看见儿子成家。这几乎成了老人不能安然离世的心病。

每次听到他说起他父亲未了的心愿，我就顾左右而言他。因为我觉得我们毕竟认识的时间太短，这么仓促地谈婚论嫁未免有点儿不负责任。大概是怕他父亲的病拖不了多久，他的母亲和两个哥哥也开始紧张起来，托了介绍人到家跟我父母商量起我们的婚事来。

我的爸爸妈妈也已听说了秦的孝顺，也知道秦的父亲病重，加上本身也极其希望我快点结婚，于是，也开始加入对我逼婚的行列。就这样，我们的婚事在众人的"力捧"之下确定了下来。

但是，没想到的是，秦的父亲最终还是没有等到我们的婚期就去世了，这对秦是一个极大的打击。办完父亲的丧事，秦像变了一个人似的，每天把自己锁在屋里，不说一句话。有时甚至一天连口水都不喝。秦的母亲开始担忧了，她怕儿子长此以往会憋出病来。于是又开始张罗我们的婚事。

本来，我还想把原来为了满足秦父的愿望而定的婚期往后拖一拖，让秦的心情好好调整一下再说。但见到遭受父亲去世的重创而面容憔悴的秦，我的心一下子软了。心疼起秦的无助和伤痛来。也许，只有一份喜庆的婚礼才能冲开他心中的阴霾吧。

于是，我们的婚礼如期举行。因为时间仓促，加上考虑到他家庭贫困，又刚刚失去父亲，我的父母对结婚的聘礼也采取了非常通情达理的态度，那时我们周围的女孩子出嫁，索要的彩礼是非常可观的。有的，甚至已经到了一种让未婚男性闻风丧胆的地步，而我的父母则说，要那么多干什么呀，还不是要给别人看的吗？只要两个人以后把日子过好不就行了嘛！于是相对和我同一时期出嫁的姑娘来讲，我的彩礼也是少得可怜，婚礼也是简单至极。这虽然招致我的姑姑、姨娘之类的亲友的埋怨，可我的父母却能泰然处之，让我甚感欣慰。秦也非常感激我父母的开明和善良。

可是，我的父母怎么也不会想到，他们的通情达理居然成了日后婆婆讥笑我的把柄。

来易来，去难去

婚后的日子，清贫而又简单，可是我却有一种满足的快乐。秦的母亲自从我进门后就不再做什么家务活儿，但这并没有令我产生什么不快，为一个三口之家洗洗涮涮，我也还是能够操持的。而且每天下班后，当我系上围裙开始做饭时，秦笨手笨脚地在一旁帮忙，或是油腔滑调地逗我开心，对我来讲，都是一种平凡的幸福。即使每次把饭端上桌时，面对婆婆诸多挑剔，只要有秦对我讨好的一个眼神，爱屋及乌的我也会一次次掩起心中的不快，重新换上顺从开心的表情。

也许是因为先前那份虚幻的单恋让我痛苦太多，婚后的我也变得现实起来。我到底爱不爱他？我不能判断。他到底爱不爱我？我也无法确定。但可以确定的是，和他在一起，在平平淡淡的生活中彼此相守，彼此关怀，是我过去的日子里从未体会过的感受。虽然这跟我以前渴求的轰轰烈烈的爱情简直是天壤之别，但我越来越觉得平平淡淡、从从容容的那种生活真的是一种幸福。

秦比我小三岁，上班时间也比我晚几年，因而工资也比我少了好几百。我们共同偿还他因父亲住院和结婚而欠下的外债，共同支撑着这个清贫的家。

秦也并不是一个不浪漫的人。尽管条件有限，他没能力给我买一些奢侈的礼物，但他会用一些与众不同的小东西逗我开心。还记得，那是结婚三个月时，正好是我的生日，我怕给秦造成经济负担，就装作忘记了。跟平时一样，我做了简单的饭菜，平平静静地吃完饭，收拾好就回到自己卧室。准备睡觉时，在掀开被子的一瞬间，我愣住了——被窝里放着两个硕大的蛋——比鸡蛋大了好多。我正诧异时，秦从身后拥住了我，在耳边轻声说："生日快乐！这是火鸡的蛋，我好不容易才要到的。喜欢吗？"

能不喜欢吗？这么特别的生日礼物！那一瞬间，我真的被他感动得泪盈于睫。泪眼迷离中，墙上的婚纱照映入眼帘，看着照片上两手相牵，相视微笑的我们，我在心里对自己说：执子之手，与子偕老！

如果不是后来我家发生的那些事，也许我和秦的婚姻生活真的像童话故事里一样——从此王子和公主过上了幸福的生活。然而，现实不是童话，有着很多我们无法预料也无法避免的事。

结婚快四个月了，除了在婚礼上见过秦的两个嫂子，我再也没见过她们和婆婆之间有任何的往来。实在忍不住，问了秦，秦的脸顿时拉下来了。半天才说："问那些个泼妇干什么啊？她们不来更好。"

一向对我语气温柔的秦居然用这种词语形容两个嫂嫂，我虽然闭口不再过问这个问题。但心里开始有了猜测：是不是她们都跟婆婆不和啊？可是难道两个嫂子都跟婆婆不和吗？

终于有一次在街上偶遇秦的大嫂，这个疑问总算得到了解答。他大嫂问起我的情况，我说秦对我很好，婆婆……婆婆虽然老给我脸色，但也还过得去。她听了我的回答，脸上显出怪异的笑，说你那是还没真正尝到婆婆的厉害呢，我和娟（二嫂）可是被那个老太婆整惨了。有次老太婆跟他儿子告黑状，娟都被老二打了好几顿，要不是因为孩子小，恐怕早就离了。亏得现在不跟我们一起住了，我俩是恨死她了。老太婆最会搬弄是非了，她最不喜欢媳妇老回娘家。你得小心点，别看老三对你好，你要哪天真冲撞了她妈，你可有得受的。

听了她的话，我虽然解决了疑惑，可是心里也没当一回事。虽然婆婆嘴是碎了点，但还不至于吧，再怎么说，她也毕竟是秦的妈妈，是他仅剩的一位亲人啊。至于她讨厌媳妇回娘家，那也许是大嫂二嫂回家回得太勤了吧。

我的父母身体一向不太好，母亲患有心脏病，腿也常疼。父亲患糖尿病多年，一直吃药支撑。因为秦的家在郊区，离我上班的地方较近，每天下班要回娘家也很不方便，我基本上只有周末才回娘家。平日里都是住得较近的姐姐在照顾父母。刚结婚的时候，每周六或周日，我都要回娘家去看看，陪父亲说说话，和姐姐哥哥一起围着父母，做一些平常懒得做的比较复杂的吃食。起初秦也陪着我回，虽然在我家他一直都有些拘谨，但总算还能融进去。我也感到由衷的高兴。每次我从娘家回来，能看出婆婆明显有些不高兴，有时甚至半天都不跟我说话，但还没当面发作过。我也就装作没看见，周末依旧回我的娘家。毕竟我也是父母所生啊。殊不知这已经引起了婆婆甚至是秦的极度的不满了，只是他们母子俩一直还没找到时机发泄而已。

直到结婚半年后，他们母子俩心中对我的怒火终于爆发了。

那一天，我父亲突然中风了，接到姐姐的电话，我立即冲向了医院。一连几天，我都是在医院里度过的。每天担心着父亲的病情，使我身心俱疲，但是，一连几天，秦都没给我打过电话。

父亲的病情终于好转了，一天天恢复起来。我总算放下心，开始关心自己的事情。我记得我赶到医院前给他打电话说明过情况的，可是为什么我父亲病重他居然连个电话也不打呢？更别说来看看了。我禁不住生起秦的气来。你不给我打电话，我也不给你打，看谁忍得住。

父亲和母亲也开始诧异起来，问我秦怎么没来，我只好说这两天他单位加班，忙。说完自己都觉得不可信。再赌气下去，就会引起爸妈的怀疑了。借着去取药的机会，我终于放低姿态拨通了秦的电话。我说："你在哪儿呢？"他说："单位呗。"他爱答不理的语气，让我心里开始不安起来。我说："我爸的病好转了。"他语气平平的一句："哦。"然后，又是沉默。我终于忍不住发火了："我爸病成这样了，你都不知道来医院看看吗？"

没想到的是，他那边立即高八度的声音："那我妈这两天病了你问过吗？"我一时语塞。在我来医院的前两天，婆婆是说过那两天胃口不好，抓了几服中药。可当时我父亲的病是那么危急，我总得有个轻重缓急吧。不料这话刚一出口，他那边冷笑一声说："是啊，你爸的病是病，我妈的病就不是病了，我们命贱啊。"

结婚半年了，我们一直还算是甜蜜恩爱，和谐美满，突然之间受到他这样的冷言冷语，我一下有些惊慌失措，不知道是不是自己听错了。正在发愣，他那边已经挂断了电话。

犹如一盆冷水当头泼下，我站在原地，半天都不知道挪步了。手机铃声又响了起来，莫不是秦后悔自己的态度了？我慌乱地掏出来一看，大失所望，不是秦打来的，是姐姐在病房里催呢。

拖着沉重的步伐回到病房，我立即换上最快乐的表情，毕竟父亲在病中，我不想让这些不愉快的事对父亲的病情有丝毫影响。

第二天，秦还是来了医院，和他母亲一起来的。礼节上亲家住了院，他们也应该来看看的。怕父母看出不好的端倪，我对秦和婆婆依旧端茶递水，热情有加。言谈间，我发现婆婆谈笑风生，精神状态良好，不像是病情加重了的样子。和秦目光相接的时候，他立即扭转头，和我妈有一句没一句地闲聊。他们起身告辞的时候，我妈也表示歉意地说："亲家母啊，这两天我们丫头不在家，把你也累坏了吧。"然后又对我说，"今天你也一起回家去吧，这儿有我们就行了。"

我自然无法拒绝，于是跟着一起回了家。一路上，秦和我一句话也不说，奇怪的是，婆婆也根本不理我。他们娘儿俩一路上家长里短的，直接拿我当空气了。

结婚才半年，我不想闹不愉快，于是也就默默地忍受着这难堪的场面。接下来的几天，秦和我开始冷战。一天连一句话都不说。可气人的是秦的母亲，知道我和秦冷战，偏故意在一起吃饭的时候和儿子亲热地聊天，无视我的存在。

这样的日子一连持续了将近一周的时间。也许我真的做得有些过分了，不管病情轻重，毕竟婆婆那段时间在吃药。男人嘛，总是自尊心强一些，还是我服软好了。晚上休息时，面对背对而睡快一周的秦，我默默地、温柔地转过身去，抱住他，把头贴在他背上，借以表达自己的歉意。秦大概也正在等我给他这个台阶，虽然依然一句话也没说，也没转过身，却默默地把我的一只手紧紧地握在了他的手里。

冷战终于结束了，我们似乎又恢复到以前的状态。但我心里已经隐隐有了心结。父亲病情一天天好转，我也就强忍对二老的思念之情，渐渐减少了回娘家的次数，秦的笑也慢慢多了起来。

冷　遇

我们之间的恩爱却使秦的母亲一天天地不悦起来。因为秦的两个哥哥原来就不怎么顾家，自秦父去世后，秦成了婆婆唯一的依靠。这种依靠让婆婆越来越关注自己在儿子心目中的地位。甚至是开始有些嫉妒我的存在。只要秦对我表示出一点的疼爱，帮我干一点力所能及的家务活，都会导致婆婆对我的敌视。于是，每每我们俩说笑时，婆婆总会啪地扔下筷子，说不舒服，回屋睡觉去了。然后一连几天病怏怏的样子。秦就开始紧张了，带着她去看病，晚上到婆婆屋里陪着她看电视，每晚等他回到卧室里时，我基本上已经一个人郁郁寡欢地睡了。

我知道要维持这段婚姻，只能忍受这样的冷遇。于是我也试着开始讨好婆婆，也不在婆婆面前和秦秀恩爱了。虽然依旧改变不了她对我的态度，可日子一天天还是过着。我甚至开始憧憬着以后的生活，希望和秦生个孩子，有了孩子，就是一个完美的家了。也许这一切就会有所改变。

就在这时，我母亲又病了。腿一直疼，吃药，打针，总不见效。每次回家看到母亲一脸的痛苦，看见年迈的父亲无奈地忙碌，总让我不忍离开他们。

我回娘家的次数渐渐地多了起来。而每次从娘家回来，婆婆总是阴阳怪气地长吁短叹。婆婆心情的好坏，直接影响着孝顺至极的秦。父亲去世后，母亲在他心里便拥有至高无上的地位。再后来，每次从娘家回来，她母亲就会指桑骂槐。我私下在他面前说起婆婆对我的种种怨言，秦总是那句话："你就不能让着我妈吗？我妈说的那句话不在理啊？再说了，就算我妈说得没理，那我妈也是长辈呢。"

等我一说起我母亲的病情，秦却总是一脸的不耐烦。鉴于上次父亲中风时秦和我的冷战，我只好缄口不提。人人都有父母，我想不通，当初那个因为孝顺而打动我的男人，在遇到妻子的父母时为什么不会将心比心？

　　母亲的病一天天严重起来，先是腿疼，后来腰也疼，最后竟然发展到卧床不起的地步。哥哥长年奔波在外，嫂子平常就不太来家里走动，现在母亲大小便都要人伺候，她更是不愿意出现了。剩下父亲一个人又是做家务，又是照顾母亲。姐姐虽然住得近，但毕竟也要上班，也要照顾自己的婆婆和孩子，对父母的照顾也很有限。我真想每天都回到娘家去照顾他们，可是我也清楚地知道，这会招来秦和他母亲更大的不满。尽管内心很痛苦，我还是隐忍着，家里就交给父亲和姐姐吧，我尽量在亲情与婚姻之间寻求一份平衡。

　　没想到我小心翼翼地维持的这份平衡，还是被秦无情地打碎了。母亲的腰痛越来越重，要去省医院检查，姐姐给我打电话，希望我跟他们一起去，因为母亲现在寸步难行，多一个人会方便些。姐姐的电话是秦替我接的，他自然不好拒绝。一边答应，一边简短地给我传达。这时，在一旁听着的婆婆突然说："明天我还要到县医院去看病呢，最近胃老是疼。医院里的那些手续我又搞不清楚，你妈不是还有你爸你姐陪着吗？"

　　我没接话，看着秦，秦很无奈地说："算了，我请一天假吧。"我总算长吁一口气。婆婆一听说秦要请假去，忙说算了算了，改天再说吧。然后转身回自己卧室，临进门前，却嘀咕了一句："嫁出去的女儿泼出去的水，我们家的媳妇凭什么他们说叫就叫？"

　　门被重重地关上了，我的心情也一点点低沉下去。为母亲的病担心，我已无暇去和婆婆争论。可心里的委屈还是越来越重。秦看了看我，张了张口，似乎想安慰一句，最终却只说出来一句："睡吧！"转身上床倒头就睡。

我在静默中一夜无眠。

第二天，我和父亲、姐姐一同去了省医院。每到一处，都是姐姐跑着去交费、挂号什么的，父亲拿着大包小包跟我们跑上跑下，而我背着瘦弱的母亲去这个科室那个科室地检查。检查结果是骨股头坏死，要立即动手术。更让我们害怕难过的是，医生在看过各种检查报告后告诉我们，他怀疑我妈的病并不光是股骨头坏死，还有其他更严重的病患。建议我们做进一步的检查。爸爸颤抖着问："什么严重的病？"

医生看了看我们几个，脸色严峻起来："搞不好会是绝症。"

听到这话，三个人如五雷轰顶，心痛欲绝。

医生说，目前先解决腰痛的问题，其他的，等住院了再说。事不宜迟，姐姐开始联系妈妈住院动手术的事，我也知道，这个时候我能为母亲做的，只有在她床前守护了。于是，回到家我立即跟秦商量，在母亲动手术期间，我要先回娘家一段时间，等妈妈手术后恢复得好一点再回来。秦没吭声，半天才说："你走了，家里怎么办？"我说："家里你和妈两个人先忍耐一阵，反正妈身体也还好着呢。"谁料秦一听我说起他妈，突然火就大起来了，指着我鼻子说："对，我妈身体好着呢，活该给你当老妈子使唤，你妈身体多金贵啊，检查个病还要你们一大家子陪着！"

我妈目前的情况他已经知道得一清二楚，可没想到他居然还是说出这么一番混账的话来，我怒火攻心，也指着他鼻子针锋相对："我妈再金贵，也只是我们做女儿的陪着，没要你这个女婿陪一分钟吧，再说了，你妈什么时候给我当老妈子了，你说话还讲不讲理啊！"我俩的争吵声惊动了婆婆，她推开门，不问事情原因，先是一阵哭喊："都怪我啊，命怎么就这么长啊……老头子啊，你来把我带走吧……儿女们都嫌我累赘啊……我死了你们就过得好了啊……"我一下子急了，冲婆婆大声嚷嚷："你添什么乱哪，有你这么劝架的吗？"话刚说完，"啪"的一声，秦甩手就给了我一个耳光。

我整个人都呆了，眼睛直直地看着秦，有些不相信似的。婆婆也停止了哭喊，空气在那一瞬间似乎都凝固了。我一句话都不说，转身从衣柜里收拾了几件换洗衣服，头也不回地摔门出去了。

一路上，我的脸颊火辣辣地疼，眼泪也不争气地一直喷涌而出。在家门口，我拿出镜子，取出粉底液，开始掩盖右脸的红肿和哭红的眼圈。好在，家人的注意力全集中在妈妈的病情上，没有人察觉我的异样。

最好的决定

母亲动手术后的第四天，秦大概也忍不住了，又带着婆婆来医院看母亲。不想让经历了剧痛手术的妈妈再因为我的事而担心，我强忍着委屈，给婆婆倒茶让座。秦有些讨好地从我手中接过茶水，立即殷勤地端给我母亲，我眼圈一红，借口拿药走出了病房，刚一到楼梯口，眼泪就流了出来。我知道为了不让病重的母亲担忧，我只能选择再次忍让了。

母亲腰部的疼痛在手术后减轻了好多，只是依旧动不了。而且身体越来越弱。住院期间给母亲进行了全身检查，也没诊断出其他致命的绝症。每每想起当初医生关于母亲病情的话，我们都不寒而栗。巨大的恐惧时时涌上我心头。我在照顾母亲与维系婚姻之间艰难地挣扎着。不忍离开母亲，却时时怕婆婆与丈夫的含沙射影，冷言冷语，更怕在这个时候跟他闹大会让父母更为我担心。

每次回到那个让我心底发凉的家，我就开始有一种坐牢似的感觉。秦的那一记耳光，已经将我对家庭生活的美好憧憬全部都打到九霄云外去了。现在每次从娘家回来，遇到婆婆给我脸色看，我虽然不顶嘴，但我会一言不发，转身回自己房间。婆婆可以不用面对，转身离开，但秦是我的丈夫，我不可能不面对的。于是我学会了沉默，即使在一张床上，我们有时也是背对而眠。彼此用冷战来发泄心中的不满。

家已经没有家应该有的温暖，冷得就像一个冰窖。我越来越心冷了。秦认为自己没错，更不肯跟我低头，于是我们俩就这么僵着。我不知道这样日子到底还能过多久。

有一天回娘家，父亲出门了，母亲拉肚子，无助的她就那么一直穿着脏裤子坐了整整五个小时，直到我进门，才很难为情地说了实情。帮母亲换下脏衣服，给她洗干净身体，在卫生间里洗裤子时，我心如刀绞，眼泪开始狂涌而出，呜咽出声。这就是一把屎一把尿拉扯我长大的母亲，她现在的生活让我这个做女儿的，还有脸叫一声妈吗？

晚上回到家，我整个人都处于一种深深的自责当中，秦和婆婆在屋里坐着看电视，没有做饭的意思，大概是等着我回来做吧。正深陷于难过与自责中的我，实在没有心情吃饭，也没精力做饭。于是就说："晚饭你们自己做吧，我有点不舒服。"说完我转身回自己房间了。没等我在床上躺稳，秦突然冲了进来，一把揪起我，怒吼道："你天天去伺候你妈，一回家就给我们脸色看，我今天不忍了！"我被他重力摔在了床上，头撞到床沿上，一声脆响，把我结婚时母亲给我买的发卡撞碎成了几截，我的心也同时碎成了千万片。

婆婆闻声进来了，依旧是那一套哭喊，对于暴怒中的秦，她的这种哭诉无异于火上浇油，推波助澜。秦声嘶力竭，力数我的"罪行"，而他母亲在秦稍有停顿的时候立即巧妙地旁征博引，更拓宽了秦对我辱骂的思路。

我的脑子里瞬间一片空白，不知道反驳，居然连眼泪也突然之间消失了。想起白天母亲在大便中坐了半天的样子，再回头看看自己眼前的遭遇，我突然间崩溃了。我没想到在他们母子眼里，婚姻与亲情之间居然是这样的矛盾，为了保全这份婚姻，我让母亲一个人忍受了那么多的痛苦；为了保全这份婚姻，我让父亲一个人承担了那么多的责任，可这份婚姻真值得我这么拼命地顾全吗？鱼与熊掌，我既然不能兼得，那也许放弃一个，成全一个才是最明智的选择吧？"树欲静而风不止，子欲养而亲不在"，我不能为了这么一份让人心冷的婚姻而放弃对生我养我的父母应尽的责任。

秦骂累了，倒头睡去，留下我在黑漆漆的夜里坐了一夜。一夜间，我流完了所有的泪，终于决定了，既然亲情与爱情在你们这儿不能统一，那么，我只好选择亲情了。

第二天一早，秦就上班走了，似乎什么事都没有发生过一样。我知道我一次次地迁就，一次次地包容，在他那里却成了我软弱的标志，造就了他更强势、霸道的心态。

我木然地收拾自己的物品，其实也只是收拾了一些自己的证件和妈妈给我买的陪嫁首饰。就这样离开了那个家。

直到决定彻底放弃的那一刻，站在门口，我回过头，想起自己在这里也曾有过几个月的幸福时光，眼泪忍不住流了下来。我知道自己早已没有了退路，决定转身了，就再也不会回头。如果，不幸福；如果，不快乐，那就放手，给自己自由吧。

回到家，我终于向父母坦白了结婚以来所有种种的不和和吵闹，向父母表明了我要离婚的决心。

我知道这样的事情会让他们无比地难过，但我已无法隐瞒。长痛不如短痛，该来的，该承受的，一样一样地都得去承受。

父亲长时间的沉默，母亲开始哭泣着埋怨自己的病拖累了我。我心已成灰，反倒平静地开始收拾自己以前住过的屋子。

起先，我用短信跟秦提出离婚的时候，秦阵脚大乱，慌了。他没想到一向迁就的我居然会说出分手的话。给我一次次发短信，求我回心转意。我知道他是真急了，依他倔强的个性，开口求我，这在以前简直是难以想象的事。

"宁拆一座庙，不毁一桩婚。"这是我父母一向遵从的守则。他们开始想方设法挽回我的婚姻。给秦的母亲带话，让她劝秦来跟我认个错，给他们女儿一个台阶，希望能阻止我们离婚。

怕父母急火攻心，我先搁置了离婚的计划。就那样在娘家住着，我们之间就这么僵持着。而父亲和母亲也继续努力挽回这段即将解体的婚姻。秦不敢面对我的家人，也没勇气面对我，只是继续发短信给我，希望我收回离婚的决定。

可我父母的种种努力在婆婆眼里变成了软弱可欺的表现。婆婆料定我不敢离婚，更料定我父母会顾全面子阻止女儿离婚。为了在以后的日子里，能在我面前更能体现她至高无上的权威，她决不允许自己的儿子在我面前说一句软话。

看我不再提离婚了，加上我父母不断地带话给秦，让他来给我说句软话，把我哄回家，好好过日子。秦和他母亲越来越认定我根本就没有离婚的决心。只是拿离婚来吓唬吓唬他们而已。于是，秦的短信也慢慢变少了，用词也开始尖酸刻薄起来。

而后来婆婆的一番话终于让父母也开始放弃自己的努力了。婆婆带话给我的父母说："你家丫头比我儿子大三岁呢，没人要了才塞给我们家的，要不然你们怎么要那么点儿彩礼就便宜处理给我们家了呢？要不是我们瞎了眼，你女儿到现在还嫁不出去，有本事就离婚，没本事离婚就赶紧滚回来，只要以后少往娘家跑，我儿子也只好将就了……"

这番话彻底打消了父母保全我们婚姻的念头，他们也开始在这件事上保持沉默。

我终于决定放弃了。秦前后截然不同的态度已经让我下定了离婚的决心。就在这时，秦的短信来了："你还没闹够吗？到底什么时候回家？"

看样子，他还是希望能跟我在一起，我忽然想最后捉弄他一下，回复道："和你妈分开住，我就回去。"

半晌，秦的短信来了，很简短："我绝不会让我妈离开！"

我禁不住冷笑，对，你深爱你的母亲，可你难道就没想过，我也一样深爱我的父母吗？为什么你一面要求我孝顺你的母亲，一面却对我的父母视若无睹？婚姻不光是我们两个人的事，它还关系着双方的家庭。婚姻中的付出也应该是相互的，公公婆婆该孝顺，难道岳父岳母就不该孝顺吗？

时光煮雨，尽染苍穹

下定离婚的决心了，我忽然心里坦荡起来。有种解脱的快感。面对我的坚决，秦最终也同意离婚。我们平静地离了婚。

和秦离婚后，我心如止水，开始一心一意照顾父母的起居。慢慢地，我开始忘记他对我的那些伤害。记住那些，只会让我无法摆脱过去的阴影，活在恐惧的梦里，就让时间淡化这一次次的伤害。尘归尘，土归土，一切都会过去。所有的好和坏，快乐和悲伤，爱或恨，我们之间的点点滴滴，我都会把它埋葬在我记忆的深处。

后来，正如那个医生所说，母亲在长期大量用药后引起急性肾衰竭，患上尿毒症，开始透析，巨额的医药费让我和姐姐、父亲三个人的经济陷入巨大的困难中。我突然发现我当初决定离婚是多么正确的决定，否则到了现在这种情形，我们还是得要走那一步啊。有些事情过去了就是过去了。没有必要再去强求，更没有必要继续执着。放开了，反而可以拥有更开阔的世界。

和秦离婚后的三年时间，父亲患癌猝然离世，为了母亲的透析费用，我把父亲留下的房子卖了，一直陪着母亲，直到她生命的尽头。这段日子虽然艰难，可我却少了一份遗憾。回想当初自己的决定，我更加无悔。

隐痛之下的美誉心经

每一个家庭都是一个"小宇宙"，这个"小宇宙"的运行轨迹不同，以什么为核心也不同。当成熟男女从父母的"小宇宙"中逐渐分离之后，虽然开始了一种新的探索，但无论如何都摆脱不了之前的引力。所以夫妻共处之道的初期，应该给彼此独立运行的空间和时间，可以保存双方合拍的习惯，把不合拍的进行试探性地交流。而不要将两个人都不能接纳的理论和想法拿出来硬碰硬。

如果你能做到用"渗透"的方式，取得对方的认可，你们的日子就一定是细水长流的，你们的情感也可以如春天的喜雨一般"润物细无声"。渐渐的，你们之间的磁场也会越来越强大，最终营造出一个属于自己的"小宇宙"。

1927 年，郁达夫与王映霞在上海同居。

1928 年 2 月，王映霞与郁达夫在杭州西子湖畔大旅社举行婚礼，才子佳人，名动全城。那一年，王映霞二十岁，郁达夫三十二岁。当时柳亚子赠诗郁达夫，其中"富春江上神仙侣"一句传诵一时。

1931 年 3 月，郁达夫与王映霞之间的矛盾升级，回到了富阳老家。20 世纪三四十年代王映霞便活跃在上海滩，见过大人物，应酬过大场面，但她却没有交际场上人的嗜好。她不抽烟、不喝酒，不看戏、不打牌，也不跳舞，连茶也属可有可无，暮年更是如此，唯一有兴趣的是看看报纸翻翻书。

1936 年，郁达夫为参加抗战活动南下福州，留下王映霞独自带着孩子和老母在富阳、丽水、汉口的漫天烽火中逃难。

1938 年 7 月，郁达夫从浙东前线返回武汉，王映霞与郁达夫矛盾日深，争吵成了家常便饭。这时王映霞已三十四岁，最好的年华都给了郁达夫，如今又不愿以"郁达夫弃妇"的形象示众，只好用力打扮自己。经亲朋故旧介绍，曾先后在保育院当过保育员、军委会特检处做过秘书，后到外交部文书科当过科员。

1942年4月，由国民政府前外交部部长王正廷牵线搭桥，王映霞与钟贤道结成连理。

1980年，与王映霞过了三十八年平静婚姻生活后，钟贤道病逝于上海，终年七十二岁。

2000年，王映霞病逝于杭州，终年九十二岁。与钟贤道合葬于杭州南山公墓。

第十三章　惯性婚姻——
食之无味，弃之无力的鸡肋

死性不改

在这个世界上最"死性不改"的就是女人。

女人小时候接触到的男人，大概只停留在祖辈和父辈身上。每一位爷爷在一个小女孩儿的眼里都是慈爱又沉默的，他们大多数情况下有一门手艺养家，或者常年耕种在一片土地上，日出而作，日落而归。日子再苦、再难，他们都是默默承受一切压力，那种隐忍甚至接近空洞和冷漠。每一个父亲在面对一个小女孩儿时也都是慈爱又沉默的，他们大多数情况下机械地重复着一种劳动，或者早出晚归地做着倒买倒卖的营生。日子再苦，再难，看到你狼吞虎咽的吃相总会露出幸福的笑脸。

当女人成为女人以后，男人还是两条胳膊两条腿的。现代的女人却打破了男人的沉默，开发了男人的嘴！当男人开始能说会道，当男人讲出了甜言蜜语，女人的好日子就算过到头儿了。所以，现代女人在惊诧与错愕间失掉了印象中那个不语却可靠的男人。

现代男人的无赖比女人的娇气更可恨，现代男人的猥琐比女人的小心眼儿更可憎，现代男人的自私比女人的嫉妒更可恶！一句"男女平等"卸掉了男人身上的多副重担。让女人成为"房奴"，只为了给婚姻套上一层保护套；给女人工作的机会，其实只是为了能够更好地集中对于家庭的注意力；给女人产假，也只是为了延续他的生命……

有时候，婚姻就像女人的内裤，蕾丝固然好看，但是穿久了难免会引发诸多的妇科炎症；低腰纯棉的舒适又清新，但是也只适合年轻人穿罢了，天长日久，总有腰围不合适，或者根本包不住臀部的尴尬；丁字裤不是谁人都敢穿的，但是凡是穿上的人就没想过外面再套上其他衣物。思虑再三，女人常常还是会给自己备一条具有束身效果的竹纤维 AB 小内内，刚上身时的确显得憋气，不过，忍一忍总还是觉得会适应的。

所以我说，女人天生的"死性不改"。她们会为了给孩子一个完整的家，与男人保持着关系；她们会为了双亲的面子问题，活在男人的淫威下；她们会为了大多数人的幸福，选择放弃自己。

叩叩说："我很清楚我和他现在的状态，也能高调地预知这段婚姻的未来，我唯一不能卸掉的是责任与良知，我唯一割舍不开的是亲情。于是，我和他就这样顺着日子地流走'滑翔'着，如果能够停下来，一定是撞见了一座金山。"

《简·爱》中有一段话：你以为我穷，不美，就没有感情吗？我也有的，假如上帝赐予我美貌与财富，我一定会使你难以离开我，正如我现在难以离开你，上帝没有这样做，但是我们的精神是平等的……

我想叩叩也应该理直气壮地说："你以为我弱小，是女人，就没有力量吗？我也有的，假如上帝赐予我石头一样的心，我一定会转身而去，正如你现在也冷漠我一样，上帝没有这样做，但是我也是有尊严的！"

所以，如果你谈了十次恋爱都是失败的，任何人都不能阻止你春风满面地向第十一次幸福出发。

在细碎的光影里染目

在那样如花的年纪，每一天都能让我在梦境里展颜，让我在细碎的光影里染目。打开窗，扑面而来的永远是个全新的世界。而我这一生的幸福和痛苦都源自那个春天的早晨……

那天的阳光早早给窗台镀上一层金色。我大大地伸了个懒腰，在梳妆台前精心打扮了一番。然后，骑着自行车去上班。一路上，心情好得不得了，甚至觉得这个小城的街道从来没有这样清新、安静过。

忽然，一辆黑色的汽车逆向驶来，在我面前踩了个急刹。慌乱中，我差点儿连人带车一起摔倒。顿时，一股怒火油然而生，我甚至感觉到血都涌到了双颊。这时，从车里不紧不慢地走出来一个人，定睛一看，令我瞠目结舌，原来是赵增慧！

多年不见，他一身白衣仔裤，脚踩一双运动鞋。看上去洒脱而干练，再也不是原来那个不修边幅、打架酗酒的无业小青年了。赵增慧一边朝我死皮赖脸地笑着，一边玩世不恭地说："我看上你了，今生你跑不掉了。"我被这突如其来的状况一下子弄乱了阵脚，手足无措间丢下一句"讨厌"！就娇羞地低下头骑车跑开了。可是，在那种小鹿乱撞的悸动里我却牢牢记住了他的容颜。那天的美丽场景，浪漫得就像电影里的情节一样，而那个主角竟然是自己。

以后的日子里，赵增慧每天等在我上班必经的小路上，还时不时地带给我一些惊喜。我幸福得像花儿一样，陶醉在他翩然而至的殷勤里。就这样过了两年，我觉得他性格开朗，幽默风趣，应该是我终生所托的不二人选。我在他铺天盖地的围攻之下，答应了他的求婚。

又是一个风和日丽的春天，我在没有父母的祝福声里做了他的新娘。我的坚持无非是想印证自己的选择，想证明给所有人看——我是幸福的。然而，新婚的喜悦还没有散去的时候，暴风骤雨来临前的阴霾已经慢慢向我逼近。

我一连几天都食不知味了，看见什么都觉得恶心。心里乱得像一团麻，可是，赵增慧已经好几天都没有回家了。我想我是不是被幸福冲昏了头，变得越来越娇气和无理了，不然他怎么这么多天都不回家呢？是不是自己真的哪里没做好？我对着天花板发呆，想着想着竟然就睡着了。

突然，我被一阵急促的敲门声吵醒，赶紧披衣下床。开了门，没想到赵增慧醉醺醺地走了进来。我给他倒了杯水，并扶他躺在床上，又是心疼，又是责备。可是他并没有一丝睡意，一会儿满嘴污言秽语，一会儿扯着嗓子乱吼。我将自己的不快强忍着，劝他到了两点，疲惫极了，就合衣蜷在床角，不再理他。可是他却开始破口大骂，踉跄着走了过来，一把抓住我的头发，整个人被狠狠揪起，紧接着，脸上火辣辣地挨了几个耳光。我甚至都没反应过来痛，血就已经染红了新婚的被子。

一直做着公主梦的我怎么也无法相信，眼前瞪着血红双眼的人，就是自己刚刚结婚不到两月的丈夫。曾经的信誓旦旦，曾经的千般恩爱、万分柔情，转瞬间就是如此下场吗？我的心顷刻间被冰冻掉了，疼得几乎无法呼吸。无声的泪流过脸颊，我第一时间想到的，就是离开这里，离开这个虚情假意的薄情郎。可是，前脚还没跨出门槛，就听到玻璃清脆的破裂声，然后是他歇斯底里的叫喊声，继而是痛苦的呻吟声。我回头一看，顿时吓傻了！赵增慧打碎了酒瓶，用锋利的玻璃碎片直直地刺入自己的前臂，血立刻喷射了出来。

我顾不了许多，第一时间想到的就是救他！于是，忙撕了床单包住他的手臂，然后紧急把他送进了医院。等处理完伤口已是第二天早晨六点了。想想这一晚发生的所有事情，我不寒而栗，我不想再看见这样的情景，今生再也不想了。于是，我果断地提出了分手。他求我再给他一次改过自新的机会，并保证这样的事以后再也不会发生第二次了。我故作的坚强被摧毁了，一下子瘫倒在地，全身像虚脱了一样。等我醒来，大夫告诉我说："恭喜你，你要做妈妈了。"一时间，我的脑子里一片空白，真不知道自己应该是喜还是忧啊！然而，望着眼前这个因失血过多而脸色发黄的男人，抚了抚那个刚刚在我腹中孕育的小生命，我的心一下子软了。

我多么希望这许多的不愉快只是一个小插曲，多么希望在以后的婚姻岁月里，让更多的幸福将它掩埋、消失，直至不再想起。然而，天真的我哪里知道，撕去伪装的一个酒鬼从此竟然变成了让我无法摆脱的魔鬼。

绿草没有芳香

我盼着孩子快点儿出生。想着等孩子生下来，他或许会被感化，会动容，会履行之前的诺言，好好爱我一辈子。就这样，我战战兢兢地过了十个月。孩子在一个雪花飘落的午夜降临了，初为人父的他高兴极了，抱着孩子亲了又亲。我因难产无法进行母乳喂养，他每天晚上无数次地爬起来给儿子热奶、换尿布，我看着心里有了一丝丝希望。他对我也好多了，酒也喝得少了。我有时恍惚得像在做梦，有时想是不是自己太贪心，想要的东西太多。甚至在心里默默地向上天祈祷：我不要惊喜，不要宠爱，只求过个安稳的日子就好。

就在那一次的伤痛在我心里慢慢结痂的时候，我们迎来了儿子两周岁的生日。岁月如我所愿，平安而静好。那天，我早早出门买了好些时令果蔬，做好一桌子饭菜等丈夫回家给儿子过生日。可是，已经过了十点了，还不见丈夫回家的影子。我只好随便给儿子吃了点儿饭就哄他睡觉了。没想到，这时他醉醺醺地回来了，一进家门就不分青红皂白把桌子掀了个底朝天。儿子被吓得躲在我怀里不敢出声，他甚至不敢掉眼泪。我觉得自己全身的汗毛都立起来了，一直担心的事情还是再次发生了。我沮丧得不知道应该如何应对，也许当年我能拔腿就走，但是，时至今日，一切都不一样了，儿子紧紧地靠在我的胸前，他惊恐的眼神满是无助。他看见我们母子俩没反应，就冲进卧室拉着我要我去看看他的"杰作"。我一甩手，他没有站稳，一下子摔倒了，手臂被盘碗的碎片划出了一道口子,血流了一地,我再也受不了这种折磨了,我快疯掉了,我要逃离,逃离这种恐惧。

可是,我还没来得及穿上鞋,就被他一顿暴打。儿子开始尖声地哭叫,我绝望了,再也不想逃了,我认命了,也许是上辈子我欠他太多,这辈子他要一并找回吧。日子加着暴力就这样一天天过着,我在行尸走肉般的生活里麻木了。

就这样,挨到儿子上了三年级。看着懂事、聪明、学习又好的儿子,我心里欣慰了许多,有时又庆幸自己的隐忍是对的,无论如何要给儿子一个完整的家。

一天,我接儿子放学时,隐约看见赵增慧和一个女人坐上出租车从我面前驶过。我心里似乎早猜到将要发生什么事,心里却愤恨地想,为了儿子,我真的是把自己低到尘埃里去了,难道属于儿子的这小小安宁也即将不存了吗?我悄悄地跟踪赵增慧到了宾馆,我终于看到了不愿看到的一切。

领着儿子漫无目的地走在街上,昔日的朋友小青看见了我空洞的眼神。她猜到了发生在我身上的一切,还愤愤不平地告诉我:"坚强起来,如果他再打你,你也以牙还牙,也打他,用刀捅他,看他以后还敢不敢再欺负你?"朋友的话全被儿子听见了,走在回家的路上,儿子央求我说:"妈妈,以后爸爸再打你,你别用刀砍他。你把门打开一点儿缝,把砖头放在门顶上,爸爸一推门,砖块掉下来就把他砸死了。这样,不是你动的手,公安局就不会把你抓走了。"听了儿子的话,我再也无法控制自己的情绪,坐在路边上号啕大哭。

我无法相信孩子在说这话之前,做了怎样的心理斗争;不知道他是怎么样才想到这样的办法来保全我。我以为不离婚就能给儿子一个健康的家，其实并非如此，我的妥协不但没给儿子创造一个健康的成长环境，反而给儿子的心理带来了这样的负面影响。为了儿子，也为了自己，这次我真的要离婚，哪怕是付出生命的代价，也要离！

我下定决心以后，反倒轻松了许多。赵增慧回家后，我就提出了离婚。意料之中的，他恼羞成怒，把我关进了卫生间，用拖鞋边抽我的脸，边问我还离婚不。我用沉默反抗，他用手拢了拢我的头发，擦去我脸上的泪水，仔细看着我，又用拖鞋抽两下，又擦掉泪又抽，直到打累了，他才上床睡了。我看着睡熟的他，把牙咬得咯吱咯吱响，几次想杀了他，可是，想到儿子，我又强压下了心中的怒火。他可以死！我可以死！儿子怎么办？我不能赌上儿子的未来。

终于，当我拿着离婚证从民政局出来时，就像获得了新生一般。我发现这又是一个初春的早晨，草依然绿却没有芳香，鸟依然叫着却不是欢唱，有的只是心疼和今生抹不去的恐惧。

要如何原谅

离婚到了第三个年头了，我依然孤身一人。我不想再去重温过去，因为有了第一次婚姻的经历，对第二次婚姻我不敢去想，也没打算再次去踏进婚姻的门槛，正是这个原因，我多次拒绝了朋友的介绍。我知道自己还没有走出第一次婚姻的阴影，第一次婚姻的恐惧还在我心里无法挥去。

认识小武是一个偶然。那天我又去和朋友打牌，前几天有个朋友给我介绍对象，我照旧谢绝了，可他今天见我，就叫他的那个朋友来偷偷看看我，在我不知情的情况下，我们见面了。小武又黑又瘦，又矮又丑，当我知道他就是他们介绍给我的对象后，我没犹豫就拒绝了。可是，那个朋友不死心，又把我的电话号给了他，他每天给我发信息，我也不知道是谁，就礼貌性地回条短信。就这样他不厌其烦天天给我发，我问他是谁他不说，照旧给我发信息。关心我吃饭了没？冷了没？渐渐地我也回复他一些类似关心的话，后来他提出我们见面。我如约去了。可我看见是他时，我想转身走，出于礼貌又忍了。在和他的谈话中，我知道了他是一位小学老师，由于妻子的背叛离异已三年了，相同的命运使我们谈得很投机，慢慢地我改变了原来对他的看法，他虽外表不尽如人意，可是为人细腻、体贴，从此我们虽很少见面，但是短信却渐渐多了。

就这样日子在平淡中又度过了一年，有一天小武提出要见我父母。我带他去了家里，父母说他人还不错，应该考虑婚姻大事了，毕竟我还年轻，我和他的孩子、房子都留给了前夫和前妻。父母叫我不要太挑剔。经过深思熟虑，我觉得不能再让父母为自己操心了，要试着走出阴影，去接受新的生活。一年的相处，让我觉得他这人还不错，没有恶习、有文化、有修养，人也稳重，就答应了他的求婚。我们开始到处打听买房，准备结婚，可是房子看好了，没钱交房子首付，我把自己省吃俭用攒的一万两千元钱拿出来，他向他姐借了一万八千元，我们交了三万的首付。转眼房子开始拿钥匙装修了，可是又没钱了，没办法我又向父母张口要了三千块钱，和同学借了四千块钱，他也到处借钱。

房子装好后我们就结婚了。婚后，小武对我百依百顺，哄着我、宠着我，每天早晨他早早起来变着花样给我做好早饭，晚上一回家就开始做饭，有时我叫他歇会儿我来做，他不同意，他说他不想让我受累，冬天里我脚总是凉凉的，他买来生姜煮好水让我每晚泡脚，晚上我嚷着太胖要减肥，他买来按摩霜每晚给我全身按摩，帮我买来健身轮给我减肥。那些日子，我幸福得像个公主，脸蛋圆了，身体也开始发福，亲戚朋友都见了，说这都是我前面吃了亏被老天爷看见了，遇上了这样心疼自己的人。我也时常想：这样好的人，他的前妻舍得他走了吗？我一定要好好珍惜。

一年后的一天，我洗衣服时发现他兜里有张单身证明，日期是近期，好像是办房产证时用的。我看见特生气，我们明明已结婚，明明是结婚时才买的房，他为什么要用单身证明？带着疑问我们第一次吵架了，他没反驳也没解释，一个人出门了。我等到11点多他还没有回家，打电话他也不接，发信息也不回，我没办法只好睡下了。大约夜里12点多他回来了，然后走进小卧室锁上门睡了，我叫他开门他不出声。以后每天早晨他6点钟出门，晚上等我睡了后他才进门，我们就这样冷战了一个礼拜，我实在不习惯这种没有硝烟的战争。于是，我故意跟他说话，他就是不吭声，甚至不愿面对我。没办法我天天晚上去敲他的门，早晨又把他堵在门口耍赖要和他一块去吃早饭。就这样，在我不懈的努力下，我们终于和好如初了，但彼此心里或多或少有了些警惕和防范。

好多事情我们只能看到开始却难以想到结局，正当我认为我选择第二次婚姻选对了时，发生的一件事情使我再次开始重新审视这次婚姻。那天我和同事吃完饭回家时，看见他躲在暗处跟踪我，我当时不相信他会这样做，我停下脚步等他一块回家。可他以为我没见他就躲到一栋房子的拐角里，我没理他走开了，他就不近不远地跟着我回到家里。当时我真的气坏了，我怎么也没想到平时那样好的人，心里会有这种阴暗的想法。回到家，我多想听听他的解释，他的跟踪理由，可是他并没有任何的解释。只是又一言不发选择分居冷战。这次冷战持续了整整一个多月，我回到家变成了一个哑巴，就开始怕回到那个家，我选择没日没夜地加班，用忙碌来麻痹自己。我不敢对家人说，也不敢对朋友说，怕说出去没人理解我，反而笑我，我更怕再次面对失败的婚姻。每当夜深人静时，面对漆黑的夜，我泪落无数，不相信命运一次次玩弄我，我呐喊：老天爷啊！为什么你这样对我？我从没对别人想过坏心，没有做过任何伤天害理的事，可你为什么要让我一个弱女子去承受一次次的不公？

更可怕的事情一个多月后又发生了。一次，我好朋友的丈夫给我打了电话，我们随便聊了几句。挂了电话他就开始怀疑我跟其他男人有染，我说是朋友的丈夫，我怎么解释他都不信，最后他一个个打电话去求证，害得我不好意思面对朋友两口子。更甚的是，他为了验证我对他的忠实，把自己的男同事领到家，喝醉酒后自己装睡，丢下我们孤男寡女，而后他偷偷起床躲在门后听我们的谈话和举动。当时看见他这样龌龊的动作，我真恨不得扇他几耳光，然后一走了之。他的行为深深伤害了我仅剩的一点自尊，同时也给我们的婚姻生活给了致命的一击。

怎么告别怎么出发

　　屋漏又逢连夜雨，2010 年的一天午后，正在因妹夫出现婚外情闹离婚的妹妹突然间出车祸去世。听到消息，我整个人像被抽空了一样，不知道该怎么办，心痛得连活下去的勇气都没有了。那一刻势单力薄的我真的有死的念头，可是想想年迈的父母，我选择了坚强，我开始为妹妹的事情，以父母的名义打官司，只想给含冤九泉的妹妹讨个说法。

　　那些日子我是怎样熬过来的，现在想都不敢想，人后我脆弱得一碰就碎，人前我却坚强得连自己都不敢相信。那时的我多么需要有个肩膀让我靠一靠，多么需要有一双手轻轻安慰我啊！可是，他却躲在暗处偷偷做妹夫的卧底，那一刻我的心凉透了。我不相信原来那样好的人却成了而今和我作对、唱对台戏的陌路人。我告诉他，我是和他相扶到老的人，希望他不帮我也行，别在搅和妹妹这件事。他不但不听，反而又开始和我玩起冷战，这次冷战持续了三个多月，这三个月我反而觉得没那么漫长，或许是妹妹的事对我的打击更大的缘故吧！直到放暑假时，他连声招呼都没和我打就消失了，整整一个月他没有丝毫的音讯，我打电话他不接，发信息他不回。8 月底，开学的头一天晚上 12 点多他回来了，依然选择了分居——去睡他的小卧室。

　　我无法理解他的做法，希望和他好好谈谈，说说彼此的想法，甚至央求他实在不解恨，就打我几巴掌，然后好好和我过日子，求他不要再和我冷战了。可他依然我行我素，我万般无奈下，建议他去看看心理医生，他恼羞成怒，狠狠把我推倒在沙发上。看着眼前这个我曾经认为老实稳重的人，此时竟然瞪着血红的眼睛对我推推搡搡，我眼前浮现第一次婚姻的阴影，不寒而栗。

我不知道以后的日子是不是重蹈覆辙，不知道这样的冷战要持续多久才是头，我更不愿去想我们的未来。我努力着不去惹他，不和他发生争执，每天小心翼翼看着他的眼色度日。慢慢地，我的妥协助长了他的嚣张，他不但冷战频繁，而且对我实行经济制约，他不给我任何钱，不管家里的任何开支，也不在家里吃饭，就这样维持了两个月。他在我上班时偷换了门锁，不让我进家门。也就是从那时候起，我们开始了拉锯式的离婚，到今天我们仍然因为财产问题而达不成离婚协议，他想尽办法不知廉耻地算计我，找关系、走后门希望我净身出户。我不甘心，我只想得到我该得到的，可这太难了。

我累了，真的，两次婚姻的失败使我累得不想再去触及关于婚姻的任何话题，不想再去触及疼痛，只想远离这个让我遍体鳞伤的城市，远离这些喧嚣，到一个无人问津的地方静静地治疗自己的伤口。

当我被小武偷偷换锁强行赶出家门时，我不知道何去何从。脑里一片空白，我不能回父母家，不能再给年老的父母增添担忧，没有地方可以收留我了，万般无奈的我找了原来的朋友求救，她把自己新盖的一间小屋租给了我。房子尚未干透，十月的天气并不太冷，可是坐在小屋里，风从不太严实的玻璃里吹进来直刺骨头，关节疼得我整夜睡不着。早晨醒来，被子上覆盖着一层薄雾，我的心越发冷了，可转眼想想好歹这也是个家啊。从那时起我把自己关在屋里，不去接触外面的世界。原本脆弱的心一次次被残酷地剥了一层又一层的皮，我开始有意回避男人，拒绝和男人交往，更不愿接近男人，我排斥关于男人一切的一切，我发现我的心理开始不正常了，我把自己包裹得严严实实，谨防自己受到再次的伤害，哪怕一点点。

要好的几个朋友来看我，看见我住的小屋，她们都想帮我，可都爱莫能助。于是她们为了让我早点走出阴影，提议到远一点的地方九寨沟去玩。为了路上安全她们约了几个玩伴和她们的四个男性朋友随行。我们开着车，一路走一路玩，虽都是第一次见面，可大家无拘无束、玩得开心极了。当我打开心门，融进集体中间时，才发现自己这些年拒绝的不仅仅是男人的殷勤，同时也拒绝了欢乐。晚上我们住到兰州的一个宾馆，我们一起唱歌，一起跳舞，一起洗桑拿，一起喝酒，忘记了一切不快乐。

有两个朋友的歌唱得很棒，他俩不停地唱，别人想唱也轮不到麦克风。我印象最深的是老韩，他深沉、憨厚，也不乏风趣幽默，一直不说话的他一本正经地开始给大家讲笑话，他专注的表情、动作、神态，惹得大家笑得前仰后翻，我捂住笑酸的腮帮子央求他们不要再笑了。第二天回味他当时的那专注的表情，大家又笑得个个捂住肚子嚷嚷着笑疼了。这次旅游回来后，我的心情好多了，我慢慢开始走进了他们的团队，他们为了我能开心，想着办法哄我高兴。现在想想如果没有这些朋友的关心，现在的我该是怎样的我，我不敢想。

回来后的我们还时不时地小聚一次，大家玩得很开心。一次我们正玩时，我的胃疼开了，老韩看见后，对我嘘寒问暖，托朋友从西藏带来藏药给我吃。那时只要听说哪儿的大夫治胃病治得好，他便带我去看。一次他听说互助县有位大夫看胃病很好，不容我解释执意带我去看那位医生，那一刻，我第一次感受到了久违的温暖。当他们来我住的屋，看见我的情景，第二天他偷偷叫人找了两室一厅的房子，支付了房租。当他把钥匙放我手里时，我犹豫了。虽然我们是朋友，但不劳而获的东西我还是不能接受，我拒绝了。可他骗我，说叫我去看看新房，不想住也行。乘我看房的时候，他把原先租住的小屋里的东西搬到新租的房子里来了，我惊讶，更多的却是感动，慢慢地，他的出现使我冰冻的心开始复苏了。

老韩开始帮我干些我干不了的活，灯坏了、门锁坏了，他都会偷偷修好。我也慢慢依赖他了，四处打听借钱，想买一套属于自己的房子，可是我借遍了朋友只借了一万多块钱，距离急需的六万还差太多。我睡不好吃不香，他知道后，从卡上给我取了六万的现金交了房款，那一刻，我张开嘴却不知道说什么？他对我百依百顺，像一个父亲一样宠我、心疼我、呵护我，他给了我需要的一切。朋友们都羡慕我，叫我好好珍惜这份难得的真诚。可是，我矛盾了，面对他的家人妻儿，我愧疚得无地自容；然而，当我面对他时，我却欲罢不能。我清楚地知道自己做了可恨的事，可我是取是舍，无法给自己一个满意的答案。我看着青春期叛逆的孩子，我应该选择和前夫复婚？可我怕，我怕那种充满暴力、血腥的恐惧日子；让我选择重新开始新的生活？想想现在分居两年，尚未离婚的丈夫，那种种所作所为让我心寒，我不想让自己的尊严被他一点点蹂躏；让我就这样继续下去？我又纠结，我不敢去面对家人、亲戚朋友，更不忍心看他妻子眼里的绝望，我不知道该去怎样做……

我不知道自己是对是错，我无法知道自己该怎样去面对发生或即将发生的一切。我老想，或许因为自己不够好，才有一次次的失败婚姻，或许我缺乏经营婚姻的能力，或许许多的或许我无法诠释。

辗转腾挪的立命心经

很多时候，我们把自己缜密的内心情感苛责为命运的不公，把他人没有达到自己心理预期的所作所为都归纳为一种不幸。人生在世，一是安身，一是立命，如果能把家庭生活当作自己最繁忙而快乐的工作，让生活有了着落，精神有了寄托，何尝不是最大的幸福呢？

在没有走进婚姻的时候，每个人都对婚姻生活有着美好的憧憬和希望，一旦发现自己走进的是一个漩涡或者泥沼的时候，要学会适时地抽身。而此时，我们最应该做的就是转移自己的精神和注意力，为的是让自己跳出之前的情境，重新审视自己，要想让自己真正地平静下来，最有效的办法就是告诉自己：除了感情，我还有很多事要做！

1929年，沈从文被胡适先生聘请到上海当老师。也就在他当上老师的第一节课上，他认识了后来的结发妻子——张兆和。

1930年5月，胡适辞去了中国公学校长一职，胡适的离开，使沈从文不能在中国公学继续任教。在离开中国公学之前，沈从文希望自己对张兆和的追求有一个结果。与胡适会面之后的几天里，张兆和接连收到了沈从文寄来的情书。其中，沈从文7月12日写给她的信函竟长达六页。至此，张兆和终于默许了沈从文对自己的追求，这一段在情书攻势中展开的师生恋在校园内成为美谈。

1932年7月，张兆和从上海中国公学毕业回到了苏州。

1932年盛夏，沈从文决定亲自来苏州看望张兆和，并向张家提亲，在苏州停留一周的时间里，沈从文每天一早就来到张家，直到深夜才离开，在这期间，张兆和终于接受了沈从文的感情。

1933年9月9日，沈从文与张兆和在北平的中央公园举行了婚礼。

1946年以后，张兆和和沈从文之间的感情，发生了危机。沈从文和张兆和的政治见解，发生了明显的分歧。他与自己的妻子和儿子分居，只有到每天晚上，他才能回家去吃饭，走之前，还要带着第二天的早饭和中饭。沈从文在政治上孤立无援，在家庭上又遭到了自己结发妻子和儿子的拒绝。

1969年初冬，沈从文作为反动文人要下放改造的前夕，此时的张兆和已经被下放到湖北咸宁挑粪种田。

1979年，沈从文的待遇才开始得到改善，他被分配到研究所里，并有了自己的楼房，以及私人汽车。

他的妻子张兆和在沈从文逝世之后，开始整理沈从文的文稿。她这样给他们两个人之间的婚姻下了个结语，"从文同我相处，这一生，究竟是幸福还是不幸？得不到回答。我不理解他，不完全理解他。后来逐渐有了些理解，但是，真正懂得他的为人，懂得他一生承受的重压，是在整理编选他遗稿的现在。过去不知道的，如今知道了；过去不明白的，如今明白了。他不是完人，却是个稀有的善良的人。"

第十四章　家族婚姻——
我的婚床上睡着他们、她们和它们

深邃的是自己

见到隽永，绝对会让人感觉到眼前一亮，你甚至会犹豫地伸过手去，因为你一定会考虑，是不是弄错了约谈的对象。

隽永很潮。每一根头发都好像经过设计一样待在它该待的地方，欧化的双眼深邃到让人不可捉摸，一副黑色的镜框完全"圈"出了这个重点。冒起的胡须看上去完全是自由地生长着，不潦倒，也不邋遢，反倒增添了几分硬朗。

裸色的马丁靴，修身仔裤，一件细条纹衫……

"呃……公务员?"

"嗯，不像吗?"

问和答的人同时笑出了声。

"我在想，你的身边应该站着一个什么样的女孩儿呢?……脑子里居然一片空白，不过，不管怎么样都会是一个非常浪漫的韩剧!"

隽永笑着叹了口气，说："算了吧，所有韩剧都会上演一场王子与灰姑娘的生死追逐，我却没有那么好命！"

"那只能算是混搭，'高富帅'和'白富美'在一起才是最完美的。"我调侃道。

隽永一直用那个小小的匙在咖啡杯里画着圈："我现在从来不区分对不对，只考虑该不该。"

我似乎触及他深藏的内心，不知道是他早准备和盘托出了，还是根本就一直这样不满。

"要不……聊聊你们乡里的那些事？"

隽永立刻提起精神来，眼里喷着一股快乐和希望的火花。"嘿，你还别说，每天走在乡间的小路上，整个人的心情总是透着那种难以言表的快乐。我觉得我自己从来没有这样自由过。"

"呵呵，摆脱'面朝黄土背朝天'的生活，是每一个农村孩子追求的最高境界。城市里的人，偶尔为之，新鲜一下，也情有可原，像你这样泡在田间地头儿好几年，怎么说都是少有的吧？"

"我姥姥家在农村，小时候总是盼望着有个假期能去趟姥姥家，但是，越长大那种机会就越少了。所以，心里一直留下了这样一种情节。"

"你的家人对此怎么看？他们支持吗？"

"我的家人？呵，我的家人……我想，谁都不会像我这样悲催。小时候由爸爸妈妈监督着茁壮成长，长大了还摆脱不了他们为我安排的命运。'80后'的叛逆终敌不过'50后'的固执和专权，索性我就由着他们安排好了。不过，老天眷我，终究让他们搬起石头砸了自己的脚。到现在，他们也无话可说了。"隽永看上去好像有点幸灾乐祸，转而又说，"哎！她们认为我高富帅，她们认为这个女孩儿白富美！"

"他们？谁啊？"我追问。

"我妈，我丈母娘，以及这个包围圈里的所有女性！"隽永说，"他们认定我能大鹏展翅、前途无量，他们认定这个女孩儿能相夫教子、贤淑善良！"

"他们？又是谁啊？"我继续追问。

"我爸，我岳父，以及这个包围圈里的所有男人们！"

不知道为什么，隽永的痛苦总是让我想起"爱上层楼强说愁"这句话来。对他的诉说，我也总是满面笑容的。

隽永却表现出了小小的痛恨来："我和她就这样结合到了一起，我发现这根本不够，除了这一切安排，我还要接受与一只猫共餐，与一只狗共寝……"

我不知道，到底是两个家族促成了一个美满的小家，还是一个小家承载了两个家族的使命，在负重前行。

被设计的人生

一提到我，就不得不隆重介绍一下我的"前身"——我的父亲、母亲！

我的父亲是从农村挣扎着，一步一步走进城市的。他十六岁到一个烧砖的窑场做小工，勤劳、肯干、能说会道，最重要的是，他还写了一手好字。也就这么一个契机，他渐渐摆脱了劳动，当上了窑场的会计。后来，窑场渐渐演变成为一个建筑公司，他就"芝麻开花节节高"坐到了领导的位置。再后来，建筑公司改革，他以超出旁人的魄力和胆识，成了那里的掌舵人。

我的母亲也是从农村走出来的。我姥姥、姥爷思想开化，坚决让她读完了初中，母亲读了书就再也干不了庄稼活儿了，到县上的化肥厂当工人。生产队的时候，家里不知道遭了多少排挤，可她终究坚持下来了，成了一个城里人。母亲从一个女工熬成了车间里的小组长。后来，又从这种劳动密集型的岗位调到了质检科，成了一名有知识的技术工人。再后来又调到了厂办室，成了一个有文化的管理者。从此，在那个厂里，她几乎是千人之上，几人之下，有头有脸的高层。

　　这样两个年轻、向上的有为青年走到了一起，组建了一个幸福的小家，谁又会了解这其中要有多少憧憬和梦想呢？自始至终，我都认为自己是在这种夹缝里出生的替代品。他们俩把自己所有的缺失和遗憾都强加在了我的身上，让我根本没有自己。

　　从我出生一直到十二岁，我们都是租住在别人家里。房东是一个水果贩子，他的媳妇常年病恹恹的，连家务活儿都很少做。房东家有两个女儿，大女儿叫和和，与我同岁，长得细高又文静。小女儿叫珍珍，比我们小两岁，被房东两口子宠坏了，动不动就要号啕大哭，所以，好吃的好玩儿的都让她抢了先。平日里，我父母上班都很紧张，他们总是天不亮就起床，天黑了才回来，我大多数时间是跟着房东媳妇和她那两丫头在一起。有时候，我会觉得很郁闷，我母亲就叫我舅家和姨家的孩子来陪我，可是，他们带来的也都是女孩子，一家两个！我就像那大观园里的贾宝玉一样，难以突围出"女人圈"。但是，所有人都不必担心我会"娘"，或者成为一个心灵扭曲的男人。我的父亲，他一直用他的言行教我什么才是男人。

　　父亲长着一双大眼睛，高鼻梁。从我记事的时候起，他就总有一种威慑力，大人们都很尊敬他，因为，他一讲话总像是领导在布置工作。孩子们在他面前都乖得像一只小猫，连大气都不敢出。有一次，吃过晚饭，大家都围在一起看电视，我父亲强行观看足球比赛，他认为这是作为一个男孩子必备的基本喜好，我不能反抗，只得乖乖地听着他边看边给我讲解。

"看，意大利队上场了！……这个是法国队……巴西！巴西队！"

我舅家的小妹妹那时不过五六岁的样子，还没上学，她从小生活在农村，农村人大多把中国人以外任何一个国家统称为"外国"，所以，她常常听到大人讲外国怎么怎么样，很少听到像美国、法国、英国这样的词汇，她认为"外国"也是一个国而已。正当我父亲隆重介绍这些出场的国家时，她冷不丁地来了一句："姨夫，哪个是外国队？"

我父亲刚刚还满面春风的，听了这句话，气就不打一处来了。他立刻皱起眉头，满嘴喷着唾沫星子训斥到："这不都是外国队吗？"

小妹妹大概从来没有见过这阵势，吓得哇哇大哭起来。我母亲把她抱到一边之后，我又因为毛笔字没有写好被他暴打一顿，因为算术题没有算对，被他一脚从床上踹到了床下。打那儿以后，我那个小妹妹几乎再不登我家门槛儿了。过年过节必要地来访也只安静地待在一个角落里翻看我的课外读物。她远离了我的父亲，一群孩子中也只有她是学习最好的。像我这样在父亲的严厉管教之下的，却如那烂泥巴，无论如何都扶不上墙。

我母亲也是爱我的。所有来陪我玩儿的孩子们都在她的指挥之下围着我团团转。比我年长的，她总说："蜂窝煤炉子上热着早饭，一会儿等弟弟起来，陪着他一起吃，让他多喝牛奶。"比我年幼的，她也说，"听哥哥的话，不让动的东西不要乱动……"我一说肚子疼，她必"差"人来给我揉揉。

现在回想起来，这种一半是水，一半是火的管教，让我这个"公子哥儿"对优越感和紧迫感都会感到无所适从。

就这样，等我长到了十二岁，我的父母意识到我进入青春期，不能再这样下去了。那时，家境也渐渐殷实了起来。我父亲托人在一个很好的地段批下一块宅基地来，一下子，我们就从那个跟人家东西对屋的偏房，变成了大小六间正房，有东西厢房的独门大院。

陡然间，我觉得顶在我头上的压力更大了。我父亲为我买了一屋子的复习指导书，给我报各种课外辅导班。他说："在你爷爷奶奶眼里，我是家里的老大，理应照顾弟弟妹妹。我现在肚子里的这点儿墨水，全是扒窗台、贴墙根儿'偷'来的。我绝不会让你有这种遗憾，我要让你读遍所有的书。"事实上，我根本不喜欢读书，我也不知道，我读完这些书要去做什么。我父亲没读几年书，不也飞黄腾达了吗？再者，在他眼里就没有他办不到的事儿，我不学照样能进重点学校，那读书对我来说还有什么意义呢？

我母亲不管那些，她只担心我吃饱饭没有，穿暖和没有。她说饿肚子和受冻是这世界上最难过的事儿了。只要我说中午回家，她从单位到家往返几十里地也要为我准备一顿饭。常常是她一边擀皮一边和馅，锅里的水开了，几十个饺子也能下锅了。

可能是我的家庭原因，也可能是因为我俊朗的外表，我读书期间一直算不上安分。因为根本用不着优秀的学习成绩或者是什么特别的才能，我总能凭着我的家境或者长相吸引大家的眼球，他们的焦点可以一直集中在我的身上。再不济，我就在课堂上捣乱，逃学或者旷课，我的一点点风吹草动总能引起各种猜想和议论，我觉得这样的感觉很好。

我的学习成绩不好，这一直是我爸的一块心病。他总在我面前指着我的鼻子说："我像你这么大的时候，你爷爷奶奶哪儿有条件让我上学啊，我能有今天的成绩全靠熬夜熬出来的！你看看你，还没怎么着呢，你妈又怕你累着，又怕你受苦的，你怎么一点儿也不随我啊……"通常情况下，我爸会越说越激动，给我两个耳刮子也是常有的事。我妈不能劝，一劝把她也就捎带上了。我爸会把我的所有不是都归结到我妈的身上，不是遗传基因有问题就是平时管教无方。一开始我还很同情我妈的，毕竟她总向着我说，后来，我也开始烦我妈，那是因为，我爸在批评我的时候，一旦有了我妈的介入，本来就要结束的批评，也会因为她变得没了止境。我干脆就不管了，他们两个人爱说什么就说什么，我全当没有听见。

青葱易逝

我觉得我的人生完全是在遇到小珍之后才有了阳光。

小珍是我的初中同学，她个子不高，眉眼之间却透着一股子灵气。小珍的学习成绩在我们班上是数一数二的，老师和同学都很喜欢她，我也开始有意靠近她。小珍在第二桌，我却在最后一桌，我们之间如果想说上话，只能以小珍帮助差生为由头了。所以那时我开始拿着习题集或者是作业本找她请教问题，小珍总是羞涩地左右看看，发现大家并没有用异样的目光注视我们，她才微笑着冲我点点头，然后耐心地为我讲解。说也奇怪，那些老师在课堂上掰开了，揉碎了，讲了半天我都听不明白的知识点，小珍一点我就透，那种茅塞顿开的感觉真的很好。我开始觉得上学是一件有意思的事情了。

那段时间，我的学习成绩进步很快，我爸和我妈的脸上也开始有了笑容。小珍各科的课堂笔记本总是频繁出现在我的书包里，我小心地收着，有时间还会在她娟秀的字迹旁边画一幅漫画或者写一行字逗她开心，我觉得这没什么不好，也并没有妨碍到谁。可是这件事在我爸妈眼里已然成了一记重磅炸弹！

我爸手里拿着小珍的笔记本，在我面前来回踱着步；我妈坐在一边，脸色很是难看，她不时地小声叨咕着："现在这些小女孩也忒不自重，咱们小永这学习刚刚入了点门，怎么又弄出这么一出儿。我看那丫头是想巴结呢，小小年纪，心眼儿倒是不少……"

听到这儿，我诧异地说："你们这是在说什么？我和小珍怎么惹着你们了？你们凭什么这么说她？"

我爸来回走得更加急促了，他点着我的脑门说："我说你小子成不了事儿吧！你看看你才安生几天啊，怎么又开始谈起恋爱了？你才多么大点儿？我真不知道是哪辈子缺了德了，怎么生你这么个儿子！"

我人生第一次焦急地掉下眼泪来，平时不管我爸怎么教训我，我从来都是把牙咬碎了也不肯低头认错。这一次却不同，我着急地辩解道："你们不要冤枉我和小珍，我们什么事儿也没有，难道她帮助我学习也有错吗？"

我妈站起身来说："你看那本子上除了心就是爱的，不是早恋是什么！我告诉你，那丫头一定是看我们家家庭条件好才……"

我一把抢过那个笔记本，夺门而出。那段时间，小珍一直闷闷不乐，有时还偷偷抹眼泪，我刚想走近她，跟她道个歉，她却远远地躲开了我。就这样，我刚刚对学习产生一些兴趣的时候，一切就像一个肥皂泡，一下子就破灭了，我的青春又开始漫无目的地游荡。后来，我竟意外地收到了小珍找同学递给我的一张纸条，上面写着："要想摆脱自己的处境，好好学习是唯一途径。"

我知道这是小珍对我的鼓励，我也知道，像她这种农村孩子要想走出农村，唯一的希望就是读书。但是我不一样，我深信，即使我什么都不是，以我爸妈的力量和他们超强的面子问题，我也不可能没有出路。所以我并没什么好担心的，后来我终于又找到了另外一个精神寄托，那就是打篮球。我的大多数时间都待在篮球场上，任太阳暴晒，却仍然乐此不疲。就在那一年，也许是我真的伤了我爸妈的心了吧，也许他们真的打算放弃我了，我妈又怀孕了，当她大腹便便站在我面前时，我个子都超过她一个头了。我就像是我爸妈教育试验的失败品，他们打算再要一个儿子，重新开始。我当时没有一丝一毫的嫉妒，反倒很庆幸，这十几年来终于能有一个替代我的人了。

我爸妈果真如愿以偿，我又多了个弟弟，从此结束了十几年独生子的优越地位。我妈生我弟弟的时候已属超龄孕产妇，也就是从那时起，她就患上了高血压，但是一如往常地忙碌着，没有停歇的时候。

一切都在我的预料之中，尽管我的学习成绩一塌糊涂，但最终我还是在我爸的安排下进了机关，做了一名端着铁饭碗的公务员。我虽然讨厌我爸妈一直为我做主，但是，我确实不知道自己应该去做什么，不过这样也好，我依然是从前的我，不用每天被逼读书、考试，只剩下随心所欲地玩耍。

　　有一年过年，有同学组织了一次同学聚会。我再一次见到了小珍，她愈加出落得标致了。之前短短的学生头，也留成了长发披肩，较之前的她越加端庄、文静起来。我只冲她笑了笑，并没有说话。她抿了一下嘴唇，想说却又没能开口的样子。我总觉得跟这些同学有些格格不入的样子，他们总是有很多话题在一起讨论，要么是学习上的难点和疑点，要么就说自己是如何克服一些困难，取得一些成绩的……这些问题在我身上都不存在，更何况我早早参加了工作。相比之下，仿佛跟他们的差距也越来越大，在我眼里，他们就是一群乳臭未干的毛孩子，因此，我只待了一会儿就悄悄离开了。

　　我二十二岁的时候就开始不断有人给我提亲，一开始我很反感，但是听我爸妈的意思，并没有急于让我成家。大多数情况下他们会以我年龄还小，工作上还没有做出成绩为由，婉言谢绝。在这点上，我认为我爸妈还算开明，从小到大在他们的管制中长大，但还没有到了包办婚姻的地步，我还是很庆幸的。

　　我在梦里常常会梦到小珍，但都是我们十几岁时的模样，和上学时的一些事情，多数情况下我会忽然间就找不到她了，眼前漆黑一片，没有方向也没有路……

　　忽然有一天，我爸说他要请客，而且让我作陪，我妈居然到专卖店给我拿回来一套价值不菲的西装让我穿上。我说有多重要的人啊，居然让我穿这种衣服，我爸笑了笑说是私人宴请，但对方不仅是我的长辈，还是市里的重要人物，这关系我的前途和命运。我很不屑，那只不过是我爸和我妈重要的事而已，对我而言，无足轻重。那套西装在我极力的抵触下，被我妈来回换了三次，最后恶作剧般地选了一套纯黑色的，配了件白衬衫。

那天晚上，我正在健身房做器械训练，前台说有人找我，我出去一看竟然是我妈风风火火地领着我弟弟找来了，只有十岁的他穿着一双明光锃亮的黑皮鞋，一身小西服，还规规矩矩地打了个领结，胖嘟嘟的小脸上汗津津的。我蹲下身来问他：“嘿，爷们儿，你这是要相亲去吗？”我弟弟不耐烦地说：“还不都是因为你！我……”

弟弟的话还没有讲完，我妈就上前焦急地说：“提前好几天就跟你说好了，今天你爸请客，你这孩子怎么什么事儿都不放心上啊？快去冲澡，衣服我给你放车里了。”

我满不在乎地说：“我的训练还没结束呢，你们先去吧，我一会儿就到。噢，不用等我了，你们先吃吧！”

我妈急了，说：“你怎么那么不让我省心啊？”

我说：“我爸不都说了吗，是私人宴请，至于这么隆重吗？”

正在这时，我弟弟拉着我的手说：“哥哥，现在天气热，你不要让妈妈着急，不然她会头晕的。”

我不得不承认自己有一个懂事的弟弟，为什么我小时候就不能像他这样成长呢？

那身西装还是被我扔在车上，我脚踩一双运动鞋，身穿一身运动衣去了王朝酒店。我弟弟还在怪我不听我妈的话，我就一路上帮他们开电梯门，然后告诉他说：“一会见了人你就说我是你们家司机兼保镖就行了。"

我们推门进房间的时候，我爸正在跟一个戴眼镜的男人寒暄，看上去，他们年龄差不多大，旁边竟然还站着一个二十多岁的姑娘和一个上了年纪的妇女。我感觉这场面有点儿尴尬，心中老大的不愉快。没想到那个年轻姑娘竟然一下子笑了起来，那笑声清脆又豪爽，把在座的人都笑懵了。那个上了年纪的妇女拉下脸来，说："小真，怎么没有一点儿女孩子的样子！"那个叫小真的姑娘忍了又忍，终于指着我弟弟说："他……他太可爱了！快到姐姐这儿来！"整个房间里的气氛一下子缓和了许多，两家的大人也都露出了笑脸。我爸说："小永，小龙，快过来见过王伯伯和阿姨。"

就在那个被我爸妈无比看重的晚餐上，我认识了另一个叫小真的女孩。她是那个王伯伯也就是王副市长的小女儿。我爸妈并不是真心希望我不谈对象，只是合他们意的对象还未出现，那天晚上无疑成了我的相亲会，本来我想我会悄然离场的，但是因为我弟弟，因为那个女孩叫小真，也因为她的一双板鞋，一条七分的仔裤，以及一件简单的 T 恤衫，却让我没有那么抵触，席间也轻松自在，反倒使一身正装的双方家长显得有些拘谨起来。

没有打碎的生活

这之后，我和小真相处起来也从没有脸红心跳的时候，我们就像哥们儿一样，都爱运动，无拘无束。那天晚上也正是小真大学毕业后的第一个夏天的夜晚……

小真在她父亲的安排下在一所小学报了到，但也只是挂名，她不用去上班。很多时候她的身边总会跟着一只叫"先生"的拉布拉多犬，我问小真为什么叫只狗为"先生"，小真又是一阵爽朗地笑过说："因为它是男生啊！它也是我的'先生'。"我也笑了，原来她是如此古灵精怪。

双方家长看我们相处得很好，就开始有意将我和小真的关系明朗化，我开门见山地对小真说："我爸妈和你父母希望我们处对象！"

小真毫不意外地说："我没意见，你呢？"

我被她这一说给说愣了，最后红着脸，结结巴巴地说："你……你没意见，我……也没意见！"

小真挑了挑眉毛说："不是吧？长着这么英俊的一张脸，你应该命犯桃花的。"

我叹了口气说："与我爸妈对抗的结局总是只有一种，那就是以我的失败而收场，与其做那种无用功还不如顺着他们的好，我也落个自由自在。"

小真说："是啊！表面上我父母对我是'含在嘴里怕化了'，但是多数情况下我是逃不出他们的手掌心的。"

我打趣道："既然我们一个郎才，一个女貌，又门当户对，做个欢喜冤家也不错啊！"

小真耸了耸肩说："只要我们'井水不犯河水'，让他们爱怎么安排就怎么安排吧！我悉听尊便！"

就这样，我和小真毫无悬念地确立了恋爱关系，又顺其自然地将结婚提上了日程。我爸说我终于长大了，我妈对我也不总是一脸的愁苦了。我和小真私底下密谋着，借结婚的机会跑出去疯玩一段时间，所以我们提出旅行结婚，可是双方家长商量之后说，旅行可以，但是必须在大操大办之后。就这样，我们又在婚庆公司那帮人手里被摆弄过来摆弄过去，折腾了两个月的时间。

结婚那天，我虽然端着酒杯，喝的是矿泉水，但还是被灌了几杯酒，本来就不胜酒力的我，头昏脑涨，小真打扮起来很漂亮，比她穿帆布鞋和牛仔裤时多了一份柔美。我承认，那天晚上我对她动了真情，可是当我躺在那张大大的婚床上时，小真却将她的"先生"也请上了床，我实在受不了一伸胳膊一抬腿就碰到毛茸茸、热乎乎的一只动物在身边，只好抱着枕头跑到了另一间卧室。

平时我和小真各忙各的，晚上回家像合租的室友一样在客厅里聊聊天，早晨起来还会带"先生"一起去晨练，后来小真不知道从哪里又抱回一只猫来，我的餐桌最终也被霸占了，我实在受不了那只猫每餐同我们一样端坐在餐桌前进食的样子。

这就是我的婚姻，最大的受益者恐怕是我的父亲和我那个名义上的岳父，他们大有珠联璧合的成就感。我却觉得我这一生应该是告一段落的时候了，于是，在我们单位号召下基层锻炼的时候，我毅然报了名。我妈有点儿舍不得，我爸却头一次为我竖起了大拇指，小真也很赞赏我的想法，我3:1赢得了这个决定。

就这样，我到了那个乡镇，在田间地头奔忙的时候，我才觉得自己真实地存在着。我和小真每天通通电话，她仍然像个哥们儿一样关心着我，我很知足。

有一天，我在田里不小心扭到了脚，一个老乡用自行车把我送到了镇上的一家诊所，在路上他就一直说："这家诊所是新开的，听说大夫是医科大学的毕业生，比那些赤脚医生有真本事，你放心好了……"

没想到坐在诊疗室里的医生竟然是个年轻的女孩子，我们四目相对的时候，我竟然觉得那目光很熟悉，可是她一直戴着口罩，我一时也没太在意。她用药酒帮我仔细按摩过后，感觉好多了，然后又开了一些药，叮嘱我各种注意事项，我越加地疑惑起来，她却一直只是用一双笑意的眼睛看着我，并没有摘下口罩。

就在我最后一次去那家诊所治疗的时候，走进门时，我看到了一张十分熟悉的脸，是小真！她来不及再戴上口罩，但从她隐隐地慌乱之中，我仿佛读到了一种讯息。我仿佛又找回了十年前那种怦然心动的感觉……我觉得我心里又多了一份牵挂、纠结和迷惘。

没过几天，我妈就给我打来电话，她焦急地说小真的父亲在医院抢救！我的脑袋里忽然感觉一片空白，之前还是那么温文尔雅的一个人，怎么会突然就病倒了呢？我风风火火赶到医院，小真和她的妈妈已经哭晕了好几次，我走上前去，轻轻地抱着她，她无助地伏在我的肩头痛哭起来，我头一次感觉到我们两个如此亲近。原来是小真的哥哥突然发生交通事故去世了，小真的父亲无法承受这突如其来的打击，突发脑溢血。

几个月之后，小真的父亲虽然保住了生命，但是生活已经不能自理，每天只能坐在轮椅上，而且谁也不认识。小真跟我说："我们这段不属实的婚姻，到此可以有个了结了……"

我说："之前我们一直让别人帮我们做决定，现在终于有机会自己选择了。也许你认为我不如你的'先生'踏实、可靠、有安全感，但是从今天开始，我会让自己逐渐强大起来。"

于是，我带着小真和她的父母再次回到小镇，小真在镇上的幼儿园教书，我们还会定期推着小真的父亲到小珍的诊所进行康复治疗。我跟小珍介绍时说："这是我的岳父、岳母和我的爱人——小真！"

后来，小真怀上了我们的小宝宝，她曾经在乡间的小路上问过我："是不是我打碎了你的生活？"

我跟她说："是你让我认识到了我自己……"

经年锦簇的美丽心经

如果男人的心境比女人的宽广、博大的时候，其实除了男人身上特有的冒险精神之外，更多的是因为他们认识到了自己肩负的责任。人与人沟通中最重要的成分是信任，而夫妻之间最坚实的后盾也是信任。

当一份感情加入了太多的筹码时，这段感情注定是要负累前行的。如果彼此能用欣赏的眼光去接触，相信一定能擦出爱的火花。

1904 年 5 月，十五岁的宋霭龄赴美乔治亚州卫斯理安女子学院，她是中国较早赴美留学的女性。

1905 年，宋霭龄随姨父温秉忠出席美国第 26 届总统西奥多·罗斯福在白宫举行的宴会。

1910 年，宋霭龄以优异的成绩完成了她在卫斯理安学院的全部课程并取得毕业证书。

1914 年 9 月，与孔祥熙在日本横滨结婚。

1915 年，随丈夫回故里省亲，在山西经营家业，主持铭贤学校事务。由于宋霭龄是宋氏三姐妹中的老大，而孔祥熙又是宋家的大姐夫，加上孙中山、蒋介石、宋子文都得叫孔祥熙姐夫，于是构成了宋氏家族、孙氏家族、蒋氏家族、孔氏家族的特殊家族关系。

第十五章　终老婚姻——
相爱有知，未为尽头

旷日持久的依恋

一个人的童年对其的一生能够产生多大影响，我不敢断言，但是，儿时的记忆有时候总是深深地印在你的脑海。恍惚间，或者是梦里，或者没有缘由的，它就出现了。

自从有了记忆，我的家就在一个跨院里。前后两层房，东西各起两间厢房，围在中间的小小的天井也从中间一分为二，下雨时，四面的雨水汇聚，常常会存起一个水坑。自家有了炉灰也是先紧着自家那一半垫。

后院的人如果出门，必须从前院穿堂而过，两家人会因此多了些来往，也会引来持续一代人的争吵甚至不和。于是，有关这些院落的微妙关系也都随岁月慢慢衍生。

那时，我家是住在后院的，前院住着一户贾姓的人家——一对老两口和他们的两个儿子。老头子的脾气非常的大，大到他一生气，我们都跟着害怕。那时候，傍晚，常常是老头子烧火，老太太做饭，玉米渣下锅没多久，老头子就会破口大骂起来："玉米面又放多了，天天吃你的大浆粥！"老太太很委屈，有时候还嘴，但是那样老头子就会拿着烧火的棍子满院里追打。不过，饭还是要吃的，老头子的骂声会持续到晚饭之后。

特别可爱的是，似乎这一幕隔三岔五就会上演，奇怪的是，没有人上前劝解，也没有人会围观。原来，老头子和老太太为这件事儿吵了一辈子了，左邻右舍都把这件事情当作一种常态甚至是茶余饭后的谈资。

后来，我们搬出了那个让人拘谨的跨院，许多年后，我忽然再次想起他们来，母亲却告诉我说两位老人已经相继离世了。我感叹道："他们两个人吵吵闹闹一辈子，离开时也都该快一百岁了吧！"母亲却说："哪里啊！老头子是有一百岁了，老太太实际上跟他却相差了将近二十岁，她一直咒他早死，自己好清静几年，没想到，老头子走了，没过多久她也离世了。"

我曾经见过更为古老的四合院，那些院子里的建筑总是因为一些古老的门窗和檐脊显得很威严。那些坐在大炕上盘着腿的老人神情中也总带给人一种肃穆的胆怯来。最有意思的是那一个个高耸的木门槛，小孩子总喜欢骑在上面做游戏，能够倚靠的舒适木门、青条石的台阶，都会成为我们天然的游乐场。但是，只要大人们发现哪个孩子骑在门槛上都会给孩子招惹一阵训斥，说是会"脚栽"（给自己招惹祸端、灾难）。

祖辈、父辈的情感在年轻人眼里大多是愚钝、单调甚至是乏味的，但恰恰是那样一种情感向我真正诠释了中国人特有的、默然于心的爱。比起现代人无所畏惧地去谈一场轰轰烈烈的恋爱，好似真的寡淡了许多，但是他们却是情谊最长，最旷日持久的依恋。人生或短或长，那种爱和相思却丝毫不会削减……

岁月如水

　　我今年九十二岁了，年龄大了，也没有人提起过我的名字。老头子在时连一句"老婆子"都没有喊过，一般都是用"哎"一带而过。我有三个儿子，四个女儿，大女儿今年有七十多了，最小的女儿也有五十岁了，儿子女儿们也都有孙辈了，我都是太奶奶和太姥姥了。老天待我不薄，让我在有生之年体会到"四世同堂"的乐事儿。

　　别看我年纪大了，但是耳不聋、眼不花，重孙子、孙女的名字还都是我起的，应该说这脑子还能转呢！谁要是来看我，人一到院门口，我隔着窗户都能认出来，干不了什么活儿了，我每天的任务就是替老头子把这些儿孙们的样子在脑袋里过一遍，等哪天我到那边去见他了，也好跟他仔细说一说。他先我一步去了另外一个世界，而我百年之后也跟他一起共葬一穴。他先我一步，就是有负于我，我要他在奈何桥上等我三年，而今三十年过去了，不知道他是不是有点儿等得不耐烦了。人老了，白天孩子们都各忙各的，我身边没个人说话，坐着的时候就总打盹，晚上躺下来却又睡不着。记性也不如从前了，刚跟我说过的事情，话音一落我就给忘了，但是年轻的时候的事情却忘不了，不管好事儿还是坏事儿，现在想起来都挺开心的。想起高兴的事儿来，我就笑；想起不高兴的事儿来，我也笑，笑得流出眼泪来。老头子在天有灵，保佑我们一家人平平安安地过生活，我活这么大岁数，也许是他放心不下，让我替他多看几年孩子们。

时光煮雨，尽染苍穹

我七岁时开始裹脚，那时钻心的疼，"三寸金莲"没有裹成，我的脚又被放开了，但是大脚趾已经变形，其他的脚趾也被生生弯向了脚心。十八岁时，我被婆家娶进门，踱着一双"半大脚"辛苦度日。好在，老头子是个老实本分的人，话虽然不多，但是勤劳肯干。我们的日子虽然清苦，但也十分安心。

听说我婆婆早年间是个大户人家的女儿，穿衣吃饭都很讲究，我没见识过那些规矩和礼法，又胆小怯懦，所以总是在家里忙忙碌碌地找活儿干，用来"逃脱"在她跟前的不自在。

直到大女儿出生前，我和老头子每天说过的话都是有数的。

早晨起来，我去做饭，他在院子里收拾农具。饭做好以后，我叫他吃饭，他"嗯"一声就坐下来吃，也不挑拣饭菜。吃完饭，他背起农具或者套上牛车跟我说一句："干活儿去了！"就出了院门。我站在院门口，看着他的背影，直到消失得无影无踪。有时候，他也会回过头来看我一眼，但也只是摆摆手，意思是让我回屋去。

大多是正午的时候，老头子会回家吃中午饭。有时候是一身土，有时候是一手泥，但一进院门，他总会响亮地说一句："我回来了！"

吃过饭，抽袋烟，他照例是一句："干活儿去了！"就又出了院门。晚上再回来时，他总是先洗漱一下，换身干净衣服，然后在天井里吃晚饭，吃完了也不着急起身，靠在椅背上睡一觉或者听听收音机。街上，老少爷们在一起拉家常，他从不参与，即使是见了邻里，也大多只是笑笑。

大女儿出生以后，家里的气氛却完全变了样。老头子的话多了，笑容也多了，他常常是抱着不会讲话的大女儿自言自语。也会围在我身边，跟孩子说："看你妈今天给你做啥好吃的了?""棒子面粥熬了一锅呀!"……我看着他们高兴，他们看着我也开心。傍晚的时候，他也会带着大女儿到街上闲逛，和抱孩子的人在一起凑凑热闹。

后来新中国成立了，全国人民的心踏实了。我们家也人丁兴旺，又有了老二和老三，老二和老三都是男孩，按理说老头子应该更高兴，但是嘴一多吃得就多。老头子每天都是天不亮就出门，晚上吃完饭倒头就睡。我把几个孩子也哄睡下，还要点灯熬油地洗衣服、缝缝补补或者做全家过冬的棉衣。

挨饿那几年，我们有三男四女，七个孩子了。小儿子总嚷饿，我就让他喝水，后来把肚子喝得鼓鼓的，大便拉的全是水。三儿子那时也就十一二岁的样子，他在收完庄稼的地里捡了一根拳头大的玉米，上面根本没有几个玉米粒，三儿子偷偷地把那个玉米棒子别在了腰带上，又用外衣掩好，就急急忙忙往家赶，路上遇到了大人跟他说话，他吓得猫下腰，捂着肚子就往家跑，我心想烧熟了再给小儿子吃吧，可他拿过玉米，没等到我点着火，几口就啃完了。还好是狼吞虎咽吃了几口，因为他还没咽完，队上的领导就来了。为了那个跟拳头差不多大的玉米棒子，我们家不知道受了多少批评。也就是从那时起，我落下了一个病根儿，一有紧张的事儿，我的心就砰砰乱跳，吓得瘫软在地上。但是，不管怎样，那些日子也总算是熬过来了! 几个孩子也都慢慢长大了。

生活就是这样

大女儿为了多帮家里干几年活儿，直到三十才让人给说媒。大女婿虽然跟大女儿年龄相当，那也是因为家里穷，一直说不上媳妇才耽搁了。大女婿是个石匠，每天叮叮当当地凿石头，家里穷得也是叮当响。我看着发愁，心里思忖着要不要答应这门婚事，大女儿却信心十足地说："家里穷不算穷。他有一门好手艺，以后我们勤快点儿，日子能过好。"听大女儿这么一说，我心里亮堂了许多。大女婿拿不出彩礼来，大女儿说没钱出力，先帮着家里把她大弟弟娶媳妇的房子盖起来就结婚。

房子费了九牛二虎之力给盖起来了，大女儿只夹了个小布包袱就跟大女婿走了。大儿子也辛辛苦苦地跟着盖房，但是他却没有要那房子，他说先给他二弟和三弟盖上房，他再结婚也不迟。就这样，大儿子的婚事被耽误了下来，直到三十好几了，才娶上媳妇。

20世纪80年代以后，日子越来越好过，我这揪着的心也慢慢放了下来。我和老头子都做了姥姥、姥爷和爷爷、奶奶。看着几个孙子和孙女满地会跑了，我们感觉好像是苦尽甘来了，老头子的脸上又开始有了笑容。有时还会抱着小一点的孩子到街上闲逛，渐渐地，在家里的话也多了。孩子们一会儿让他给讲个故事，一会儿让他做个鱼篓，他每天忙得不行。

突然有一天，和大女儿同村的一个人跑来报信说，大女儿家正在打架呢！我一听就知道肯定事儿不小，心慌的毛病一下子就犯了，几个孩子把我扶到炕上躺好，我就催着他们跟老头子一起去看个究竟。

原来，大女儿家想翻盖新房，但是因为左边的邻居早在几年前就已经翻盖好了，等大女儿现在想翻盖时，发现左右邻居房子的位置前后相差有二十厘米的距离。大女儿觉得这是因为左边的邻居在盖房时自己没有丈量好，现在他们盖房子想以那一排大多数人家的房子为标准，也就是要依照右边邻居的房基为准，翻盖新房。这样一来，那一排的房子就只剩大女儿左边的邻居一家不一致了。但是左边的邻居以传统中"东为上"的原则，希望大女儿以他们的地基为准，并希望别家再翻盖新房时，能把地基都调整过来。大女儿说，人这一辈子能盖上一处房子就了不起了，哪有三天两头翻盖新房的事儿。两家相持不下，最后吵得不可开交，吵到全村人都知道了这件事儿。

老头子到了大女儿家以后，并没有跟那个邻居据理力争，而是当着全村人的面，把大女儿训斥了一顿。这么多年来，孩子们头一次看到老头子发脾气。他说："你这就是胡闹！自家准备动土，怎么不提前跟左邻右舍打个招呼呢？你提早把这些事情摆在明面上说开了，哪会有这样的事儿？"老头子叫人把村支书找来，希望他能从中作个调解。

村支书经过一番说合之后，给大女儿建议说，地基还是以大多数人家的地基为准，但要适当地给左边邻居一些补偿，这件事就算过去了。

大女儿听了不服气，闷在一边不说话，老头子却满口答应了下来。大女儿说，家里盖房本来就资金紧张，哪有多余的钱给别人补偿。老头子说，勒紧自己家的裤腰带，也不能给别人添堵，从今天起，全家老少都上阵，全都过来帮着盖房，省下一些工钱就够了。

就这样，一场风波过后，新房开始动工了。在雨季来临之前总算是把房子盖起来了。秋后，大女儿一家就住进了新房。搬新家的时候，老头子开开心心地喝了两盅，然后对大女儿说："闺女，爸还不老，以后有什么事儿提前跟爸说一声。"我那时心里真高兴，老头子还真有个当爹的样子。

又有一阵子，二女儿总是哭哭啼啼地往家跑。二女婿是个电工，有技术，干的活又清闲，因此在赡养老人的时候难免就会多掏点儿。二女儿就以为是他们弟兄几个合起伙来欺负他们，她觉得委屈。老头子听了这些事儿以后，把烟袋锅往鞋底上磕了两下说："你立马给我回去！以后再因为这种事哭哭啼啼往家跑，就别怪我不认你这个闺女！"二女儿不肯走，趴在炕头儿上哭得更厉害了，没想到老头子举起烟袋就要打，我慌忙拦下，心又跳成了一个个儿，赶紧让二女儿回婆家去。看着二女儿跑出去的背影，老头子气愤地说，"我打她都是轻的，这都是小时候没教育好，长大了才天天觉得自己委屈。孝敬老人还用得着分那么细吗？多有多给，少有少给，别人给不起，你也就不给了吗？……"

三女儿生下第二个孩子不久就生病了。三女婿带着三女儿到北京去看病，留下两个年幼的孩子没有人照看，就把我接过去带两个孩子。那时正是七八月份的天气，小外孙女也就三四个月大，刚一离开她妈的时候不适应，一天到晚撕心裂肺地哭闹，好不容易买到一袋奶粉，她却怎么也不喝。我整晚抱着那个小外孙女在屋子里来回走着，但是怎么哄也不顶用，急得我满头大汗，全身的衣服都湿透了。后来我连夜找了块牛油，用红糖炒了一些炒面，又用开水冲成米汤状，抹在孩子的嘴唇上，刚开始她还是哭闹，但当有一些炒面流进嘴里后，她也开始咂嘴了。孩子一定是被饿坏了，后来竟开始狼吞虎咽起来。第一勺吃完了，第二勺没有到嘴里，她就会咧开嘴大哭起来。老头子白天干完农活，还会骑几里地过来看看，后来看着孩子终于不哭了，他悬着的心才放下了。

我说："白天干活挺累的，没人给你做饭就到儿子家吃吧。"

他说："儿子们都分家另过了，在谁家吃，不在谁家吃，不太好说啊！"

我又说："那就三家轮，一人一天！"

他说："他们白天也都忙，也指不定吃不吃三顿饭呢，我要是说吃饭，他们还得惦记着到点儿给我做饭。"

我还想说什么，他终于扭过身来说了心里话："你不用说了，我自己会做着吃。你这是给闺女家带孩子来了，我到儿子家吃饭……不……不太好！"

老头子不去儿子家轮着吃饭，儿子媳妇们就给他送过去，他直说不用，又怕浪费了粮食，不管多少，每次都会把饭菜吃得干干净净。说也奇怪，打那儿以后，我心慌的毛病却好了许多。

静静地走下去

再后来，最小的孙子、孙女、外孙、外孙女也都上学了，我和老头子身边就显得冷清了许多。人上了年纪，睡觉也少了，尤其冬天的时候，夜长了，早上五点多钟，天还黑着，老头子就起床了，他背起拾粪筐到马路上和田里的小路上去拾粪。每天早上七点多钟，他回来的时候，粪筐里满满的。儿子们跟他说，现在都用化肥种庄稼，又有劲又省力还干净，不让老头子去拾粪了。老头子说，你们种你们的，我种我的，我拾一冬天，就省了一季的化肥钱……

有两年，村里人都种西瓜，老头子也种了两亩，他就用他冬天拾回来的粪给西瓜施肥，没想到他种出来的瓜又大又甜又起沙。大家都夸他的西瓜长得好，他就乐得合不拢嘴，说多亏了他拾回来的那些牛粪、马粪和羊粪了。

可是有一年冬天，他还没拾几天粪，早上就不那么精神了，常常是太阳都出来了，他还躺在炕上，直到我叫他吃早饭，他才挣扎着坐起身来，然后埋怨我为什么不早点叫他起来。他每天不起早了，我倒挺高兴，我也希望他多休息会儿。没想到，他的脸色和精神越来越不好，有一天早上竟然起不了床了。我一时间慌了神，连忙叫来儿子女儿们，孩子见了立刻找车把老头子送进了医院。

在医院一待就是十几天的时间，经过一系列的检查和化验，医生最后确认为肝癌晚期，说老头子最后的时间不过二三十天了。儿女们想尽一尽孝心，希望医生再想想解决的办法。医生说，都已经肝腹水了，做手术也于事无补，还是带回家想吃点什么就吃点什么吧！

看孩子们把老头子拉了回来，我还以为病果真好了，但是看着他蜡黄的脸色，我心里又七上八下的。我不识字，也不知道那些瓶瓶罐罐都是些什么药，但是只要老头子疼得厉害了，就会有村里的医生来给老头子打针，打过针之后，老头子的病就会好些。但是后来，打针间隔的时间越来越短，我就每天坐不住。老头子大概是怕我着急上火，有时他会忍着疼不说，看着那些豆大的汗珠从他蜡黄的脸上流下来，我越加心急火燎起来。老头子对每一个来探望他的人都说："我这就好了，没什么事儿。等开春了，我还往地里送粪呢。"

"等开春了，我还往地里送粪呢……"这是老头临走前说得最多的一句话。那年腊月初八的早晨，天气格外的冷，但是天气却非常好，没有风，太阳一出来，窗户上的冰就都化了。街上有个吆喝着卖熟驴肉的，小女儿看驴肉又软又烂，还冒着香气，就买了一块，切成薄薄的片，递到老头子的嘴边说："爸，你尝尝这驴肉，肯定好吃。"

老头子轻轻地点了点头，就一口一口地吃下那几片驴肉。吃过驴肉，他好像又有了些力气，看着我说："看好孩子们……"他就永远地闭上了眼睛。

老头子走了，他这一辈子没有叫过我的名字，最后一句话也是嘱咐我看好这帮孩子们。是啊，我和他一起过的这四十年，从来都是地是他的活儿，孩子是我的活儿，他走了，把地撂下了。我还在，所以必须照顾好孩子们。

老头子走了之后，孩子们怕我一个人孤单，就轮流接我去家里住。我本来不想走的，但是为了老头子临走时的嘱托，我还是跟他们去了，谁家能用得着我，我就去谁家，把孩子们照顾得好好的。

我七十四岁的时候，大儿媳不幸得了绝症。大儿子结婚晚，孩子们也还小，之前大儿媳总觉得我偏向其他孩子而忽略了大儿子家，因此她对我总是不冷不热的。不管她曾经对我怎么样，但她终归也是我的一个孩子，再者还有大儿子和他们的一双儿女需要照顾。

我到了大儿子家，洗衣服、做饭、带孙子孙女，给大媳妇翻身、洗澡、喂饭……大儿媳的病一治就是五年，病情总不见好转，家里的积蓄被花光了，还欠了不少外债。两个孩子也很少能吃到肉，我就把茄子底部的把儿也放在锅里炖，炖好之后让他们啃，两个孩子说，那感觉就像是在啃鸡腿……

没想到，医院又一次给大儿媳"判了死刑"，家里人都没有放弃，到处打听治疗癌症的偏方，蝎子、仙人掌、蛇、蜈蚣……能试的都试了。大儿媳在弥留之际，终于叫了我一声妈，然后说："您比我亲妈对我还好！"

我现在九十二岁了，重孙子、孙女、重外孙、重外孙女也一大群了，现在的生活条件好了，我又回到了自己的家里，窗户换成铝合金的了，儿子还给我买了手机，我想谁了就打个电话，打过电话去常常会弄错，但是孩子们说没关系，只要拨出去的号都是我的儿孙们，都能陪我说说话。老头子的遗像挂在屋子正中，我想他一定能看到，我也用上高科技了，成了一个时髦的老太太，我也常常对他说，孩子们都好好的，放心就好……

耄耋之年的无忧心经

人们常说"人到七十古来稀"，而到耄耋之年更实属不易。岁月惊扰，流年敲打，造就的是一颗无比强大的内心和坚定的意志力。一味向前，消耗的永远是自己最强有力的激励和热情。

走走停停的人生才是最无忧的，不计较自己是否妥协和让步，人生如歌，岁月静好。

1932 年初，杨绛放弃了美国韦尔斯利女子大学的奖学金，圆梦清华。仿佛冥冥中，清华园的钱锺书正在召唤着姗姗来迟的她。

1932 年 3 月，杨绛在清华大学古月堂的门口，幸运地结识了大名鼎鼎的清华才子钱锺书。两人一见如故，侃侃而谈。

1935 年，两人完婚，牵手走入围城。早在 1919 年，八岁的杨绛曾随父母去过钱锺书家做客，只是当时年纪小，印象寥寥。但这段经历恰恰开启了两人之间的"前缘"。

1935 年，杨绛陪夫君去英国牛津就读。

1937 年，钱瑗出生。

1942 年年底，杨绛创作了话剧《称心如意》。在金都大戏院上演后，一鸣惊人，迅速走红。

1944 年，《围城》成功问世。《围城》是在上海沦陷的时期写的，艰难岁月里，夫妻两人相濡以沫，相敬如宾，这是多么难得的人间真情啊！

1962 年 8 月，一家人迁居干面胡同新建的宿舍，有四个房间，还有一个阳台，他们又添置了家具，终于有了个舒适的家。

1997 年早春，钱瑗去世。

1998 年岁末，钱锺书去世。

2010 年 7 月 17 日，是杨绛先生的百岁大寿，但是她很低调，没有举行任何隆重的庆祝仪式。她只嘱咐亲戚们在家给她吃上一碗寿面即可。